tascabili

Keigo Higashino

L’impeccabile

Traduzione di
Silvia Rota Sperti

GIUNTI

Titolo originale:
Seijo no kyûsai

First published in Japan in 2008 by Bungeishunju Ltd., Tokyo
Italian translation rights arranged with Bungeishunju Ltd., Tokyo
through Japan Foreign-Rights Centre / Aitken Alexander Associates

Progetto grafico di collana e copertina: Yoshihito Furuya

www.giunti.it

Via Bolognese 165 – 50139 Firenze – Italia
Piazza Virgilio 4 – 20123 Milano – Italia
Prima edizione: settembre 2013

Ristampa	Anno
6 5 4 3 2 1	2019 2018 2017 2016 2015

Uno

Le viole del pensiero erano fiorite nel vaso: dei fiori piccoli, coloratissimi. La terra secca non sembrava aver tolto vigore al colore dei petali. *Non saranno appariscenti, ma resistono bene*, pensò Ayane, guardando la veranda oltre la porta di vetro scorrevole. *Dovrò annaffiarle appena possibile.*

«Hai sentito quello che ho detto?» domandò Yoshitaka.

Ayane si girò e sorrise debolmente. «Sì, certo che ho sentito.»

«Allora potresti sforzarti di rispondere.» Yoshitaka, seduto sul divano, stese le lunghe gambe e le accavallò di nuovo. Durante le sue frequenti sedute di allenamento faceva attenzione a non irrobustire troppo gli arti inferiori: ci teneva a indossare i suoi eleganti pantaloni attillati.

«Mi sono distratta un attimo.»

«Oh? Non è da te.» Il marito alzò un sopracciglio scolpito.

«Quello che hai detto mi ha sorpreso, sai.»

«Non posso crederci. Ormai dovresti sapere cosa voglio dalla vita.»

«Già… Dovrei saperlo.»

«Cosa vorresti dire?» Yoshitaka si appoggiò disinvolto al divano allargando le braccia sullo schienale. Ayane si domandò se stesse fingendo o se fosse davvero così indifferente.

Respirò e osservò il bel volto dell'uomo.

«È così importante per te?» gli chiese.

«Cosa?»

«Avere dei figli.»

Yoshitaka fece un sorrisetto sprezzante e ironico. Distolse lo sguardo, poi tornò a concentrarsi su di lei. «Non mi hai ascoltato, vero?»

«Ti *ho* ascoltato» disse Ayane con un'occhiata furiosa, sperando che lui se ne accorgesse. «È per questo che te lo chiedo.»

Il sorriso abbandonò il volto di Yoshitaka. Annuì lentamente. «Sì. È importante. Molto importante. Fondamentale, direi. Se non possiamo avere figli, non ha senso essere sposati. L'amore romantico, prima o poi finisce. Le persone vivono insieme per costruire una famiglia. Un uomo e una donna si sposano, diventano marito e moglie, poi fanno dei figli e diventano padre e madre. Solo allora saranno compagni di vita nel vero senso della parola. Non sei d'accordo?»

«Credo che il matrimonio non sia solo questo.»

Yoshitaka scrollò la testa. «Per me sì. Ne sono convinto e non intendo cambiare idea. Questo significa che non ho intenzione di continuare così se non possiamo avere figli.»

Ayane si premette le dita sulle tempie. Aveva mal di testa. Quelle parole l'avevano colta impreparata. «Fammi capire» disse. «Non sai che fartene di una donna che non può avere dei figli. Così vuoi piantarmi e cercarne una che te li possa dare? È questo che mi stai dicendo?»

«Non è il caso di intenderla così.»

«Ma è quello che stai dicendo!»

Yoshitaka si raddrizzò. Esitò un attimo, e assunse un'espressione accigliata prima di annuire di nuovo. «Già, immagino che dal tuo punto di vista sia così. Ma devi capire che ho dei progetti molto seri per il mio futuro. E ci tengo più di ogni altra cosa.»

Le labbra di Ayane simularono un sorriso, anche se sorridere era l'ultima cosa che avrebbe voluto fare. «Ti piace dire così alla gente, vero? Che hai dei progetti seri per il futuro. È stata una delle prime cose che mi hai detto quando ci siamo conosciuti.»

«Perché te la prendi tanto, Ayane? Hai tutto ciò che hai sempre desiderato. Se mi sono scordato qualcosa, basta chiedere. Farò tutto il possibile per te. Smettiamola con queste storie e cominciamo a pensare al futuro. O vedi altre soluzioni?»

Ayane si girò. Lo sguardo le cadde su un arazzo appeso alla parete. Ci aveva messo tre mesi a farlo: ricordava il tessuto, ordinato appositamente in Inghilterra.

Non c'era bisogno che Yoshitaka le dicesse quant'erano importanti i figli. Li aveva desiderati anche lei, disperatamente. Quante volte aveva sognato di sedere su una sedia a dondolo a cucire una trapunta patchwork e vedere la pancia ingrossarsi di giorno in giorno? Ma il cielo, per farle un dispetto, gliel'aveva negato. Non avendo altra scelta, Ayane ci aveva rinunciato e si era rassegnata. Credeva che anche suo marito si fosse messo il cuore in pace.

«So che potrà sembrarti stupido, ma posso chiederti una cosa?»

«Certamente.»

Ayane si girò di nuovo verso di lui e fece un profondo respiro. «E l'amore che provi per me? Che fine ha fatto?»

Yoshitaka si riscosse, poi gradualmente tornò a sorridere. «Il mio amore per te non è cambiato» disse. «Te lo assicuro. Io *ti amo* ancora.»

Ayane sapeva che era una bugia, ma sorrise e si disse sollevata. Non sapeva cos'altro rispondere.

«Andiamo.» Yoshitaka si alzò e si diresse verso la porta.

Ayane lanciò un'occhiata al cassettone e pensò alla polvere bianca nascosta dentro una busta di plastica nel cassetto in fondo a destra.

Mi sa che la userò presto, pensò, mentre l'ultimo barlume di speranza sprofondava nel buio del suo cuore.

Uscendo, guardò la schiena del marito: *Ti amo più di ogni altra cosa al mondo. Per questo le tue parole mi hanno pugnalata al cuore*, pensò. *E per questo dovrai morire anche tu.*

Due

Hiromi Wakayama cominciò a sospettare qualcosa quando vide i Mashiba scendere le scale. I loro sorrisi erano forzati, soprattutto quello di Ayane.

«Scusa se ti abbiamo fatto aspettare» disse Yoshitaka. Poi, un po' bruscamente, le chiese se aveva notizie degli Ikai.

«Yukiko mi ha appena inviato un messaggio per dire che arriveranno tra cinque minuti» rispose Hiromi.

«Vado a prendere lo champagne, allora.»

«No, ci penso io» insisté Ayane. «Hiromi, potresti prendere i bicchieri?»

«Certamente.»

Hiromi guardò Ayane scomparire in cucina prima di avvicinarsi all'alta credenza nella sala da pranzo. Era un pezzo di antiquariato costato tre milioni di yen, se ne ricordava bene. Anche i bicchieri al suo interno erano costosi.

Con grande attenzione, prese cinque calici da champagne: due baccarat e tre in stile veneziano. I Mashiba avevano l'abitudine di usare bicchieri in stile veneziano con i loro ospiti.

Yoshitaka stava disponendo con cura cinque tovagliette sul tavolo. Sapeva come organizzare una cena, e anche Hiromi col tempo aveva imparato.

Mise un calice da champagne per ciascun posto. Sentì un rumore di acqua corrente in cucina. Si avvicinò a Yoshitaka.

«Le hai detto qualcosa?» sussurrò.

«Niente di che» rispose lui senza alzare lo sguardo.

«Ma avete parlato, vero?»

Yoshitaka la fissò. «Di cosa?»

Di cosa!? stava per ribattere lei, quando suonarono alla porta.

«Sono arrivati!» gridò Yoshitaka verso la cucina.

«Scusa, ho le mani occupate. Puoi pensarci tu?» fu la risposta di Ayane.

«Certo.» Yoshitaka andò ad aprire.

Dieci minuti dopo, ospiti e padroni di casa erano seduti a tavola. Sorridevano tutti, anche se Hiromi percepiva una certa forzatura, come se stessero cercando di mantenere un'aria disinvolta a tutti i costi. Si chiese come facesse la gente a imparare a fingere. Di sicuro non era una dote innata: Hiromi sapeva che Ayane ci aveva messo almeno un anno ad adeguarsi a quel genere di situazioni.

«Cucini sempre delle cose deliziose, Ayane» osservò Yukiko Ikai tra un boccone e l'altro di pesce bianco. «Non capita spesso che una marinata sia fatta con tanta cura.» Yukiko aveva l'abitudine di complimentarsi a ogni portata durante le cene.

«Ci credo che ti piaccia!» commentò suo marito Tatsuhiko, seduto accanto a lei. «Tu usi solo quelle buste di salsa già pronta.»

«A volte la preparo io.»

«Forse la salsa *aojiso*, quella roba al sapore di menta.»

«E allora? È buona!»

«A me non dispiace l'*aojiso*» intervenne Ayane.

«Visto? Ed è anche molto sana.» Yukiko sorrise.

«Ti prego, Ayane, non darle corda,» borbottò Tatsuhiko «o tra un po' comincerà a spalmare quella salsa anche sulla mia bistecca.»

«Ehi, che ideona!» disse Yukiko. «La prossima volta ci provo.»

Tutti risero, a eccezione di Tatsuhiko.

Tatsuhiko Ikai, avvocato, lavorava come consulente legale per diverse aziende, tra cui quella di Yoshitaka Mashiba, per la quale rivestiva anche importanti mansioni amministrative. I due uomini erano amici fin dai tempi dell'università.

Tatsuhiko prese una bottiglia di vino e ne offrì a Hiromi.

«Oh, sono a posto così, grazie» rispose lei mettendo una mano sul bicchiere.

«Sei sicura? Credevo che ti piacesse il bianco, Hiromi.»

«Oh, sì, ma ho bevuto abbastanza. Grazie.»

Tatsuhiko rinunciò, poi riempì il bicchiere di Yoshitaka.

«Non ti senti bene?» domandò Ayane.

«No, sto bene, davvero. Solo che in questo periodo sono uscita spesso a bere e non vorrei esagerare.»

«Ah, essere giovani e fare sempre festa!» Tatsuhiko versò il vino ad Ayane prima di lanciare un'occhiata a sua moglie e avvicinare la bottiglia al proprio bicchiere. «Yukiko non può toccare alcol per un po', così mi tocca bere da solo.»

«Be', certo» disse Yoshitaka, con la forchetta a mezz'aria. «Immagino che non si possa, vero?»

«A meno che non voglia bere per due!» disse Tatsuhiko, facendo roteare leggermente il vino nel bicchiere. «In fondo, tutto quello che mangia va a finire nel latte.»

«Quando potrai ricominciare a bere?» le chiese Yoshitaka.

«Il dottore dice tra un anno.»

«Un anno e mezzo» disse il marito. «Anche due non ti farebbero male. E a quel punto, tanto vale che tu smetta per sempre.»

«Quindi dovrei badare al bambino e non concedermi un goccio per un bel po'? Non se ne parla proprio. A meno che tu non abbia intenzione di occuparti del nostro piccolo principe. In tal caso potrei ripensarci.»

«D'accordo, d'accordo» tagliò corto il marito. «Ma aspetta un anno, almeno. E comunque, anche in seguito, non esagerare...»

Yukiko lo fulminò con un'occhiata, ma tornò subito a sorridere. Come se quelle piccole scaramucce coniugali appartenessero a un rituale che in realtà non le dispiaceva affatto.

Yukiko Ikai aveva partorito due mesi prima. Era il loro primo figlio, atteso da molto tempo. Tatsuhiko aveva quarantadue anni e Yukiko trentacinque; parlavano affettuosamente di quella gravidanza come di un gol segnato all'ultimo minuto.

La cena voleva essere una sorta di festeggiamento, anche se in ritardo, per la nascita del piccolo. Era stata un'idea di Yoshitaka, e Ayane aveva allestito i preparativi necessari.

«E così stasera il piccolo è dai tuoi genitori?» chiese Yoshitaka.

Tatsuhiko annuì. «Già. Ci hanno detto di non preoccuparci per l'orario, e che non vedevano l'ora di dedicarsi di nuovo a un neonato. A volte è comodo avere i genitori che abitano vicino.»

«Anche se, a dire il vero, sono un po' preoccupata» ammise Yukiko. «Tua madre lo circonda di *troppe* attenzioni, non so se mi spiego. Una mia amica dice che è meglio lasciarli strillare un po' prima di prenderli in braccio.»

Hiromi si alzò dalla sedia, notando che Yukiko aveva il bicchiere vuoto. «Vado a prenderti dell'acqua.»

«C'è una bottiglia di acqua minerale in frigo, portala qui» le disse Ayane.

Hiromi andò in cucina e aprì il frigorifero: enorme, con doppi sportelli al centro. L'interno di uno di questi era pieno di bottiglie di acqua minerale. Hiromi ne prese una e tornò a tavola. I suoi occhi incontrarono quelli di Ayane, che le espresse la sua gratitudine.

«Mi sa che avere un figlio ti cambia proprio la vita» stava dicendo Yoshitaka.

«Di sicuro la vita domestica comincia a ruotare attorno al piccolo» rispose Tatsuhiko.

«Ci credo. Ma non influisce anche sul lavoro? Dicono che avere figli aumenti il senso di responsabilità. Che ne pensi? Lavori di più ora che sei padre?»

«Be', in realtà sì.»

Ayane prese la bottiglia di acqua da Hiromi e, con un sorriso sulle labbra, ne versò un bicchiere a ciascuno.

«A proposito, ora tocca a voi, no?» disse Tatsuhiko, guardando ora Yoshitaka ora Ayane. «Siete sposati da quanto, un anno ormai? Non vi siete ancora stancati di fare gli sposini?»

«Tesoro!» Yukiko diede un colpetto sul braccio al marito. «Non sono affari nostri.»

«D'accordo, d'accordo» disse Tatsuhiko con una risatina forzata. «A ciascuno il suo, immagino.» Buttò giù quel che restava del vino e spostò lo sguardo su Hiromi. «E tu? Non preoccuparti,» alzò una mano «non farò domande sconvenienti a una single. Mi chiedevo solo come va a scuola. Tutto a posto?»

«Finora sì. Ma c'è ancora molto da imparare.»

«Be', hai l'insegnante migliore che ci sia in giro» disse Yukiko. Si girò verso Ayane. «E così stai lasciando tutto in mano a Hiromi?»

Ayane annuì. «Temo di averle già insegnato tutto quello che so.»

«Be', è fantastico» disse Yukiko.

Hiromi sorrise cordialmente e abbassò lo sguardo. Era sicura che agli Ikai non importasse molto di quello che faceva. Stavano solo cercando di coinvolgerla nella conversazione, per non farla sentire esclusa al tavolo con due coppie.

«A proposito» disse Ayane alzandosi. «Ho un regalo per voi.» Andò a prendere un sacchetto di carta dietro il divano e lo portò al tavolo.

Quando vide il contenuto, Yukiko emise un grido di sorpresa esagerato, coprendosi la bocca con le mani. Era una trapunta patchwork, finemente lavorata, ma più piccola del normale.

«Ho pensato che potevate usarla per il lettino del piccolo» disse Ayane. «E quando sarà cresciuto, potrete appenderla alla parete.»

«Oh, ma è bellissima!» disse Yukiko con un sorriso estatico sul volto. «Grazie mille, Ayane.» Strinse l'orlo della trapunta con una mano, saggiando la consistenza del tessuto. «Sono sicura che gli piacerà moltissimo. Grazie!»

«Questo sì che è un regalo. Ci vuole un sacco di tempo per preparare queste cose, vero?» domandò Tatsuhiko, guardando Hiromi in cerca di conferme.

«Quanto tempo ci ha messo? Sei mesi, forse?» chiese Hiromi ad Ayane.

Ayane aggrottò le sopracciglia. «Non ricordo esattamente...» rispose, poi si girò verso Yukiko: «... ma sono contenta che ti piaccia!».

«Oh, la adoro!» disse Yukiko. «Ma non so se posso accettarla. Tesoro, sai quanto costa un capo del genere? Un copriletto originale di Ayane Mita vale un milione di yen alla galleria di Ginza.»

«Wow!» esclamò Tatsuhiko sbarrando gli occhi, sorpreso che dei pezzi di stoffa cuciti insieme potessero costare così tanto.

«Sinceramente non l'ho mai vista mettere tanta passione in nessuna delle sue trapunte prima d'ora» disse Yoshitaka. «Stava lì seduta a sferruzzare su quel divano anche nei giorni in cui ero libero. A volte non smetteva mai. Era impressionante.»

«Se non altro ho finito in tempo» osservò Ayane con calma.

Dopo cena il gruppo si spostò in salotto, dove gli uomini annunciarono che sarebbero passati al whisky. Yukiko chiese se poteva avere un caffè, così Hiromi si diresse in cucina.

«Oh, ci penso io» disse Ayane. «Perché non prendi i bicchieri e l'acqua per il whisky? C'è del ghiaccio nel freezer.» Ayane andò al lavello e riempì il bollitore.

Quando Hiromi tornò in salotto, la conversazione si era spostata sul giardinaggio. Nel giardino dei Mashiba c'erano diverse luci per esterni; erano posizionate in modo che, anche di sera, fiori e piante risaltassero.

«Dev'essere impegnativo occuparsi di tutte queste piante» disse Tatsuhiko.

«Io trascuro un po' i dettagli,» rispose Yoshitaka «ma Ayane se ne occupa con una certa regolarità. Ce ne sono altri anche sul terrazzo al primo piano. Li annaffia ogni giorno. Io non ce la farei mai, ma a lei non pesa. Adora i suoi fiori.»

Hiromi aveva l'impressione che Yoshitaka non fosse interessato all'argomento: sapeva che la natura lo lasciava indifferente.

Ayane tornò dalla cucina con tre tazze di caffè. Ricordatasi del whisky, Hiromi si affrettò a versare l'acqua in due bicchieri.

Erano le undici passate quando gli Ikai cominciarono a dire che era ora di tornare a casa.

«Be', è stata una bella cena. E che regalo, poi!» disse Tatsuhiko alzandosi. «La prossima volta dovete venire da noi. Ma vi avviso: tra il bambino e tutto il resto regna un gran disordine.»

«Vedrò di dare una bella sistemata» disse Yukiko, dando un colpetto sul torace di suo marito prima di sorridere ad Ayane. «Dovete venire a vedere il nostro piccolo principe. Anche se al momento assomiglia più a un angioletto paffuto.»

Ayane le assicurò che sarebbe andata senz'altro.

Anche per Hiromi si avvicinava l'ora di tornare a casa, perciò decise che sarebbe uscita insieme agli Ikai. Tatsuhiko le offrì un passaggio in taxi fino all'appartamento.

«Ah, Hiromi, domani non ci sarò.» Ayane informò la ragazza mentre si infilava le scarpe nell'ingresso.

«Dimenticavo, questo è un weekend lungo. Vai da qualche parte?» chiese Yukiko.

«Be', vado a trovare i miei.»

«A Sapporo?»

Ayane annuì, sorridendo. «Sì. Mio padre non sta molto bene, così ho pensato di aiutare un po' mia madre. Comunque, non è nulla di grave.»

«Oh, mi dispiace. E sei qui a festeggiare il nostro bambino!» Tatsuhiko sembrava imbarazzato.

Ayane scrollò la testa. «No, davvero, non preoccupatevi. Come vi ho detto, non è nulla di grave.» Poi, girandosi verso Hiromi, disse: «Se ci sono problemi, hai il mio numero di cellulare».

«Quando tornerai?»

«Be'...» Ayane aggrottò la fronte. «Mi sa che ti avvertirò appena lo saprò per certo. Comunque, non starò via molto.»

«Bene, d'accordo.» Hiromi lanciò un'occhiata a Yoshitaka, ma l'uomo stava guardando altrove.

Alla fine i tre si congedarono incamminandosi per un vialetto che conduceva alla strada principale, dove Tatsuhiko fermò un taxi. Hiromi, la prima a scendere, salì per ultima.

«Speriamo di non aver parlato troppo di bambini» disse Yukiko mentre il taxi si allontanava.

«E allora? Era una festa per la nascita del piccolo o no?» disse Tatsuhiko dal sedile davanti.

«Pensavo che forse avremmo potuto essere un po' più delicati. Stanno cercando di avere un figlio, no?»

«Sì, Yoshitaka me l'ha accennato un po' di tempo fa...»

«E se *non riuscissero* ad averlo? Tu non ne sai niente, Hiromi?»

«No. Mi dispiace.»

«Oh» mormorò Yukiko, delusa.

Hiromi si domandò se non le avessero offerto un passaggio solo per scucirle informazioni.

*

La mattina dopo, come al solito, Hiromi uscì dal suo appartamento alle nove in punto per recarsi alla Casa di Anne, a Daikanyama. Avevano adibito un appartamento ad aula scolastica e lì insegnavano le tecniche di patchwork. Era stata un'idea di Ayane, e una trentina di allieve venivano a imparare le tecniche di tessitura direttamente da lei.

Fuori dal palazzo, Hiromi fu sorpresa di trovare Ayane in piedi, con una valigia.

«Ayane! È successo qualcosa?»

«No, volevo solo darti una cosa prima di partire.» Ayane infilò una mano nella tasca della giacca ed estrasse una chiave.

«Cos'è?»

«La chiave di casa nostra. Come ti ho detto, non so bene quando tornerò... Vorrei che la tenessi tu, per qualunque evenienza.»

«Capisco.»

«È un problema per te?»

«No, assolutamente. Ma è una chiave di scorta, vero? Ne ha una con sé?»

«Oh, non mi serve. Ti chiamerò prima di tornare e, se non potrai venire, mi aprirà mio marito.»

«Se preferisce così...»

«Ti ringrazio.» Ayane mise la chiave nella mano di Hiromi, serrandole con fermezza le dita.

«Ciao» disse Ayane e si allontanò tirandosi dietro la valigia.

«Aspetti» la chiamò Hiromi, pensierosa. Poi, a voce più alta: «Ayane?».

La donna si fermò voltandosi. «Sì?»

«No, no... niente. Faccia buon viaggio.»

«Grazie.» Ayane le fece un cenno con la mano e riprese a camminare.

Le lezioni di patchwork finivano a tarda sera e Hiromi non aveva quasi mai un momento per sé. Dopo aver salutato le ultime allieve, si ritrovava con le spalle e il collo irrigiditi, duri come legno. Aveva appena finito di pulire l'aula quando suonò il cellulare. Lanciò un'occhiata al display e deglutì. Era Yoshitaka.

«Finite le lezioni, oggi?» chiese non appena lei avvicinò il cellulare all'orecchio.

«Sì, ho finito ora.»

«Bene. Sono fuori con dei clienti ma tornerò a casa appena possibile. Passa a trovarmi.»

Aveva un tono così disinvolto che Hiromi non seppe cosa rispondere.

«A meno che tu non abbia altro da fare.»

«No, figurati... sicuro che posso venire?»

«Certo che puoi. Lo sai anche tu, starà via per un po'.»

Hiromi guardò la borsetta. Nella tasca interna c'era la chiave che Ayane le aveva dato la mattina.

«E c'è una cosa di cui ti voglio parlare» aggiunse Yoshitaka.

«Cosa?»

«Te lo dirò dopo. Sarò a casa per le nove. Chiamami prima di venire.»

Riattaccò prima che lei potesse rispondere.

Hiromi mangiò qualcosa da sola in un noodle bar, poi chiamò Yoshitaka. Era a casa e le disse di raggiungerlo in fretta, con una certa trepidazione nella voce.

Mentre il taxi la portava verso la casa dei Mashiba, Hiromi provò una po' di disgusto nei confronti di se stessa. La infastidiva che Yoshitaka non avesse il minimo senso di colpa per quello che stava succedendo; ma, allo stesso tempo, doveva ammettere che si sentiva felice.

Yoshitaka l'accolse sulla soglia, sorridendo. Non si affrettò a farla entrare. I suoi movimenti erano calmi e sicuri. In salotto, Hiromi sentì profumo di caffè.

«Sono mesi che non mi preparo un caffè» disse Yoshitaka uscendo dalla cucina con una tazza in ciascuna mano. «Spero di non aver fatto un pasticcio.» Le porse una tazza.

«Mi sa che non ti ho mai visto mettere piede in cucina.»

«Eh già! Da quando mi sono sposato non ho più mosso un dito in casa.»

«È proprio una donna d'oro» mormorò Hiromi. Sorseggiò il caffè. Era scuro e un po' amaro.

Yoshitaka fece una smorfia. «Ho messo troppo caffè.»

«Vuoi che ne prepari dell'altro?»

«No, lascia perdere; non ti ho invitata qui a prendere il caffè.» Appoggiò la tazza sul ripiano di marmo. «Ieri le ho parlato.»

«Immaginavo.»

«Non le ho detto che sei tu. Pensa sia qualcuna che non conosce. Sempre se crede alle mie parole.»

Hiromi ripensò a quella mattina, all'espressione sul volto di Ayane quando le aveva dato la chiave. Non le era sembrato ci fosse malizia in quel sorriso.

«Cos'ha detto?»

«L'ha accettato.»

«Davvero?»

«Sì, davvero. Te l'avevo detto.»

Hiromi scrollò la testa. «Forse non dovrei essere io a dirlo, ma non capisco proprio come possa *accettarlo.*»

«Perché queste erano le regole. Le regole che avevo dettato *io*, ma in ogni caso… non hai niente da temere. È tutto sistemato.»

«Allora siamo al sicuro?»

«Altroché» disse Yoshitaka avvicinandola a sé. Hiromi si abbandonò a quell'abbraccio. Sentì le sue labbra vicino all'orecchio: «Dovresti dormire qui, stanotte».

«In camera da letto?»

Yoshitaka accennò un sorriso. «C'è una stanza per gli ospiti. Con un letto matrimoniale.»

Hiromi annuì, in preda a uno strano miscuglio di confusione, sollievo e ostinata inquietudine.

*

La mattina dopo, Hiromi era in cucina a preparare il caffè quando Yoshitaka entrò e le chiese di fargli vedere come si faceva.

«So solo quello che mi ha insegnato Ayane.»

«Bene. Fammi vedere» disse Yoshitaka incrociando le braccia.

Hiromi mise del caffè macinato nel filtro con un cucchiaio graduato. Yoshitaka si chinò in avanti per osservare la quantità.

«Prima metti un po' di acqua calda. Solo un po'. Poi aspetti che la polvere si gonfi.» Prese il bollitore e versò un po' di acqua bollente nel colino, aspettò una ventina di secondi, poi ne versò dell'altra. «Devi descrivere un cerchio. Il caffè si alza leggermente mentre versi l'acqua, e devi fare in modo che resti sempre allo stesso livello. Poi, mentre versi, guardi le linee sulla caraffa e togli il colino non appena ce n'è abbastanza per due. Se lo lasci, verrà troppo diluito.»

«Incredibilmente complicato.»

«Un tempo lo facevi anche tu?»

«Sì, ma con una caffettiera. Ayane l'ha buttata via quando ci siamo sposati. Diceva che fatto così era più buono.»

«Sapendo che sei drogato di caffè, probabilmente voleva solo che avessi il meglio.»

Yoshitaka sorrise appena e scrollò la testa. Faceva sempre così quando Hiromi parlava della profonda devozione che Ayane aveva per lui, per la sua scuola o per il suo lavoro.

Assaggiò il caffè e dovette ammettere che era molto più buono.

Mentre Yoshitaka sorseggiava il suo caffè, Hiromi preparò le sue cose. La Casa di Anne era chiusa di domenica, ma Hiromi lavorava come insegnante part-time in una scuola d'arte tradizionale di Ikebukuro – un altro lavoro che aveva trovato grazie ad Ayane.

Quando fu pronta per uscire, Yoshitaka le chiese di chiamarlo alla fine delle lezioni, per cenare insieme. Hiromi non vide motivo di rifiutare.

Erano le sette passate quando Hiromi finì le lezioni. Mentre si preparava a uscire, prese il telefono e compose il numero, ma non ebbe alcuna risposta dal cellulare di Yoshitaka. Lo lasciò squillare un po', poi riagganciò e provò a chiamare il numero di casa, ma ottenne lo stesso risultato.

Sarà uscito a fare due passi? Non lasciava mai il cellulare a casa.

Hiromi decise di andare comunque da lui. Strada facendo provò a chiamare più volte, ma senza avere risposta.

Alla fine si ritrovò davanti al cancello della casa; guardò in alto e vide che la luce in salotto era accesa. Però nessuno rispondeva al telefono o al campanello.

Scrollando le spalle, Hiromi prese la chiave di Ayane dalla borsetta, aprì la porta ed entrò. La luce all'ingresso era accesa.

Si tolse le scarpe e attraversò il piccolo corridoio. Sentì un vago profumo di caffè. Yoshitaka doveva averne preparato dell'altro durante il giorno.

Quando aprì la porta del salotto, rimase pietrificata.

Yoshitaka era disteso sul pavimento, immobile, in una posa scomposta. Accanto a lui, il caffè rovesciato aveva formato una piccola pozza sul legno.

Devo chiamare un'ambulanza. Qual è il numero, il numero che ti dicono di chiamare… Hiromi prese il cellulare dalla borsetta con le mani tremanti. Ma non riusciva in nessun modo a ricordare quel numero.

Tre

Alcune case signorili fiancheggiavano la strada leggermente digradante. Anche alla luce debole dei lampioni, era evidente che non si badava a spese per la loro manutenzione. Nessuno in quel quartiere sapeva cosa volesse dire tirare la cinghia.

Lungo la strada erano parcheggiate diverse auto della polizia. Kusanagi diede un colpetto sulla spalla al tassista. «Va bene qui.»

Scese dal taxi e guardò l'orologio mentre si dirigeva verso il luogo del ritrovamento. Erano le dieci passate. *Mi sa che non riuscirò a vedere quel film.* L'aveva perso quando era uscito nei cinema, ma sapeva che quella sera l'avrebbero dato in tv. Quando aveva ricevuto la telefonata era uscito di corsa dimenticandosi di programmare il registratore.

Data l'ora, non c'erano i soliti curiosi davanti alla casa. Non erano arrivati nemmeno i giornalisti. *Datemi un caso semplice e il film può anche aspettare*, pensò senza troppa convinzione.

Un poliziotto con un'espressione di circostanza sul volto era di guardia davanti alla casa. Kusanagi gli mostrò il distintivo e l'agente lo salutò.

Si fermò un attimo, prima di salire fino alla porta d'ingresso. Sembrava che tutte le luci in casa fossero accese. Dall'interno provenivano delle voci appena percettibili.

Mentre scrutava il giardino, vide una persona in piedi accanto a una siepe. Era troppo buio per distinguerne il volto, ma dalla statura e dalla lunghezza dei capelli, Kusanagi capì subito chi era. Andò verso di lei.

«Che ci fai qua?»

Karou Utsumi si voltò lentamente, per niente sorpresa di vederlo. «Buonasera, detective.»

«Che ci fai qui fuori?» precisò.

«Niente. Sto solo controllando la siepe e i fiori in giardino. Ce ne sono altri sul terrazzo.»

«Altri cosa?»

Lei indicò in alto. «Fiori.»

Kusanagi alzò lo sguardo e vide che in effetti c'era un terrazzo al primo piano di quel lato della casa, con fiori e foglie che sporgevano dalla ringhiera. Non sembrava ci fosse qualcosa di particolarmente interessante.

Tornò a guardare l'aiuto detective. «Ci riprovo» disse. «Perché non sei dentro?»

«Troppa ressa. C'è già un mucchio di gente.»

«Non siamo molto socievoli, eh?»

«Credo solo che non abbia molto senso star lì a guardare qualcosa che hanno già visto tutti. Non volevo intralciare il lavoro della scientifica, così ho preferito esaminare l'esterno.»

«Ma non stai esaminando niente. Stai guardando i fiori.»

«Ho già fatto il giro della proprietà.»

«Bene. Hai dato almeno un'occhiata alla scena del delitto?»

«Non sono nemmeno entrata. Ho fatto dietro front all'ingresso» rispose Utsumi.

Kusanagi la guardò incuriosito. L'esperienza gli insegnava che l'istinto naturale di un detective portava a esaminare per prima cosa il luogo del delitto. Ma a quanto pare era un istinto che la nuova recluta del dipartimento non aveva.

«Apprezzo il tuo interesse per gli esterni, ma ora devi venire dentro con me. Ci sono un sacco di cose che devi vedere con i tuoi occhi se vuoi fare questo lavoro come si deve.»

Kusanagi si voltò e tornò verso la porta. Utsumi lo seguì in silenzio.

All'interno la casa era piena di gente. Kusanagi vide agenti del distretto locale di polizia e uomini del suo stesso dipartimento che si aggiravano qua e là.

L'aiuto detective Kishitani lo notò e gli andò incontro. «Mi scusi se l'ho chiamata così presto, signore» disse con un sorriso ironico sulle labbra.

«C'è qualche problema con gli orari che faccio?» borbottò Kusanagi. «Si tratta almeno di un omicidio?»

«Non lo sappiamo ancora con certezza. Ma sembra probabile.»

«Spiegami tutto. Con parole semplici.»

«Be', in pratica un uomo, il proprietario della casa, è morto. In salotto. Da solo.»

«Siamo sicuri che fosse solo?»

«Venga.»

Kishitani portò Kusanagi in salotto, Utsumi li seguì. Era una stanza spaziosa – *quasi cinquanta metri quadrati*, pensò Kusanagi. C'erano due divani di pelle verde e un tavolino di marmo al centro.

Sul pavimento, accanto al tavolino, era stata tracciata la sagoma del cadavere con del nastro adesivo bianco. Il corpo era già stato portato via. Kishitani guardò il profilo disegnato prima di girarsi verso Kusanagi. «Il defunto si chiamava Yoshitaka Mashiba, sposato, senza figli.»

«Me l'hanno detto prima di venire qui» disse Kusanagi. «Era presidente di un'azienda, giusto?»

«Sì, un'azienda informatica. Essendo domenica, oggi non lavorava. Non sappiamo nemmeno se sia uscito di casa.»

«Il pavimento era bagnato?» chiese Kusanagi, notando una lieve macchia.

«Caffè. L'hanno trovato accanto al cadavere. Uno degli uomini della scientifica l'ha prelevato con una siringa. C'era anche una tazza da caffè, rovesciata.»

«Chi ha trovato il corpo?»

«Ehm...» Kishitani aprì il suo taccuino. «Una donna di nome Hiromi Wakayama. Una delle allieve della moglie. Per essere più precisi, la sua assistente.»

«Assistente di cosa?»

«La moglie è una famosa designer di trapunte patchwork.»

«Esistono famose designer di trapunte?»

«Pare di sì. È la prima volta che ne sento parlare anch'io. Forse una donna ne sa qualcosa?» Kishitani lanciò un'occhiata a Utsumi. «Hai mai sentito parlare di una certa "Ayane Mita"?» le chiese mostrandole il taccuino su cui aveva scritto il nome.

«No» rispose lei. «E perché una donna dovrebbe saperne di più?»

«Così, pensavo» disse Kishitani grattandosi la testa.

Kusanagi soffocò una risatina mentre guardava i due subordinati. Finalmente il povero Kishitani aveva una nuova recluta tutta per sé da maltrattare, e per di più donna. *Non sa assolutamente come gestirla.*

«Com'è stato trovato il corpo?» chiese Kusanagi.

«Be', ieri la moglie della vittima è partita per andare dai genitori a Sapporo. Credo che non sapesse quando sarebbe tornata e quindi, per ogni evenienza, prima di andarsene ha lasciato le chiavi di casa alla signorina Wakayama. La signorina dice di aver chiamato il signor Mashiba per sapere come se la cavava da solo, ma di non aver avuto risposta né al cellulare né al telefono di casa. Così si è preoccupata ed è venuta qui. Dice di averlo chiamato la prima volta poco dopo le sette, e di essere arrivata qui verso le otto.»

«Ed è quando ha trovato il cadavere?»

«Esatto. Ha chiamato i soccorsi con il suo cellulare. L'ambulanza è arrivata subito e ha appurato che l'uomo era morto. Hanno fatto venire un medico perché lo esaminasse. A quel punto hanno capito che c'era qualcosa di strano e hanno chiamato il distretto... e ora eccoci qui.»

«Mmm.» Kusanagi grugnì e lanciò un'occhiata a Utsumi, che si era allontanata verso la credenza. «Quindi dov'è questa... la donna che ha trovato il corpo?»

«La signorina Wakayama sta riposando in una delle volanti. Il comandante è con lei.»

«Cosa? Il vecchio è già qui? Non l'ho visto quando sono entrato» disse Kusanagi con aria accigliata. «Hanno stabilito la causa del decesso?»

«Avvelenamento, sembrerebbe. Certo, potrebbe trattarsi di un suicidio... ma non saremmo qui se non ci fossero sospetti di un omicidio, no?»

«Mmm.» Kusanagi seguì con lo sguardo la detective Utsumi che entrava in cucina. «Così, quando la signorina Wakayama è arrivata, ha trovato la porta chiusa a chiave?»

«Pare di sì.»

«Anche le finestre e le porte scorrevoli di vetro?»

«Al loro arrivo, gli agenti del distretto hanno trovato tutto chiuso tranne la finestra del bagno al primo piano.»

«Ed è abbastanza grande da permettere il passaggio di una persona?»

«In realtà non lo so, ma no, non credo.»

«Okay. Perché gli uomini del distretto pensano che si tratti di omicidio e non di suicidio?» Kusanagi si sedette sul divano e accavallò le gambe. «Perché pensano che qualcuno gli abbia messo del veleno nel caffè? Se così fosse, come avrebbe fatto l'assassino a uscire? Qualcosa non torna.»

«Be'... se consideriamo solo il luogo del delitto, le do ragione. È difficile pensare che sia andata così.»

«Qualcosa mi sfugge?»

«Dunque, mentre gli uomini del distretto esaminavano il luogo del delitto, il cellulare del signor Mashiba, il defunto, si è messo a suonare. Era un ristorante di Ebisu. A quanto pare l'uomo aveva prenotato un tavolo per due per le otto di stasera. Chiamavano perché non si era presentato nessuno. Secondo il ristorante, la prenotazione era stata fatta un'ora e mezzo prima, alle sei e mezzo. E come ho detto, la signorina ha chiamato il signor Mashiba poco dopo le sette, senza ricevere risposta. Non ha molto senso che una persona prenoti un ristorante alle sei e mezzo e si suicidi alle sette.»

«Già» disse Kusanagi grattandosi l'estremità di un sopracciglio con un dito. «Non ha senso nemmeno che tu non me l'abbia detto subito.»

«Mi scusi. Mi stava facendo così tante domande. Non ho avuto modo.»

«Bene» disse Kusanagi, dandosi una colpetto sulle ginocchia e alzandosi. Utsumi era uscita dalla cucina ed era tornata nel punto di prima, davanti alla credenza. «Ehi» la chiamò Kusanagi. «Kishitani ci sta riferendo delle notizie importanti. Perché te ne vai in giro?»

«Ho sentito tutto. Grazie, detective Kishitani.»

«Ehm, prego» farfugliò Kishitani.

«C'è qualcosa che dovrei sapere riguardo quella credenza?»

«Guardi qua» disse Utsumi, indicando l'interno. «Questa parte non le sembra un po' vuota rispetto al resto?»

Nel punto che stava indicando, su un ripiano, c'era uno spazio vuoto, largo abbastanza per ospitare un piatto.

«Forse sì.»

«Ho dato un'occhiata in cucina e ho trovato cinque calici da champagne nello scolapiatti.»

«Quindi probabilmente era il loro posto.»

«Sì, mi sa di sì.»

«E allora? Che ci importa dei calici da champagne?»

Utsumi alzò lo sguardo verso il detective, aprendo leggermente le labbra. Poi scrollò la testa, come se avesse cambiato idea. «Non importa» disse. «Pensavo solo che devono aver avuto gente a cena ultimamente. Altrimenti, perché usare dei calici da champagne?»

«Mi sembra un'osservazione sensata. E una coppia benestante, senza figli, probabilmente organizza spesso delle cene. Però non mi sembra che sia un particolare fondamentale per stabilire se quest'uomo si sia suicidato o no.» Kusanagi si voltò verso Kishitani prima di continuare. «Le persone sono complicate, a volte fanno cose contraddittorie. Non m'importa se hanno avuto gente a cena o prenotato un tavolo per la serata: se vogliono morire, muoiono e basta.»

Kishitani sospirò e annuì distrattamente.

«E la donna?» chiese Kusanagi.

«Scusi, quale donna?»

«La vittima... cioè, la moglie del defunto. Qualcuno l'ha chiamata?»

«Ah, certo. Però non sono ancora riusciti a parlare con lei. È a Sapporo, e oltretutto fuori città. Anche se riuscissero a contattarla, probabilmente non potrà essere qui prima di domani.»

«Già. Non se deve attraversare tutta Hokkaido» disse Kusanagi, intimamente sollevato. Se la moglie stava tornando, qualcuno avrebbe dovuto aspettarla e, conoscendo Mamiya, il comandante della divisione, quel qualcuno sarebbe stato quasi sicuramente Kusanagi. Ormai era tardi e probabilmente avrebbero dovuto aspettare il giorno dopo per interrogare i vicini. Kusanagi ormai sperava di poter tornare a casa, quando il faccione di Mamiya comparve sulla soglia.

«Eccoti qua, Kusanagi. Mi fa piacere che ti sia deciso a venire.»

«Sono qui da un sacco di tempo. Kishitani mi ha informato dell'accaduto.»

Mamiya annuì, poi si voltò a guardare fuori. «Prego, venga» disse, facendo entrare in salotto una donna esile, sui venticinque anni. I suoi capelli, lunghi appena sopra le spalle, erano di un nero naturale. *Strano, di questi tempi, per una donna della sua età*, pensò Kusanagi. Il colore faceva risaltare il candore della sua pelle. Anche se, date le circostanze, forse sarebbe stato più appropriato dire che la ragazza era pallida. In ogni caso, era molto bella e sapeva come truccarsi.

Hiromi Wakayama, immagino.

«Stava dicendo che ha trovato il cadavere appena entrata in sala, giusto?» le stava chiedendo Mamiya. «Quindi si trovava più o meno nel punto in cui si trova ora?»

La donna smise di guardare per terra il tempo necessario a lanciare un'occhiata verso il divano e ripensare al momento della scoperta.

«Sì» rispose con un filo di voce. «Proprio qui.»

Forse era per la magrezza, o per il pallore del volto, ma a Kusanagi sembrava che la ragazza facesse fatica a reggersi in piedi. *È ancora sotto shock*, pensò. *Non* c'è *da stupirsi.*

«E l'ultima volta che è stata in questa stanza risale a due sere fa?» chiese Mamiya, in cerca di conferme.

Hiromi annuì.

«Nota qualcosa di diverso rispetto ad allora? Basta anche un piccolo dettaglio.»

La ragazza si guardò un momento attorno, quasi con timore, poi scrollò la testa.

«Non saprei. C'era altra gente e avevamo appena cenato...» Le tremava la voce.

Mamiya annuì; le sopracciglia ravvicinate l'una all'altra sembravano esprimere un sentimento di comprensione: *non preoccuparti, è normale che non ricordi.*

«Bene, non la tratterremo oltre stasera. Vada a casa e cerchi di riposare. Temo che avremo bisogno di parlare ancora con lei domani, se non ha niente in contrario.»

«D'accordo,» disse Hiromi «ma in realtà temo di non avere molto da dirvi.»

«Lo so, ma dobbiamo assicurarci di avere quante più informazioni possibile. Spero potrà aiutarci.»

«Okay» disse lei senza alzare lo sguardo.

«Dirò a uno dei miei uomini di accompagnarla a casa» disse Mamiya guardando Kusanagi. «Come sei venuto stasera? Hai preso l'auto?»

«In taxi, mi dispiace.»

«Figuriamoci se non lasciavi a casa l'auto proprio oggi.»

«Non la uso molto in questo periodo.»

Mamiya non riuscì a nascondere il suo sdegno. Intervenne Utsumi: «Io ho preso la mia».

Kusanagi si voltò. «Hai un'auto? A Tokyo? Con lo stipendio che hai?»

«Ero al ristorante quando mi avete chiamato. Mi scusi.»

«Non c'è bisogno di chiedere scusa» disse Mamiya. «Potresti accompagnare a casa la signorina Wakayama?»

«Certo. Ma prima posso farle una domanda?»

«Che domanda?» chiese Mamiya, sorpreso dalla richiesta inaspettata della recluta.

Hiromi s'irrigidì visibilmente.

«Deduco che il signor Mashiba stesse bevendo del caffè quand'è caduto, e mi chiedevo, non usava mai un piattino insieme alla tazza?»

Hiromi sbarrò leggermente gli occhi e guardò di lato. «Be', forse no, se lo beveva da solo.»

«Questo significa che ha avuto un ospite, ieri o oggi» disse Utsumi con fare sicuro. «Ha idea di chi possa essere?»

Kusanagi la guardò. «Come fai a sapere che ha avuto un ospite?»

«Nel lavello ci sono una tazza e due piattini sporchi. Se il signor Mashiba avesse bevuto il caffè da solo, non dovrebbe esserci un piattino, né tantomeno due.»

Kishitani andò in cucina e fece ritorno subito. «Ha ragione. Una tazza e due piattini.»

Kusanagi scambiò un'occhiata con Mamiya prima di guardare di nuovo la giovane Hiromi Wakayama.

«Le viene in mente qualcosa?» le chiese.

La ragazza scrollò la testa. «Io… non lo so.» La sua voce esprimeva ansia. «Cioè, non sono più stata qui dopo la cena dell'altra sera. Come faccio a sapere se ha avuto ospiti?»

Kusanagi lanciò di nuovo un'occhiata al suo capo, che annuì. Aveva un'espressione turbata sul volto. «Bene, l'abbiamo trattenuta abbastanza. L'accompagni a casa, Utsumi. Kusanagi, tu puoi andare con loro.»

«Sissignore» disse Kusanagi intuendo le intenzioni di Mamiya. Era chiaro che la signorina Wakayama stava nascondendo qualcosa, e sarebbe toccato a lui farle vuotare il sacco.

I tre uscirono insieme e Utsumi chiese loro di aspettare mentre andava a prendere l'auto, lasciata in un parcheggio nelle vicinanze.

Mentre aspettavano, Kusanagi studiò la ragazza che aveva accanto. Sembrava prostrata, ma forse non solo per lo shock di aver trovato un cadavere.

«Ha freddo?» le chiese.

«No, sto bene, grazie.»

«Doveva andare da qualche parte stasera?»

«Stasera? Sta scherzando?»

«Mi chiedevo solo se non avesse preso altri impegni.»

Hiromi mosse leggermente le labbra. Sembrava titubante, incerta.

«Mi scusi, gliel'avranno già chiesto un centinaio di volte, ma...»

«Sì?»

«Cosa l'ha spinta esattamente a chiamare il signor Mashiba stasera?»

«Be', dato che la signora Mashiba mi ha lasciato le chiavi, ho pensato che volesse che io controllassi ogni tanto. Credo che fosse preoccupata a lasciare solo suo marito, così se potevo rendermi utile...» la sua voce si affievolì.

«E vedendo che lui non rispondeva è passata da casa sua?»

«Sì» disse con un lieve cenno del capo.

Kusanagi inarcò un sopracciglio. «Capita però che la gente non risponda al telefono. Magari era uscito e non poteva rispondere per qualche motivo. Non ci ha pensato?»

Dopo un attimo di silenzio, Hiromi scrollò la testa. «Mi sa di no.»

«Perché no? Era preoccupata per qualcosa in particolare?»

«No, assolutamente. Forse era solo un presentimento...»

«Un *presentimento*?»

«Che c'è di male a passare da qualcuno se si avverte che c'è qualcosa di strano?»

«Niente, ovviamente. In realtà sono colpito. Non tutti quelli a cui vengono affidate delle chiavi di casa sono così responsabili. E a quanto pare il suo presentimento era azzeccato, quindi credo che abbia fatto una cosa lodevole.»

Hiromi guardò altrove. Sembrava riluttante a prendere per vere le parole di Kusanagi.

Una Mitsubishi Pajero rosso scuro si fermò davanti alla casa. Karou Utsumi aprì la portiera e scese.

«Una quattro per quattro?» Kusanagi rimase a bocca aperta.

«È più facile da guidare di quel che pensa» disse Utsumi. «Signorina Wakayama?» Aprì la portiera posteriore e Hiromi salì, seguita da Kusanagi.

Utsumi si sedette al volante e impostò il navigatore – a quanto pare conosceva già l'indirizzo della signorina Wakayama. Si trattava di un appartamento vicino alla stazione ferroviaria di Gakugei-daigaku. Appena l'auto partì, Hiromi si chinò in avanti. «Non è stato un incidente o... un suicidio quello che è successo al signor Mashiba?»

Kusanagi lanciò un'occhiata verso il posto di guida. Il suo sguardo incontrò quello di Utsumi nello specchietto retrovisore.

«Impossibile dirlo» rispose. «Non senza un referto dell'autopsia.»

«Ma siete della squadra omicidi, non è vero?»

«Sì, ma siamo venuti solo perché *potrebbe* essere un assassinio. Non posso dirle altro, anche perché non sappiamo di più nemmeno noi.»

«Capisco» disse Hiromi con un filo di voce.

«A proposito» osservò Kusanagi con un tono il più disinvolto possibile. «Volevo chiederle, signorina Wakayama: se *fosse* un omicidio, ha idea di chi potrebbe essere stato?»

Gli sembrò di sentirla trattenere il fiato. Le guardò la bocca.

«No» disse Hiromi, con voce debole e sommessa. «In realtà non so molto del signor Mashiba, a parte che è il marito della mia insegnante di patchwork.»

«Certo. Be', se le venisse in mente qualcosa, sappiamo di poter contare sul suo aiuto.»

Hiromi rimase seduta in silenzio, senza nemmeno annuire.

La fecero scendere davanti al suo palazzo; Kusanagi si spostò sul sedile davanti.

«Allora,» disse guardando dritto davanti a sé «che ne pensi?»

«È una tipa tosta» rispose Utsumi reimmettendosi nel traffico.

«Tu credi?»

«Non ha pianto nemmeno una volta. Almeno, non davanti a noi.»

«Forse non era così triste.»

«No, aveva pianto prima che arrivassimo. Per tutto il tempo che ha aspettato l'ambulanza, direi.»

«Come fai a saperlo?»

«Il trucco. Era chiaro che l'aveva sistemato in fretta.»

Kusanagi guardò la giovane detective. «Davvero?»

«Non c'è dubbio.»

«Mi sa che le donne notano cose diverse – e bada bene, il mio è un complimento.»

«Lo so» disse lei sorridendo. «E a lei com'è sembrata, detective Kusanagi?»

«In una parola? Sospetta. Ho qualche dubbio se una ragazza dice di essere andata a casa di un uomo per "vedere come stava", che avesse la chiave o no.»

«Sono d'accordo. Io di sicuro non l'avrei fatto.»

«Credi che tra lei e il defunto ci fosse qualcosa? O sto correndo troppo?»

Utsumi quasi sbuffò. «Non direi che sta correndo troppo. Difficile pensare che *non ci fosse* qualcosa. Secondo me avevano in programma di cenare insieme stasera.»

Kusanagi si diede un pugno sul ginocchio. «Il ristorante di Ebisu!»

«Hanno chiamato perché non si è presentato nessuno, e la prenotazione era per due. Il che significa che anche la persona con cui doveva cenare il signor Mashiba non si è presentata.»

«E questa persona potrebbe essere proprio Hiromi Wakayama» affermò Kusanagi.

«Se c'era qualcosa tra i due, lo scopriremo presto.»

«E come?»

«Le tazze nel lavello. Potrebbero averle usate per bere un caffè insieme, e in tal caso su una di esse ci dovrebbero essere le impronte della ragazza.»

Kusanagi alzò un dito: «D'accordo, d'accordo. Ma una probabile relazione non basta a farla ritenere sospetta».

«Ovviamente no» disse Utsumi. Accostò e spense l'auto. «Le spiace se faccio una telefonata? Voglio controllare una cosa.»

«Chi chiami?»

«Be', Hiromi Wakayama, ovviamente.»

Utsumi digitò il numero sul suo cellulare mentre il detective Kusanagi la guardava a bocca aperta. La persona all'altro capo rispose quasi subito.

«Signorina Wakayama? Sono Utsumi, del dipartimento di polizia. Scusi se la disturbo ancora e così presto; mi sono scordata di chiederle che programmi ha per domani.» Ci fu una pausa mentre Hiromi parlava, poi Utsumi riprese: «Capisco. Grazie. Mi scusi il disturbo. Buonanotte» e chiuse la comunicazione.

«Cos'ha detto?» chiese Kusanagi.

«Che non ha programmi e crede che resterà a casa. Prenderà un giorno libero alla scuola di patchwork.»

«Mmm» grugnì Kusanagi.

Utsumi guardò il detective di sbieco. «Non ho chiamato per sapere i suoi programmi.»

«Avanti, sputa il rospo.»

«Anche se cercava di nasconderlo, si capiva dalla voce che stava piangendo. Era evidente. In altre parole, non appena si è ritrovata sola nella sua stanza, le emozioni che aveva trattenuto sono venute fuori.»

Kusanagi si raddrizzò sul sedile. «Per questo l'hai chiamata? Per vedere se stava piangendo?»

«Ho pensato che lo shock di trovare qualcuno morto fosse sufficiente a far piangere una persona, che lo conoscesse bene o no. Ma mettersi a piangere adesso, ore dopo…»

«Significa che prova qualcos'altro oltre allo shock per un evento così tremendo» concluse Kusanagi. Le sorrise. «Non male, aiuto detective Utsumi.»

«Grazie, detective Kusanagi.» Tolse il freno a mano e partì.

La mattina successiva, poco dopo le sette, Kusanagi fu svegliato dal telefono. Era il comandante Mamiya.

«È presto» borbottò il detective nella cornetta.

«Ringrazia il cielo che hai dormito a casa tua. Stamattina c'è una riunione per le indagini alla centrale di polizia di Meguro. Probabilmente ci trasferiremo lì, quindi preparati a passarci la notte.»

«Mi sta chiamando alle sette di mattina per ricordarmi di portare lo spazzolino?»

«Ti piacerebbe, eh? No, stamattina devi andare a Haneda.»

«Haneda? Perché a Haneda?»

«All'aeroporto, no? La signora Mashiba sta tornando da Sapporo e voglio che tu vada a prenderla e che la porti alla centrale.»

«Sa già tutto, immagino?»

«Dovrebbe. Voglio che tu ci vada con Utsumi. Guiderà lei. L'aereo arriva alle otto.»

«Alle otto di mattina?» Kusanagi mise giù la cornetta e balzò fuori dal letto.

Mentre si affrettava a prepararsi suonò il cellulare. Era Karou Utsumi: lo stava già aspettando sotto casa. Kusanagi prese il portafoglio, s'infilò le scarpe e corse fuori.

Utsumi era sul ciglio della strada. Kusanagi salì sulla Pajero e partirono in direzione dell'aeroporto di Haneda.

«Mi sa che ci è andata male anche stavolta. Non imparerò mai a gestire i familiari in lutto» disse Kusanagi allacciandosi la cintura.

«Ma il capo dice che lei è il migliore in questo genere di cose.»

«Il vecchio ha detto così?»

«Ha detto che ha una faccia rassicurante.»

«Bello.» Kusanagi sbuffò. «In altre parole, sembro un idiota.»

Arrivarono all'aeroporto alle otto meno cinque e rimasero nella sala d'attesa a osservare i passeggeri in arrivo per scorgere Ayane Mashiba.

«Potrebbe essere lei?» disse Utsumi facendo un cenno con la testa verso una persona che veniva verso di loro.

Kusanagi seguì il suo sguardo e vide una donna che corrispondeva alla descrizione. Le si leggeva il dolore negli occhi, leggermente rivolti in basso, e tutto il suo portamento aveva un non so che di austero e di rigido – di solenne, forse.

«Certo che è lei» disse Kusanagi con voce improvvisamente rauca.

Era come se il cuore gli fosse balzato improvvisamente in gola. La fissò senza riuscire a toglierle gli occhi di dosso né a capire perché vedere Ayane Mashiba lo turbasse tanto.

Quattro

Una volta che i detective si furono presentati, Ayane Mashiba chiese subito del corpo di suo marito.

«La corte ha ordinato un'autopsia» spiegò Kusanagi. «In questo momento non so dove si trovi di preciso il corpo, ma più tardi m'informerò e le farò sapere.»

«Quindi non potrò vederlo.» Ayane aveva gli occhi incavati, la pelle arrossata; si stava sforzando di trattenere le lacrime.

Dubito che sia riuscita a chiudere occhio da quando ha ricevuto la telefonata. «Quando avranno finito, le restituiremo la salma il prima possibile.» Le parole di Kusanagi sembrarono pesanti persino alle sue stesse orecchie. Non era mai del tutto a suo agio quando doveva parlare con i familiari, ma per qualche motivo questa volta era ancora più imbarazzante. Sembrava tutto più difficile del solito.

«Grazie» rispose Ayane.

Aveva una voce profonda per essere una donna – a Kusanagi vennero in mente parole come "sensuale" e "seducente".

«Vorremmo parlare con lei alla centrale di polizia di Meguro, se non le dispiace.»

«Sì. Me l'hanno detto al telefono.»

«Bene. Se è pronta l'accompagnamo alla macchina.»

Kusanagi la fece accomodare sul sedile posteriore del SUV di Utsumi, poi salì al posto del passeggero.

«Hanno avuto dei problemi a rintracciarla ieri sera. Dove l'hanno trovata?» disse, voltandosi verso di lei.

«Ero in una località termale vicino alla città dove sono nata. Ci sono andata con una vecchia amica. Temo di aver spento il cellulare, per questo non ho risposto subito. Ho ascoltato i messaggi solo prima di andare a letto.» Fece una pausa, seguita da un lungo sospiro. «All'inizio ho pensato che fosse uno scherzo. Di solito non ci si aspetta una telefonata dalla polizia.»

«Sono cose che succedono senza preavviso» convenne Kusanagi.

«Proprio così» disse lei. «Ma *che genere* di cose? Nessuno mi ha detto niente, a parte che lui è...» la sua voce vacillò, e Kusanagi provò una morsa allo stomaco. Sapeva che la risposta alla domanda che Ayane stava per fare era quella che temeva di più.

«Cosa le hanno detto al telefono?» le chiese.

«Mi hanno detto che mio marito era morto, che la causa della sua morte non era chiara e che quindi ci sarebbero state delle indagini. Tutto qua.»

Evidentemente era tutto quello che era riuscito a dirle l'agente incaricato di chiamarla. Kusanagi provò una stretta al petto quando s'immaginò come Ayane doveva aver passato la notte dopo aver ricevuto la notizia, e come doveva essere stato per lei prendere l'aereo quella mattina. «Suo marito è morto in casa» le disse. «Non conosciamo ancora la causa, ma non ci sono lesioni esterne. È stata Hiromi Wakayama a trovarlo.»

«Hiromi...» Kusanagi intuì il rantolo di Ayane, più che sentirlo.

Kusanagi rivolse lo sguardo a Utsumi seduta al volante. Per un istante la ragazza si voltò e i loro sguardi si incontrarono.

Stiamo pensando entrambi la stessa cosa, intuì Kusanagi. Erano passate meno di dodici ore da quando avevano parlato della possibilità che Hiromi Wakayama e Yoshitaka Mashiba avessero una relazione. La signorina Wakayama era a detta di tutti l'allieva preferita di Ayane. Se avevano l'abitudine di invitarla a cena da loro, allora era un'amica di famiglia. Se aveva dormito con il marito di Ayane, si trattava allora della classica pugnalata alle spalle.

La questione era se Ayane fosse al corrente. Non potevano dare per scontato che sapesse ogni cosa, solo perché era molto amica della sua assistente. In realtà Kusanagi aveva visto più di un caso in cui si era verificato l'opposto, cioè persone che non sapevano perché *troppo* vicine.

«Suo marito soffriva di qualche malattia?»

Ayane scrollò la testa. «Che io sappia no. Faceva controlli regolari e non c'erano problemi. Non beveva nemmeno più di tanto.»

«E non aveva mai avuto dei mancamenti prima d'ora?»

«No. Assolutamente. Non riesco nemmeno a immaginare una cosa del genere.» Ayane si portò una mano alla fronte come se stesse cercando di arginare un mal di testa.

Kusanagi decise che sarebbe stato prematuro parlare di avvelenamento. In effetti, finché non avevano il referto dell'autopsia, era meglio non parlare né di suicidio né di omicidio.

«A causa delle circostanze insolite» disse «dobbiamo mettere a verbale ogni dettaglio sul luogo dov'è stato trovato il corpo, che si tratti di un delitto o no. Abbiamo già svolto una parte del lavoro ieri sera con l'aiuto della signorina Wakayama. Avremmo preferito che ci fosse lei, ovviamente.»

«Sì, mi hanno accennato anche a questo al telefono.»

«Torna spesso a Sapporo?»

Ayane scrollò la testa. «Era la prima volta da quando mi sono sposata.»

«I suoi genitori vivono là, giusto? Va tutto bene?»

«Mio padre non gode di buona salute, così ho pensato che fosse il caso di andarlo a trovare. Certo, quando sono arrivata l'ho trovato molto meglio di quel che pensavo, per questo sono andata alle terme.»

Kusanagi annuì. «E perché ha lasciato la sua chiave alla signorina Wakayama?»

«Ho pensato che fosse più prudente così, in caso ci fosse stato bisogno di qualcosa mentre ero via. Hiromi mi aiuta molto nel mio lavoro, e in casa tengo molte stoffe e pezzi finiti che potrebbero servirle durante le lezioni.»

«La signorina Wakayama ci ha detto che era preoccupata per suo marito e che, vedendo che non rispondeva al telefono, è passata a casa vostra a controllare che fosse tutto a posto. Mi chiedevo... » il detective scelse le parole con attenzione: «Ricorda se le ha chiesto espressamente di passare a vedere come stava?».

Ayane rimase un po' perplessa. «Non credo, ma può darsi che le abbia dato questa impressione. È sempre così premurosa, ed era la prima volta da quando siamo sposati che lasciavo solo mio marito... Ho forse...» Fece una breve pausa prima di continuare. «Ho sbagliato a lasciarle la chiave?»

«No, assolutamente. Volevo solo confermare quello che ci ha detto ieri la signorina Wakayama.»

Ayane si nascose il volto tra le mani. «Non posso crederci. Stava bene, in ottima salute. Avevamo avuto degli amici a cena, venerdì sera. Era così... così felice.» Le tremò la voce.

«So che è difficile» disse Kusanagi il più delicatamente possibile «e mi dispiace doverle chiedere queste cose, ma riguardo la cena di venerdì... chi erano questi amici?»

«Un ex compagno di studi di mio marito e sua moglie.» Fece i nomi di Tatsuhiko e Yukiko Ikai. Poi si lasciò cadere le mani in grembo e il suo sguardo si fece determinato. «Devo chiedervi una cosa.»

«Certo» disse Kusanagi. «Dica pure.»

«Dobbiamo andare subito alla centrale di polizia?»

«Ha bisogno di fare qualcosa?»

«Prima vorrei vedere la casa, se possibile. Voglio sapere dov'era quando... Voglio sapere com'è morto. È possibile?»

Kusanagi lanciò di nuovo un'occhiata a Utsumi. Questa volta i loro sguardi non s'incontrarono. La giovane detective sembrava concentrata sulla strada.

«Dovrò chiedere al responsabile del caso» disse Kusanagi prendendo il cellulare dalla tasca.

Mamiya rispose e Kusanagi gli comunicò la richiesta. Sentì il comandante emettere un breve gemito e poi dire: «D'accordo... In realtà le cose sono un po' cambiate. Forse sarà meglio se le parliamo sul posto. Ci vediamo alla casa».

«In che senso sono cambiate?»

Pausa. «Te lo spiego dopo.»

«Bene.» Kusanagi chiuse la comunicazione e si girò verso Ayane. «La portiamo a casa.»

«Grazie» rispose lei con un filo di voce.

Kusanagi tornò a guardare la strada. Un attimo dopo sentì che Ayane stava chiamando qualcuno al cellulare.

«Pronto, Hiromi? Sono io.»

Kusanagi s'irrigidì. Non si aspettava che avrebbe chiamato qualcuno, tantomeno la signorina Wakayama. Ma non poteva dirle di interrompere la conversazione.

«... Lo so, lo so» stava dicendo Ayane. «Ora sono con la polizia. Stiamo andando a casa. Oh, chissà come ti sei sentita, Hiromi.»

La mente di Kusanagi era in subbuglio. Non riusciva a immaginare come stesse reagendo la signorina Wakayama. Forse era sopraffatta dal dolore per aver perso il suo amante, forse stava addirittura vuotando il sacco. In quel caso, poteva immaginare la reazione di Ayane.

«... È quello che mi hanno detto. Stai bene? Ti prego, dimmi che stai mangiando... Bene. Senti, se non è un problema, pensi di riuscire a venire? Mi piacerebbe molto parlarti.»

Kusanagi non si aspettava che Ayane avrebbe invitato la signorina Wakayama a casa. A giudicare da quei brandelli di conversazione, sembrava che la ragazza stesse mantenendo il suo sangue freddo.

«Sicura che ce la fai? Okay, allora a dopo... Sì, grazie. Abbi cura di te.» La telefonata era finita. Kusanagi sentì la donna che tirava su col naso dal sedile di dietro.

«Viene anche la signorina Wakayama?»

«Sì. Oh! Spero che non sia un problema.»

«Nessun problema. È stata lei a trovarlo, forse è meglio che sia lei a raccontarglielo» disse il detective, la cui eccitazione stava crescendo. Da un lato era curioso di vedere come l'amante della vittima avrebbe descritto alla moglie la scoperta del cadavere. Dall'altro sperava che, osservando Ayane con attenzione, sarebbe riuscito a capire se sapeva del tradimento del marito.

Lasciarono la superstrada e imboccarono la strada locale che portava all'abitazione dei Mashiba. Sembrava che Utsumi si orientasse benissimo: forse aveva memorizzato il percorso.

Quando raggiunsero la casa, trovarono il comandante Mamiya ad aspettarli. Era in piedi davanti al cancello insieme a Kishitani.

Scesero dall'auto e si avvicinarono; Kusanagi presentò Ayane agli altri due detective.

«Mi dispiace per suo marito» esordì Mamiya; poi chiese a Kusanagi: «Le hai raccontato tutto?».

«A grandi linee.»

Mamiya rivolse alla vedova uno sguardo comprensivo. «Come può immaginare, vorremmo chiederle molte informazioni. Mi dispiace disturbarla adesso, appena tornata.»

«Non si preoccupi.»

«Ora è meglio se andiamo dentro. Kishitani, la chiave.»

Kishitani porse la chiave ad Ayane, che la prese con un'espressione accigliata e perplessa.

Aprì ed entrò in casa. Gli altri la seguirono, con Kusanagi per ultimo che portava la valigia della vedova.

Una volta dentro, Ayane chiese: «Dov'era?».

«Da questa parte» rispose Mamiya, procedendo per il corridoio.

Sul pavimento del salotto c'era ancora il nastro adesivo attaccato per terra. Ayane vide la sagoma e si fermò, coprendosi la bocca con una mano.

«La signorina Wakayama dice di averlo trovato disteso qui, sul pavimento, quando è entrata» spiegò Mamiya.

Ayane rabbrividì; le gambe cedettero e cadde in ginocchio. Kusanagi vide che le tremavano le spalle e sentì un gemito simile a un singhiozzo. Ayane trattenne il fiato e chiese con un filo di voce: «A che ora è successo?».

«L'ha trovato verso le otto» rispose Mamiya.

«Le otto… Cosa stava facendo?»

«Pare che stesse bevendo un caffè. C'era una tazza sul pavimento, e del liquido era caduto.»

«Caffè… » Ayane alzò lo sguardo. «L'aveva preparato lui?»

«Mi scusi?» disse Kusanagi.

Ayane scrollò la testa. «No, non è da lui. Non l'ho mai visto prepararsi un caffè.»

Kusanagi notò un fremito sulle sopracciglia di Mamiya.

«Non preparava mai il caffè?» domandò il comandante.

«Be', so che lo faceva prima che ci sposassimo. Ma aveva una caffettiera.»

«E adesso non ce l'avete?»

«No. Non mi serviva, così l'ho buttata via. Uso un colino per tazza singola.»

Lo sguardo di Mamiya s'indurì. «Signora,» disse «non posso dare niente per certo prima dei risultati dell'autopsia, ma è probabile che suo marito sia stato avvelenato.»

L'espressione di Ayane si fece un attimo assente, poi la donna sbarrò gli occhi. «Avvelenato? Intende avvelenamento da cibo?»

«No. Nel caffè accanto al cadavere abbiamo trovato un veleno molto potente – anche se non sappiamo ancora esattamente di cosa si tratti. Significa che la morte di suo marito non è stata provocata da una malattia o da un infortunio.»

Ayane si coprì di nuovo la bocca e batté più volte le palpebre. I suoi occhi erano sempre più arrossati.

«Come… come è potuto succedere?»

«Non lo sappiamo. Per questo volevo chiederle se aveva qualche idea.»

Evidentemente era questo che intendeva Mamiya quando aveva detto che le cose erano cambiate, pensò Kusanagi. Ora capiva perché il comandante era venuto di persona.

Ayane si premette le dita sulla fronte e si sedette sul divano più vicino. «No. Non ne ho la minima idea.»

«Quand'è stata l'ultima volta che ha parlato con suo marito?» chiese Mamiya.

«Sabato mattina. Siamo usciti di casa insieme quando sono andata in aeroporto.»

«Ha notato qualcosa di strano in lui o nel suo comportamento? Anche un piccolo dettaglio può essere utile.»

Ayane rimase seduta immobile un attimo, come se stesse riflettendo a fondo; poi scrollò la testa con decisione. «No, non mi viene in mente nulla.»

Per forza, pensò Kusanagi. Dover sopportare prima lo shock della morte del marito, sapendo solo che era avvenuta in circostanze misteriose – e poi venire a sapere che è morto avvelenato…

«Forse dovremmo lasciarla riposare un po', comandante» intervenne Kusanagi. «È probabile che sia stanca dopo il viaggio da Sapporo.»

«Sì, forse hai ragione.»

«No, sto bene» disse Ayane tirandosi su. «Solo, gradirei cambiarmi. Ho gli stessi vestiti da ieri sera.» Indossava un completo scuro.

«Da ieri sera?» chiese Kusanagi.

«Sì. Speravo di riuscire tornare a Tokyo prima, così mi ero già vestita per il viaggio.»

«Quindi non ha dormito?»

«Non avrei potuto, neanche volendo.»

«Be', così non va» disse Mamiya. «Credo che dovrebbe riposare prima di andare avanti.»

«No, sto bene. Il tempo di cambiarmi e sono pronta» confermò Ayane.

Kusanagi la guardò uscire dalla stanza, poi si girò verso Mamiya. «Cosa sappiamo del veleno?»

Mamiya annuì. «C'erano tracce di acido arsenioso nel caffè.»

Kusanagi sbarrò gli occhi. «Acido arsenioso? Come nel caso del curry avvelenato in quella mensa scolastica?»

«La scientifica pensa che il composto usato in questo caso sia arsenito di sodio. Dalla concentrazione rinvenuta nel caffè, pare che il signor Mashiba ne abbia bevuta una dose più che letale. Dovremmo avere dei risultati più accurati nel pomeriggio, ma l'avvelenamento da acido arsenioso corrisponde alle condizioni in cui è stato trovato il cadavere.»

Kusanagi annuì, sospirando. La possibilità che si trattasse di una morte accidentale si avvicinava ormai allo zero.

«Ma se è vero che il signor Mashiba non preparava mai il caffè, chi gliel'ha fatto?» disse Mamiya tra sé, ma con voce abbastanza alta perché tutti lo sentissero.

«Credo che l'abbia preparato lui» intervenne Utsumi all'improvviso.

«Come fai a dirlo?» chiese Mamiya.

«Perché abbiamo un testimone che può confermarlo» continuò Utsumi, dopo aver lanciato un'occhiata a Kusanagi. «La signorina Wakayama.»

«Ah già, cosa diceva a proposito del caffè?» Kusanagi ripensò alla loro conversazione del giorno precedente.

«Ricordate i piattini? Le ho chiesto se il signor Mashiba non avesse l'abitudine di usare il piattino quando beveva il caffè. La signorina Wakayama ha risposto che probabilmente non lo usava quando lo prendeva da solo.»

«Ora che ci penso, ho ascoltato questa conversazione di sfuggita» disse Mamiya annuendo.

«Ammesso che la signorina Wakayama non si sia inventata tutto, la questione adesso è questa: com'è possibile che l'assistente della moglie sappia qualcosa del marito, mentre la moglie stessa ne è all'oscuro?»

«Credo di doverle dire una cosa» intervenne Kusanagi, chinandosi in avanti e riferendogli il sospetto che Hiromi Wakayama e Yoshitaka Mashiba fossero più che due semplici conoscenti.

Mamiya guardò i due detective e sorrise: «Lo pensate anche voi?».

«Cosa? Anche lei lo sapeva, comandante?» Kusanagi inarcò un sopracciglio.

«Dopo molti anni di lavoro in polizia impari a notare certe cose. Ieri ho capito che c'era sotto qualcosa.»

«Umm, potreste spiegarmi di che si tratta?» chiese Kishitani.

«Te lo spiego dopo» disse Mamiya, voltandosi di nuovo verso Kusanagi. «Non una parola davanti alla moglie, d'accordo?»

Kusanagi e Utsumi annuirono.

«Quindi il veleno era nel caffè versato per terra?» chiese Kusanagi.

«E anche in un altro posto.»

«E dove?»

«Sul filtro di carta nel colino. Per l'esattezza, nel caffè macinato.»

«Quindi hanno mescolato il veleno al caffè mentre lo preparavano?» chiese Kishitani.

«Può darsi. Ma c'è anche un'altra possibilità» aggiunse Mamiya.

«Potrebbero aver aggiunto il veleno al caffè macinato *prima* della preparazione» disse Utsumi.

Mamiya la guardò soddisfatto. «Proprio così. Il caffè macinato era in frigorifero. Quelli della scientifica non hanno trovato tracce di veleno nel pacchetto, ma ciò non significa che non ci fosse. Può darsi che fosse sullo strato superiore e che l'uomo l'abbia preso con un cucchiaino.»

«E allora quando sarebbe stato avvelenato il caffè?» chiese Kusanagi.

«Non lo sappiamo. La scientifica ha recuperato dalla spazzatura alcuni filtri usati, ma in nessuno di questi c'era del veleno. Non che me l'aspettassi, altrimenti qualcuno avrebbe già usato un filtro avvelenato, e avremmo un altro cadavere.»

«C'era una tazza di caffè sporca nel lavello» disse Utsumi. «Vorrei sapere quando è stato bevuto *quel* caffè. E chi l'ha bevuto, ovviamente.»

Mamiya si inumidì le labbra. «Questo lo sappiamo. Le impronte corrispondono a due persone: una è Yoshitaka Mashiba, l'altra è quella che pensate voi.»

Kusanagi e Utsumi si scambiarono un'occhiata. A quanto pare la loro teoria aveva già delle prove a sostegno.

«Comandante, devo informarla che la signorina Wakayama arriverà da un momento all'altro» disse Kusanagi, raccontandogli della telefonata durante il tragitto.

Nello spazio tra le sopracciglia di Mamiya si formarono delle rughe. «Be', potrebbe essere una buona occasione. Chiedetele quando ha bevuto quel caffè. E fatevi raccontare nei dettagli, non affermazioni vaghe come "Oh, l'ho fatto l'altro giorno".»

«Ricevuto» disse Kusanagi.

Si sentirono dei passi sulle scale e il dialogo si interruppe.

«Grazie per avermi aspettata» disse Ayane entrando in salotto. Indossava una camicia azzurra e dei pantaloni neri. Non era più pallida come quando era arrivata dall'aeroporto, forse perché si era sistemata il trucco.

«Se ci assicura di non essere troppo stanca, vorremmo farle qualche altra domanda» esordì Mamiya.

«Certamente. Come posso aiutarvi?»

«Prego, si sieda.» Il comandante fece un cenno in direzione del divano.

Ayane si sedette e il suo sguardo si spostò sul giardino oltre le porte a vetro.

«Guardate come sono appassiti» disse. «Ho chiesto a mio marito di annaffiarli, ma non gli è mai importato niente dei fiori. Dovevo aspettarmelo.»

Anche Kusanagi guardò il giardino. C'erano fiori di vari colori dentro i vasi e le lunghe fioriere.

«Scusatemi» disse Ayane, facendo per alzarsi dal divano. «Potrei annaffiarli? Temo che non riuscirei a concentrarmi altrimenti.»

Mamiya rimase un attimo sconcertato, poi sorrise. «Certamente. Non abbiamo fretta.»

La donna si alzò, ma invece di andare verso la porta a vetri, si diresse in cucina. Kusanagi la seguì con lo sguardo e vide che era al rubinetto, intenta a riempire un grosso secchio d'acqua.

«Niente canna in giardino?» chiese.

Ayane si guardò attorno e sorrise. «Questo è per i fiori in balcone» disse. «Non c'è un lavandino al primo piano.»

«Ah, capisco.» Kusanagi si ricordò che il giorno prima aveva visto Utsumi osservare i vasi di fiori sul balcone del primo piano.

Il secchio riempito sembrava molto pesante. Kusanagi si offrì di portarlo.

«Non si preoccupi, ce la faccio.»

«No, davvero, lasci che l'aiuti» insisté il detective. «Su per le scale, giusto?»

«Grazie» disse Ayane con voce appena percettibile.

La camera da letto non era grande come il salotto al piano di sotto, ma comunque era spaziosa. Kusanagi non poté fare a meno di soffermarsi a guardare le vivaci pezze colorate di un grande arazzo patchwork appeso sopra il letto.

«L'ha fatto lei?»

«Sì, tempo fa.»

«È davvero magnifico. Mi perdoni l'ignoranza, ma quand'ho sentito "patchwork" ho pensato a qualcosa di semplice, come un ricamo. Mentre questa... be', questa è arte.»

«Mi piace considerarla come un'arte concreta. Con il patchwork si creano cose da utilizzare nella vita di tutti i giorni. Perché non rendere belle queste cose?»

«Ha un vero talento. Chissà che fatica le costa.»

«In effetti richiede molto tempo e una certa pazienza. Ma è divertente. Anzi, se non lo fosse, si finirebbe per creare qualcosa che non è piacevole alla vista.»

Kusanagi annuì e guardò di nuovo l'arazzo. Anche se a prima vista i colori sembravano scelti a caso, gli sembrò di vedere l'ingegno della tessitrice all'opera nella disposizione dei pezzi, e la cosa lo fece sorridere.

Il balcone correva lungo un lato della stanza ed era piuttosto spazioso, per quanto i numerosi vasi rendessero difficile il passaggio anche di una sola persona.

Ayane andò nell'angolo e prese un barattolo di alluminio vuoto. «Non è grazioso?» disse mostrandolo a Kusanagi, in piedi vicino alla porta a vetri.

Sul fondo del barattolo erano stati fatti dei forellini. Ayane lo prese e raccolse dell'acqua dal secchio, poi mise il barattolo sopra i vasi e lasciò che l'acqua gocciolasse.

«Ah! Un annaffiatoio artigianale.»

«Esatto. Farei fatica a versare l'acqua dal secchio all'annaffiatoio, così ho fatto dei buchi in questo barattolo.»

«Buona idea.»

«Vero? Certo, lui non capiva perché mi ostinassi a tenere dei fiori qua sopra...» Il volto di Ayane s'irrigidì e la donna si accovacciò sul balcone. L'acqua del barattolo le stava gocciolando su una pantofola.

«Signora Mashiba?» disse Kusanagi.

«Mi scusi. È solo che... non posso credere che se ne sia andato.»

«È comprensibile che si senta così.»

«Eravamo sposati solo da un anno. Un anno. Mi ero appena abituata alla mia nuova vita... avevo appena cominciato a capire com'è stare in coppia. Cosa gli piace mangiare, cosa ama bere... Avevamo così tanti progetti.»

Kusanagi la guardò, una mano sul volto, la testa china. Non sapeva cosa dire. All'improvviso i fiori che la circondavano sembravano terribilmente fuori luogo.

«Mi scusi» mormorò Ayane. «So che non vi sono molto d'aiuto così. Dovrei... devo essere più forte.»

«Possiamo tornare a farle le nostre domande un altro giorno» disse Kusanagi senza pensare. In quell'istante gli sembrò di vedere la smorfia sul volto di Mamiya.

«No, non si preoccupi. Anch'io ho bisogno di sapere che cosa è successo. Non riesco proprio a capire: come può aver bevuto del veleno…?»

Fu interrotta dal suono del campanello. Si alzò, allarmata, e guardò giù dal balcone.

«Hiromi!» gridò, facendo un cenno con la mano.

«È arrivata la signorina Wakayama?» chiese Kusanagi.

Ayane annuì e tornò dentro.

Kusanagi la seguì per le scale. Utsumi era in corridoio e stava andando ad aprire. Kusanagi la raggiunse all'ingresso e mormorò: «È Hiromi Wakayama».

Ayane li superò e aprì la porta. Hiromi Wakayama era lì davanti a loro.

«Hiromi, vieni» disse Ayane con voce strozzata.

«Sta bene, signora Mashiba?»

«Sì, grazie…»

Ayane uscì sulla soglia e abbracciò la sua ospite. Poi scoppiò a piangere a dirotto, singhiozzando come una bambina.

Cinque

Ayane si staccò da Hiromi. «Scusa» mormorò, asciugandosi gli occhi. «Credevo che avrei retto, ma quando ti ho vista… Adesso sto bene. Scusa.»

Kusanagi provò una stretta allo stomaco nel vedere che la vedova si stava sforzando di sorridere. *Ha bisogno di stare sola.*

«Posso fare qualcosa?» chiese Hiromi.

Ayane scrollò la testa. «Basta la tua presenza. E a dire il vero, adesso non riesco a pensare proprio a niente. Su, vieni dentro. Dimmi come sono andate le cose.»

«In realtà, signora Mashiba,» la interruppe Kusanagi, impacciato «anche noi vorremmo parlare con la signorina Wakayama. Ieri sera è stato tutto molto precipitoso e ci sono delle lacune da colmare.»

Hiromi sembrava confusa.

«Hai sentito? È un piacere averti tra noi» disse Ayane.

Il detective imprecò tra sé. *Non ha capito un accidente.* «In realtà dovremmo parlare con la ragazza prima di lei, se non le dispiace.»

«Ma anch'io voglio sapere cos'è successo. Per questo le ho chiesto di venire qui» ribatté sorpresa.

«Signora Mashiba?» intervenne Mamiya. Kusanagi non sapeva da quanto tempo il comandante fosse dietro di lui. «Mi spiace, ma ci sono delle procedure da seguire. Dovrebbe aspettare che il detective Kusanagi prima parli con la signorina Wakayama…

Si tratta solo di riempire spazi vuoti e compilare scartoffie, ma se non facciamo le cose come si deve potremmo avere dei problemi più avanti.»

Un classico esempio di poliziotto passivo-aggressivo, pensò Kusanagi sorpreso.

Ayane si accigliò. «D'accordo. Allora dove dovrei andare?»

«Può stare qui, signora Mashiba. Ci piacerebbe poi parlare anche con lei.» Mamiya si voltò verso Kusanagi e Utsumi. «Potete trovare un posto tranquillo dove parlare con la signorina Wakayama?»

«Vado a prendere l'auto.» Utsumi uscì dalla porta con passo deciso.

Venti minuti dopo, Kusanagi era seduto accanto a Utsumi a un tavolo appartato di un ristorante. Di fronte a loro, Hiromi Wakayama sembrava nervosa.

«È riuscita a dormire la notte scorsa?» chiese il detective dopo un sorso di caffè.

«Non molto.»

«Capisco. Dev'essere rimasta scioccata.» *E in lacrime, se Utsumi ci ha visto giusto.* «Non capita tutti i giorni di vedere un morto.» *Specialmente se è il tuo amante.*

Hiromi fissava il tavolo mordendosi il labbro.

«Volevo chiederle alcune cose di cui ieri non siamo riusciti a parlare, se non le dispiace.»

Hiromi fece un respiro profondo. «Davvero, non so nulla di più di quel che vi ho detto. Non vedo come potrei rispondere ad altre domande.»

«Potrebbe stupirsi. Non sono domande difficili, sempre che sia disposta a rispondere con sincerità.»

Hiromi alzò gli occhi; il suo sguardo era risentito. «Non ho mentito.»

«Benissimo. Allora, mi chiedevo: ha detto di aver trovato il cadavere di Yoshitaka Mashiba ieri sera alle otto, e che l'ultima volta che è stata a casa dei Mashiba era venerdì, a cena. Giusto?»

«Sì.»

«Ne è sicura? Signorina Wakayama, lo shock di vedere un morto può giocare brutti scherzi alla memoria. Cerchi di rilassarsi e di concentrarsi. È *sicura* di non esser più stata dai Mashiba dopo venerdì sera?» Kusanagi studiò il volto di Hiromi.

Le lunghe ciglia della ragazza tremarono. Dopo un attimo di silenzio riprese a parlare. «Perché me lo chiede? Perché continua a chiedermelo se le ho detto la verità?»

Kusanagi accennò un sorriso. «Le domande le faccio io, se permette. Può rispondere?»

«Ma...»

«La prenda solo come una conferma. Glielo sto chiedendo di nuovo perché voglio che rifletta bene sulla sua risposta. Se più avanti si scopre un'imprecisione o un'omissione in quel che ci ha detto, potremmo avere seri problemi entrambi.»

Hiromi serrò la bocca. A Kusanagi sembrò quasi di sentire i pensieri che le si agitavano nella mente. *Sta riflettendo sulla possibilità di essere smascherata; si sta chiedendo se non sia meglio ammettere tutto subito.*

La ragazza rimase in silenzio, indecisa su come andare avanti. Kusanagi cominciava a spazientirsi.

«Ieri, quando siamo arrivati sul luogo del delitto, nel lavello c'erano una tazza di caffè e due piattini. Quando le abbiamo chiesto se sapeva il perché, ci ha detto di no. Però sulla tazza c'erano le sue impronte digitali. Così mi è venuto spontaneo chiedermi: quando ha toccato la tazza?»

Le spalle di Hiromi si alzavano e abbassavano lentamente al ritmo dei suoi respiri.

«Ha visto Yoshitaka Mashiba nel fine settimana, non è vero? Quando era ancora vivo.»

Hiromi si portò una mano alla fronte e appoggiò il gomito sul tavolo. *Adesso voglio vedere cosa risponde.* Kusanagi era sicuro che la ragazza non sarebbe riuscita a sfuggirgli, per quanto ci provasse.

Hiromi annuì, seguendo con lo sguardo la sua mano che si abbassava sul tavolo. «Sì, è vero. Scusatemi.»

«Ha visto il signor Mashiba?»

Una pausa e poi: «Sì».

«Quando?»

La risposta non arrivò subito. *Non sa perdere*, pensò Kusanagi innervosendosi.

«Devo rispondere?» Hiromi alzò di nuovo lo sguardo sui due detective. «Non ha niente a che fare con quello che è successo. Non è una violazione della privacy?»

Sembrava sul punto di mettersi a piangere, ma nei suoi occhi adesso si percepiva rabbia e le sue parole si erano fatte aspre. Kusanagi ripensò a quello che gli aveva detto una volta un altro detective: *per quanto possa sembrare indifesa, non sottovalutare mai la forza di una donna che mente.*

Non c'era tempo di andare per il sottile. Kusanagi giocò la sua carta successiva.

«Conosciamo la causa della morte» disse lentamente. «Il signor Mashiba è stato avvelenato.»

Hiromi sussultò. «Cosa?»

«Sono state trovate tracce di veleno nel caffè che stava bevendo prima di morire.»

La ragazza sbarrò gli occhi. «Non capisco come... è impossibile!»

Kusanagi si chinò leggermente in avanti, fissandola dritto negli occhi. «Perché?»

«Perché...»

«Perché quando aveva bevuto un caffè con lui poco prima non era successo niente di strano?»

Hiromi batté gli occhi. Poi, dopo un attimo di esitazione, annuì lentamente.

«Capisce qual è il nostro problema, signorina Wakayama? Se è stato il signor Mashiba a mettere il veleno nella tazza, è un conto: si tratterebbe di un suicidio o di un incidente. Ma ci sono pochissime probabilità che sia uno di questi due casi. Non possiamo che immaginare uno scenario in cui qualcuno ha avvelenato di proposito il caffè del signor Mashiba. Sono state trovate tracce di veleno anche in un filtro usato. Al momento la nostra ipotesi è che qualcuno abbia messo del veleno nel caffè macinato.»

Visibilmente sconvolta, Hiromi scrollò la testa. «Io non ne so nulla.»

«Ma di sicuro può rispondere ad alcune delle nostre domande. Per noi è di estrema importanza sapere *quando* esattamente ha bevuto quel caffè a casa dei Mashiba, per stabilire il momento in cui è stato aggiunto il veleno nella polvere. Dunque?»

Kusanagi si raddrizzò sulla sedia fissando con attenzione la ragazza dall'altra parte del tavolo, pronto ad ascoltare in silenzio per tutto il tempo necessario.

Hiromi si coprì la bocca con le mani. I suoi occhi si muovevano irrequieti. Poi, all'improvviso disse: «Non sono stata io».

«Come?»

«Non sono stata io.» La sua voce era implorante. Scrollò la testa. «Non ho messo il veleno nel caffè. Davvero. Dovete credermi.»

Kusanagi e Utsumi si scambiarono un'occhiata.

Hiromi Wakayama rientrava tra i sospetti, ovviamente, anzi era la più probabile. Aveva avuto più di un'opportunità di avvelenare il caffè. Se aveva una relazione con Yoshitaka Mashiba, non era difficile immaginare che uno screzio tra i due si fosse risolto in quel modo. Forse, avvelenarlo e poi "scoprire" il cadavere era il piano per mascherare il proprio ruolo.

In questa fase, però, Kusanagi voleva evitare ogni soluzione scontata e cercare di ottenere da lei una storia il più spontanea possibile. Aveva cercato di proposito di non dire nulla che potesse suonare accusatorio. Le aveva chiesto solo quando aveva bevuto quel caffè con Yoshitaka Mashiba. *Perché* allora quella ragazza si era dichiarata subito innocente? Perché in realtà era colpevole? O perché aveva solo intuito dove avrebbe portato tutto questo?

«Non la stiamo accusando di averlo avvelenato» disse Kusanagi con un sorriso gentile. «Come ho detto, stiamo solo cercando di stabilire la tempistica. Se si è incontrata con il signor Mashiba per bere un caffè, allora potrebbe dirci quando è successo, chi ha preparato il caffè, e come sono andate le cose di preciso.»

Il volto pallido di Hiromi assunse un'espressione sofferta. Kusanagi non riusciva ancora a capire se esitava perché non voleva ammettere la sua relazione con l'uomo o se c'era dell'altro.

«Signorina Wakayama?» intervenne Utsumi bruscamente.

Hiromi alzò lo sguardo, allarmata.

«Ci siamo già fatti delle idee sul rapporto che la legava a Yoshitaka Mashiba» continuò la detective con il distacco di un impiegato statale che dà istruzioni per compilare un modulo. «Può negarlo, se vuole. In tal caso dovremo farle altre domande per stabilire la verità. Con un po' di impegno, di solito riusciamo ad arrivarci... ma per farlo, saremo costretti a parlare con un bel po' di persone. Capisce? Vorrei che riflettesse su quel che le ho detto. Se riuscisse a essere veramente sincera con noi, potremo essere un po' più discreti con le nostre indagini. Mettiamo, per esempio, che volesse dirci qualcosa che preferirebbe restasse dentro le pareti del nostro ufficio.»

Utsumi lanciò un'occhiata a Kusanagi e fece un piccolo cenno col capo.

È il suo modo di chiedere scusa per aver parlato a sproposito? Si domandò Kusanagi.

Tuttavia, il suo consiglio sembrò avere un notevole effetto su Hiromi. *Forse era più facile sentirselo dire da una donna.* La ragazza abbassò un attimo la testa, poi la rialzò e prese fiato. «Promettete di non dirlo a nessuno?»

«A meno che non siano direttamente legate al caso, non divulghiamo mai le informazioni personali. È la procedura standard» spiegò Kusanagi.

Hiromi annuì. «Allora... Come sospettate, in effetti io e il signor Mashiba avevamo una... relazione. Sì, sono andata a trovarlo nel fine settimana.»

«Quando di preciso?»

«Sabato sera. Poco dopo le nove, mi sembra.»

Un appuntamento quando la moglie non c'è, *quindi.*

«Era una cosa programmata?»

«No. Mi ha chiamato al lavoro, appena finita la lezione, mentre stavo mettendo a posto l'aula. Mi ha invitato ad andare da lui.»

«E così ci è andata. Cos'è successo dopo?»

Hiromi rifletté un attimo, poi, più determinata, guardò Kusanagi. «Ho passato la notte con lui e me ne sono andata la mattina dopo.»

Utsumi aveva cominciato a prendere appunti. Kusanagi le lanciò un'occhiata ma non riuscì a leggere niente nella sua espressione. *Ha fiutato qualcosa*, pensò, ripromettendosi di chiederglielo dopo.

«Quando avete bevuto il caffè insieme?»

«Di mattina. L'ho preparato io. Ah no, l'avevamo bevuto anche la sera prima.»

«Sabato sera? Quindi avete preso il caffè due volte?»

«Sì.»

«L'ha preparato lei anche la sera prima?»

«No. Il signor Mashiba l'aveva già preparato quando sono arrivata. Ne ha versata una tazza per tutti e due» continuò Hiromi, abbassando lo sguardo. «Era la prima volta che lo vedevo preparare il caffè. "È da un bel po' che non lo faccio", ha detto.»

«E non avete usato piattini quella sera?» chiese Utsumi alzando lo sguardo dal taccuino.

«No» confermò Hiromi.

«Ma ha preparato lei il caffè la mattina dopo, cioè ieri mattina?» chiese Kusanagi.

«Il caffè del signor Mashiba era troppo forte, così la mattina mi ha chiesto se potevo prepararlo io. È rimasto lì a guardarmi mentre lo facevo.» Alzò lo sguardo su Utsumi. «Quella volta abbiamo usato i piattini, quelli che avete trovato nel lavello.»

Kusanagi annuì. Finora la sua storia non faceva una piega. «Una cosa, solo per sicurezza: sia sabato sera, sia domenica mattina avete usato lo stesso caffè macinato che abbiamo trovato in casa?»

«Credo di sì. Almeno quando l'ho fatto io, ho usato il caffè in frigorifero. Non so se abbia fatto altrettanto il signor Mashiba sabato sera, ma non vedo perché avrebbe dovuto usarne dell'altro. Ce n'era in abbondanza.»

«Ha preparato il caffè altre volte a casa dei Mashiba prima di questo fine settimana?»

«Solo raramente, quando me lo chiedeva Ayane. È stata lei a insegnarmi a farlo senza caffettiera. Per questo sapevo come fare.»

«Ha notato qualcosa di strano mentre preparava il caffè? Il pacchetto era in un posto diverso dal solito? La marca era la stessa?»

Hiromi chiuse lentamente gli occhi e scrollò la testa. «Non ricordo niente di strano. Era come al solito.» Quando li riaprì, nei suoi occhi apparve un lampo di curiosità. «Ma non capisco perché v'interessi tanto com'erano le cose quando ho fatto *io* il caffè.»

«Perché no?»

«Be', perché...» abbassò il volto, senza smettere di guardarli. «Non c'era veleno nel caffè quando l'ho fatto io, giusto? Se qualcuno ha avvelenato il caffè, dev'essere successo dopo che l'ho usato io.»

«È vero, a meno che non ci fosse un trucco, un modo per alterare il caffè prima.»

«Un trucco?» Hiromi non sembrava convinta. «Be', io non ho notato niente di strano.»

«Quindi quella mattina avete bevuto il caffè. E poi?»

«Sono andata via. Insegno patchwork in una scuola d'arte di Ikebukuro.»

«A che ora ha lezione?»

«Dunque, la mattina dalle nove alle undici, e il pomeriggio dalle tre alle sei.»

«Cosa fa tra una lezione e l'altra?»

«In genere sistemo l'aula, pranzo e mi preparo per la lezione dopo.»

«Si porta il pranzo da casa?»

«Non sempre. Ieri sono uscita e ho mangiato in un noodle bar nelle vicinanze...» Socchiuse gli occhi. «Credo di essere stata fuori da scuola circa un'ora. Non avrei fatto in tempo ad andare a casa dei Mashiba e tornare.»

Kusanagi ridacchiò e agitò una mano. «Non si preoccupi, non stiamo controllando il suo alibi. Stando a quel che ci ha detto ieri, ha chiamato il signor Mashiba appena finita la lezione. Vuole correggere questa affermazione in qualche modo?»

Hiromi si accigliò e guardò altrove. «L'ho chiamato, è vero. Ma per un motivo un po' diverso da quello che vi ho detto.»

«Se non sbaglio ha detto che voleva sapere come se la cavava da solo senza la moglie.»

«In realtà, quando me ne sono andata, quella mattina, mi ha chiesto di chiamarlo dopo le lezioni.»

Kusanagi la guardò. «L'ha invitata fuori a cena, vero?»

«Credo che l'idea fosse quella, sì.»

«Be', onestamente, ora mi sembra tutto più sensato. Solo un'allieva estremamente devota si preoccuperebbe tanto del marito della sua insegnante, e solo una persona terribilmente apprensiva andrebbe a casa di qualcuno solo perché non ha ricevuto risposta al telefono.»

Le spalle di Hiromi s'incurvarono. «Avevo paura che sembrasse sospetto. Ma non sapevo cos'altro dire.»

«Il signor Mashiba non rispondeva al telefono, così è andata a casa sua – conferma la sua dichiarazione?»

«Sì. Tutto il resto è andato come vi ho detto. Scusatemi se ho mentito.»

Accanto a Kusanagi, Utsumi stava prendendo appunti forsennatamente. Il detective le lanciò un'occhiata prima di tornare a Hiromi. Fin lì la sua storia sembrava credibile. Tutti i dubbi della sera precedente erano stati fugati. Ma questo non bastava per fidarsi ciecamente di lei.

«Come le ho detto, siamo quasi certi che si tratti di un omicidio. Se non sbaglio ieri sera le ho chiesto se aveva idea di chi potesse essere stato. Mi ha detto di no, che non sapeva niente del defunto a parte che era il marito della sua insegnante. Ha qualcosa da aggiungere, ora che sappiamo del suo legame con lui.»

Hiromi inarcò le sopracciglia. «Non ho idea di chi possa essere stato. Non mi viene in mente nessuno che avrebbe voluto uccidere Yoshitaka.»

Kusanagi notò il cambiamento da "signor Mahiba" a "Yoshitaka".

«Provi a ripensare alle conversazioni recenti. Se si è trattato di un omicidio, è chiaro che era premeditato. Questo significa che c'è un movente preciso e, nella maggior parte dei casi, la vittima ne è al corrente. Anche se stava cercando di nasconderglielo, potrebbe essergli sfuggito qualcosa.»

Hiromi si massaggiò le tempie e scosse la testa. «Non lo so. Sembrava che il lavoro andasse bene, non aveva grandi preoccupazioni e non parlava mai male di nessuno.»

«La prego, si prenda ancora un attimo per pensarci.»

La ragazza guardò Kusanagi con occhi tristi. «Ci ho pensato. Ho pianto tutta la notte chiedendomi come sia potuto succedere. Ho pensato e ripensato a tutto ciò che ci siamo detti, a tutto ciò che abbiamo fatto. Ma niente. Detective, anch'io voglio sapere perché è stato ucciso. Lo voglio più di ogni altra cosa al mondo.»

Kusanagi notò un alone rossastro attorno ai suoi occhi.

L'*amava davvero*, pensò Kusanagi. *O, se sta fingendo, è davvero brava.*

«Quand'era cominciata la sua relazione con il signor Mashiba?»

Hiromi sbarrò gli occhi. «Che c'entra questo con il caso?»

«Spetta a noi decidere se c'entri o meno. Le ripeto che non ne faremo parola con nessuno e che, una volta stabilito che non ha pertinenza con il caso, non ficcheremo più il naso nei suoi affari.»

Le labbra Hiromi disegnarono una linea orizzontale. Fece un respiro profondo, allungò una mano e bevve un sorso del suo tè.

«Circa tre mesi fa.»

«Grazie.» Kusanagi abbassò lo sguardo, chiedendosi in che modo avrebbe continuato a fare domande su quell'argomento. «Qualcun altro ne è al corrente?»

«Non che io sappia.»

«Siete usciti a cena altre volte? Qualcuno potrebbe avervi visto.»

«Stavamo molto attenti. Non siamo mai stati nello stesso posto due volte. E Yoshitaka aveva spesso pranzi di lavoro con donne, o con delle hostess nei bar, quindi non credo che qualcuno si sarebbe insospettito, anche se ci avesse visti insieme.»

E così Yoshitaka Mashiba era una specie di playboy. Kusanagi si chiese se non avesse altre amanti oltre alla signorina Wakayama. Questo, ovviamente, avrebbe fornito un movente alla donna seduta di fronte a lui.

Utsumi smise di scrivere per un momento e alzò lo sguardo. «Vi siete mai dati appuntamento in hotel?» chiese come se niente fosse. Kusanagi le lanciò un'occhiata di nascosto. Aveva pensato di farle la stessa domanda ma si era trattenuto per timore di essere troppo sfacciato.

Hiromi sembrava seccata. «È davvero necessario per le vostre indagini?»

Utsumi rimase impassibile. «Certamente. Se vogliamo risolvere il caso dobbiamo sapere tutto sulle abitudini di Yoshitaka Mashiba. Dobbiamo sapere cosa faceva, quando e con chi, e il più dettagliatamente possibile. Se interroghiamo un bel numero di persone, possiamo ottenere un quadro esauriente, ma di sicuro resterebbero delle lacune. Non voglio sapere cosa facevate, ma solo se vi incontravate in qualche hotel.»

Perché non le chiedi cosa facevano, già che ci sei? avrebbe voluto esclamare Kusanagi, ma si trattenne.

«Sì, ci incontravamo, ma in hotel normali, in genere. Non in quei posti da due soldi che la gente usa per...» La sua voce si affievolì.

«Andavate sempre nello stesso hotel?»

«No, in tre posti diversi. Ma non troverete il suo nome sui registri. Ne usava sempre uno falso.»

«Solo per precauzione, potrebbe dirmi come si chiamavano questi hotel?» chiese Utsumi, penna alla mano.

Ormai svuotata, Hiromi fece i nomi di tre hotel. Erano luoghi molto eleganti, in centro, e per giunta molto grandi. A meno che la coppia di amanti ci fosse andata ogni giorno, era improbabile che qualcuno del personale si ricordasse di loro.

«Ci andavate sempre negli stessi giorni?» continuò Utsumi.

«No... ci mettevamo d'accordo per mail.»

«Vi incontravate spesso?»

Hiromi si strinse nelle spalle. «Più o meno una volta alla settimana.»

Utsumi finì di scrivere e fece un rapido cenno con la testa a Kusanagi.

«Bene,» disse lui «la ringrazio per il suo tempo. Per oggi non abbiamo altre domande.»

«Anche se ce le aveste, dubito che avrei altro da dirvi» concluse Hiromi tristemente.

Kusanagi le sorrise e prese il conto.

I tre uscirono dal ristorante; si stavano dirigendo verso il parcheggio quando Hiromi si fermò all'improvviso.

«Umm...»

«Qualcosa non va?» Kusanagi si voltò a guardarla.

«Posso tornare a casa?»

«La signora Mashiba non le ha chiesto di andare da lei?»

«Sì, ma sono veramente stanca, e a dire il vero non mi sento molto bene. Potreste dirglielo da parte mia?»

«Certo. Nessun problema.»

«Vuole un passaggio?» chiese Utsumi.

«No, grazie. Prenderò un taxi.»

Hiromi si girò e si allontanò. Un taxi passava di lì; la ragazza lo fermò e salì. Kusanagi rimase fermo a guardare l'auto che si immetteva di nuovo nel traffico.

«Secondo te pensa che diremo tutto alla signora Mashiba?»

«Non saprei,» rispose Utsumi «ma dopo aver vuotato il sacco, probabilmente non voleva che la vedessimo parlare con la vedova come se niente fosse.»

«Mmm. Giusta osservazione.»

«Però mi domando se davvero non si fosse accorta di niente.»

«Chi non si è accorto di niente?»

«La signora Mashiba. Crede davvero che non sapesse nulla?»

«Mi sa di no.»

«Come fa a dirlo?»

«Per come si è comportata qualche ora fa. La prima cosa che ha fatto quando ha visto la signorina Wakayama è stato mettersi a piangere e abbracciarla.»

«Chissà...» Utsumi abbassò lo sguardo.

«Cosa? Se devi dire qualcosa, dillo.»

La detective rialzò la testa e guardò Kusanagi. «Mi è venuta in mente una cosa quando le ho viste davanti alla casa. Ho pensato: e se questa donna *volesse* farsi vedere così? In lacrime di fronte all'ultima persona al mondo con cui vorrebbe piangere?»

«Cosa?»

«Niente, lasci perdere. Vado a prendere l'auto.»

Ammutolito, Kusanagi guardò Utsumi che si allontanava a passo veloce.

Sei

A casa dei Mashiba, Mamiya aveva già finito di interrogare Ayane. Kusanagi informò la vedova che la signorina Wakayama si era sentita poco bene ed era tornata a casa.

«Capisco» disse Ayane. «Sono sicura che è scioccata quanto me.» Teneva una tazza di tè tra le mani e aveva uno sguardo distante. Era ancora accigliata, ma quando si sedette sul divano c'era una certa compostezza nel suo atteggiamento, una rigidità della spina dorsale da cui traspariva una grande forza interiore.

Un cellulare cominciò a suonare nella borsetta. Ayane lo prese e guardò Mamiya per avere il suo consenso.

Il comandante annuì.

Ayane guardò lo schermo del cellulare prima di rispondere.

«Sì? Sì, sto bene... C'è qui la polizia. Non lo sanno ancora. L'hanno trovato disteso in salotto... Certo, ti faccio sapere appena c'è qualche novità. E di' al papà di non preoccuparsi. Sì. Ciao.» Chiuse la comunicazione e informò Mamiya che era sua madre.

«Le ha spiegato cosa è successo?» chiese Kusanagi.

«Solo che è morto all'improvviso. Mi ha chiesto perché, ma non sapevo cosa dirle.» Ayane si portò una mano alla fronte.

«Ha informato l'ufficio di suo marito?»

«Sì. Ho chiamato il consulente legale questa mattina, prima di partire da Sapporo. È il signor Ikai, la persona di cui le ho parlato.»

«Quello della cena di venerdì sera?»

«Sì. L'ufficio è nel caos senza direttore... vorrei fare qualcosa per aiutarli.» Il suo volto assunse un'espressione sofferta; i suoi occhi fissavano il vuoto.

Vorrebbe mostrarsi forte, pensò Kusanagi. *Ma si vede che è nervosa. La facciata potrebbe sgretolarsi da un momento all'altro.* Si sentì obbligato ad aiutarla.

«Forse dovrebbe chiedere a un parente o a un'altra amica di venire a farle compagnia finché la signorina Wakayama non starà meglio. Anche le normali faccende quotidiane possono sembrare insormontabili in momenti simili.»

«Sto bene. E non credo che vogliate gente attorno mentre lavorate, no?»

Mamiya si voltò verso Kusanagi, con un'espressione afflitta sul volto. «La scientifica tornerà questo pomeriggio. Abbiamo il consenso della signora Mashiba.»

E così non l'avrebbero nemmeno lasciata piangere il defunto in pace. Kusanagi abbassò la testa davanti alla vedova senza dire niente.

Mamiya si alzò. «Ci scusi se le abbiamo rubato così tanto tempo stamattina, signora Mashiba. Kishitani resterà qui, così se ha bisogno di qualcosa – faccende da sbrigare, qualsiasi cosa – non esiti a chiedere.»

Ayane lo ringraziò con un filo di voce, mentre Mamiya e Kusanagi si congedavano.

«Allora, com'è andata?» chiese Mamiya appena usciti.

«La signorina Wakayama ha ammesso che aveva una relazione con il defunto da circa tre mesi. Dice che non lo sapeva nessuno.»

«E la tazza di caffè nel lavello?» chiese Mamiya.

«Hanno bevuto un caffè insieme domenica mattina. Pare che l'abbia preparato la signorina Wakayama. Ha detto di non aver notato niente di strano.»

«Quindi il caffè è stato avvelenato dopo» concluse Mamiya grattandosi la barba sul mento.

«Ha saputo nulla dalla signora Mashiba?»

Il comandante si rabbuiò e scrollò la testa.

«Niente di che. Non so nemmeno se fosse al corrente del tradimento del marito. Le ho chiesto senza mezzi termini se ci fossero altre donne, ma mi ha detto di no, e sembrava sorpresa che gliel'avessi domandato. Nessuna esitazione, nessuna perplessità. Non sembrava che mentisse. Se ha mentito allora è una professionista.»

Kusanagi lanciò un'occhiata furtiva a Utsumi, che era convinta che l'abbraccio lacrimevole di Ayane con Hiromi Wakayama fosse una messa in scena. Aveva detto di voler chiedere al comandante cosa ne pensava, ma ora sembrava occupata solo a prendere appunti.

«Crede che dovremmo dire alla signora Mashiba che suo marito la tradiva?»

Mamiya scosse immediatamente la testa. «Non mi sembra il caso. Non vedo come la cosa potrebbe aiutare le indagini. Credo che voi due la vedrete spesso nei prossimi giorni, quindi fate attenzione a quello che dite.»

«Quindi lo teniamo nascosto.»

«No, evitiamo semplicemente di dirglielo. Se capirà qualcosa per conto suo, be', non potremo farci niente. Sempre che non lo sappia già.» Mamiya estrasse un foglietto di tasca e lo guardò. «Voglio che andiate a quest'indirizzo.»

Sul foglietto, oltre l'indirizzo di Tatsuhiko Ikai, c'era un numero di telefono.

«Chiedetegli come stava il defunto ultimamente, e della cena di venerdì.»

«Ho sentito che il signor Ikai è molto occupato a cercare di tenere a galla l'attività del signor Mashiba.»

«Allora parlate con sua moglie. Chiamate, prima. La signora Mashiba dice che ha avuto un bambino da poco, quindi andateci piano con lei.»

Evidentemente Ayane era stata informata della loro intenzione di interrogare gli Ikai. Kusanagi fu colpito: quella donna aveva avuto la presenza di spirito di preoccuparsi dello stress altrui.

Utsumi arrivò con l'auto e partirono verso l'abitazione degli Ikai. Kusanagi li chiamò strada facendo. Non appena dichiarò la sua appartenenza al corpo di polizia, la voce di Yukiko Ikai si fece molto seria. Kusanagi sottolineò che dovevano fare soltanto delle domande e alla fine la donna si calmò e li invitò a passare, ma non prima di un'ora. In attesa dell'incontro, i due detective entrarono in una caffetteria lì vicina.

«Cosa dicevi prima? Credi davvero che la signora Mashiba sapesse che suo marito la tradiva?» chiese Kusanagi, alzando la sua tazza di cioccolata calda. Aveva raggiunto il limite massimo giornaliero di caffè quand'erano andati a parlare con la signorina Wakayama.

«Ho detto solo che era una mia impressione.»

«Ma credi che lo sappia.»

Utsumi guardò nella sua tazza e non rispose.

«Se lo sapeva, allora perché non ha messo suo marito o la signorina Wakayama di fronte alla verità? Ha perfino invitato Hiromi a cena a casa sua. Non mi sembra normale, no?»

«Sono sicura che una donna qualsiasi perderebbe la testa se lo sapesse.»

«E la signora Mashiba non è una donna qualsiasi?»

«È troppo presto per dirlo, ma ho la sensazione che sia molto intelligente. Non solo, è anche molto paziente.»

«Così paziente da sopportare l'infedeltà del marito?»

«Credo che sapesse che non ci avrebbe guadagnato niente a passare all'offensiva. Anzi, avrebbe perso due cose importanti: una vita matrimoniale stabile e un'assistente capace.»

«Certo, ma non avrebbe potuto tollerare all'infinito la presenza dell'amante del marito. Credi che un matrimonio di menzogne valga così tanto?»

«Credo che il concetto di valore sia relativo. Non ci sono prove di violenze domestiche, tanto per cominciare, e sembra che il loro matrimonio non andasse così male – almeno in apparenza – da impedire loro di organizzare una cena. Ayane non aveva preoccupazioni economiche e poteva dedicare tutto il tempo che voleva ai suoi patchwork: non è così stupida da buttare tutto all'aria con un gesto impulsivo.

Forse pensava che, in fondo, era più sensato aspettare che la storia tra suo marito e la sua allieva si esaurisse naturalmente. Certo, sono solo supposizioni. Potrei anche sbagliarmi.»

Kusanagi bevve un sorso di cioccolata calda e fece una smorfia. Era troppo dolce. Si affrettò a bere dell'acqua. «Non mi sembra una donna calcolatrice.»

«Non si tratta di calcoli. È l'istinto di autodifesa di una donna intelligente.»

Kusanagi si asciugò la bocca con una mano e guardò la giovane detective. «Anche tu hai istinti del genere, Utsumi?»

Lei ridacchiò e scrollò la testa. «Temo di no. Se mio marito mi tradisse probabilmente diventerei una belva.»

Kusanagi guardò l'orologio. Era già passata mezz'ora da quando aveva parlato con Yukiko Ikai.

*

L'abitazione degli Ikai era signorile come quella dei Mashiba, con un grande cancello tra colonne ornamentali rivestite di piastrelle a forma di mattone. Accanto al cancello c'era un posto auto coperto per gli ospiti, che risparmiò a Utsumi il disturbo di dover cercare parcheggio.

Yukiko Ikai e suo marito Tatsuhiko li stavano aspettando all'interno. A quanto pare la donna aveva chiamato suo marito dopo la telefonata di Kusanagi, e l'uomo era corso a casa.

«Tutto a posto in ufficio?» chiese Kusanagi.

«Siamo un'ottima squadra, quindi non mi preoccupo. Ma non ho nessuna voglia di informare dell'accaduto i nostri clienti. A proposito...» guardò i due detective. «Cos'è successo? Che mi dite?»

«Yoshitaka Mashiba è morto in casa sua.»

«Questo lo so. Ma se c'è di mezzo il dipartimento di polizia di Tokyo, vuol dire che non si tratta di un semplice incidente o di un suicidio, vero?»

Kusanagi sospirò, ricordandosi che stava parlando con un avvocato che probabilmente non si sarebbe accontentato delle solite spiegazioni generiche – e che avrebbe avuto altri modi di scoprire quel che voleva sapere, se avessero cercato di nasconderglielo. Dopo aver sottolineato che i fatti relativi al caso dovevano rimanere segreti, Kusanagi disse agli Ikai che nel caffè che il signor Mashiba stava bevendo c'era dell'acido arsenioso.

Yukiko, seduta sul divano accanto a Tatsuhiko, portò entrambe le mani sui lati del volto tondo. I suoi occhi erano sbarrati e un po' arrossati. Era piuttosto in carne; Kusanagi si chiese se fosse sempre stata così o se era per la recente gravidanza.

Tatsuhiko si passò le mani sulla testa. Aveva capelli leggermente ricci, come se una vecchia permanente avesse ormai cominciato a perdere vigore. «Be', questo spiega tutto» disse. «Quando ho saputo che era stata chiamata la polizia e che ci sarebbe stata un'autopsia, ho capito che c'era sotto qualcosa. E poi non riuscivo a credere al suicidio.»

«Ma riesce a credere che sia stato assassinato?»

«Non so cosa pensino gli altri di lui. Ma il veleno non è un modo per andarsene...» Si accigliò e scosse la testa.

«C'è qualcuno che potrebbe aver nutrito rancore per il signor Mashiba?»

«Se mi sta chiedendo se avesse mai avuto scontri con qualcuno, allora non posso dire di no. Per quel che so, però, erano esclusivamente screzi di lavoro. Dubito che abbia mai dato motivo a qualcuno di detestarlo sul piano personale. Ogni volta che c'era un problema mandavano me in prima linea, non lui» spiegò Tatsuhiko, toccandosi il petto con il pollice.

«E fuori dall'ufficio? Il signor Mashiba aveva nemici nella vita privata?» chiese Kusanagi.

Tatsuhiko si appoggiò allo schienale del divano e accavallò le gambe. «Non saprei. Eravamo colleghi di lavoro, ma non avevamo l'abitudine di interessarci delle rispettive questioni private.»

«Però vi invitava a cena a casa sua.»

Tatsuhiko scrollò la testa. «Ci invitava a cena proprio perché non siamo persone che si impicciano dei fatti altrui. È meglio così. È il prezzo che deve pagare chi ha tanti impegni come noi per avere una qualche sembianza di vita normale.»

*In altre parole, quel*l'*uomo non aveva il tempo di intrattenersi con dei semplici "amici".*

«Ha notato niente di strano dai Mashiba, venerdì sera?»

«Se mi sta chiedendo se mi aspettavo una cosa del genere, la risposta è no. È stata una bella cena. Ci siamo divertiti.» Tatsuhiko aggrottò la fronte. «Stento a credere che sia successo solo tre giorni fa.»

«Il signor Mashiba le aveva accennato che doveva vedere qualcuno nel fine settimana?»

«Non mi risulta» disse Tatsuhiko guardando sua moglie.

«Neanche a me. Sapevo solo che Ayane sarebbe andata dai suoi...»

Kusanagi annuì, grattandosi la tempia. Cominciava a sospettare che non avrebbe strappato alcuna informazione utile agli Ikai.

«Andavate spesso a cena dai Mashiba?» chiese Utsumi.

«Una volta ogni due o tre mesi.»

«Sempre a casa loro?»

«Li abbiamo invitati qui una volta, subito dopo il loro matrimonio. Ma poi siamo sempre andati da loro, per via della gravidanza di Yukiko.»

«Conosceva Ayane prima che sposasse il signor Mashiba?»

«Certo. In realtà c'ero anch'io quando si sono conosciuti.»

«Dove si sono conosciuti?»

«Io e Mashiba eravamo a una festa dove si trovava anche lei... è da allora che hanno cominciato a frequentarsi.»

«Quando è successo?»

«Be'...» Tatsuhiko si grattò la nuca. «Sarà stato un anno e mezzo fa? No, forse un po' meno.»

«Ma... si sono sposati un anno fa» intervenne Kusanagi. «Non hanno perso tempo.»

«Già.»

«Il signor Mashiba voleva dei figli» disse Yukiko. «Ci ha messo un po' a trovare la persona giusta, e credo che stesse diventando un po' impaziente.»

«Questi non sono affari loro» disse Tatsuhiko a sua moglie. Guardò di nuovo i detective. «O il modo in cui si sono conosciuti e il loro matrimonio hanno a che fare con il caso in questione?»

«Non intendevo questo» disse Kusanagi agitando una mano. «Solo che al momento non abbiamo molte piste, e ritenevo opportuno sapere di più sulla vita matrimoniale dei Mashiba.»

«Capisco che vogliate raccogliere più informazioni possibili sulla vittima… ma se esagerate potreste avere dei guai» disse Tatsuhiko con un fare da avvocato. Nei suoi occhi Kusanagi lesse una velata minaccia.

«Lo so» disse il detective abbassando la testa in segno di scusa prima di guardare di nuovo l'avvocato. «Perdonatemi per la prossima domanda, ma per rispettare la prassi sono costretto a chiedervi come avete trascorso il fine settimana, se non vi dispiace.»

Tatsuhiko annuì lentamente e un angolo della sua bocca si curvò. «Volete i nostri alibi? Suppongo che ci fosse da aspettarselo.» Estrasse un'agendina di pelle dalla tasca della giacca.

Sabato Tatsuhiko Ikai era andato in ufficio, poi era uscito a bere con uno dei suoi clienti. Domenica era andato a giocare a golf con un altro cliente ed era tornato a casa dopo le dieci di sera. Yukiko era rimasta a casa tutto il fine settimana, e domenica erano venute a trovarla sua madre e sua sorella.

*

Quella sera, alla sede del distretto locale, la centrale di polizia di Meguro, ci fu una riunione per fare il punto sulle indagini. Il comandante della prima divisione investigativa del dipartimento di polizia metropolitana esordì ripetendo che, con tutta probabilità, si trattava di un omicidio. Difficile spiegare altrimenti la presenza di una sostanza così tossica nei resti del caffè macinato. Se fosse stato un suicidio, probabilmente il defunto non avrebbe perso tempo a mescolare il veleno al caffè. E anche in questo caso, sarebbe stato più sensato metterlo direttamente nella tazza.

Un agente della scientifica lesse un rapporto sulle indagini in corso per stabilire come fosse finito il veleno nel caffè macinato, ma Kusanagi non ci trovò niente di nuovo. In sostanza si poteva riassumere tutto con un «non lo sappiamo».

Nel pomeriggio gli uomini della scientifica erano tornati a casa dei Mashiba con l'intenzione di esaminare tutto ciò che Yoshitaka Mashiba poteva aver ingerito: cibo, spezie, bevande, medicine. La stessa attenzione fu riservata a tutti i piatti e le posate che c'erano nell'abitazione. Al momento della riunione era stato controllato ormai l'ottanta per cento degli oggetti, ma non erano state trovate altre tracce di veleno. Il portavoce della scientifica disse che era improbabile che trovassero qualcosa sul rimanente venti per cento.

Questo significava che l'assassino si era concentrato solo sul caffè che Yoshitaka avrebbe bevuto. La scientifica riteneva che c'erano due modi possibili: mettere per tempo il veleno nel caffè macinato, sul filtro o nella tazza; oppure mescolarlo al caffè una volta versato. Allo stato delle cose era impossibile saperlo, visto che in casa non erano state trovate altre tracce di acido arsenioso e non si sapeva chi fosse insieme a Yoshitaka quando il caffè era stato preparato.

Altri agenti avevano fatto il giro del quartiere per interrogare i vicini. Non era stato visto nessuno recarsi a casa dei Mashiba quel giorno, prima del decesso. Certo, in un quartiere residenziale tranquillo come quello, la gente non aveva l'abitudine di interessarsi ai fatti altrui, quindi era possibile che un ospite passasse inosservato.

Kusanagi riferì ciò che aveva saputo dalle conversazioni con Ayane e gli Ikai, senza accennare alla relazione tra Hiromi e Yoshitaka. Prima della riunione, Mamiya aveva detto loro che per il momento era meglio non parlarne, anche se l'aveva incluso nel suo rapporto per il responsabile della divisione. A quanto pare i superiori la consideravano una questione troppo delicata per diffonderla tra quanti non erano direttamente coinvolti nelle indagini, almeno finché non fosse stata dimostrata la sua pertinenza al caso. Se la notizia fosse arrivata ai giornalisti, sarebbero stati guai per tutti.

Dopo la riunione, Mamiya chiamò Kusanagi e Utsumi nel suo ufficio. «Voglio che domani andiate a Sapporo» disse.

«Per verificare l'alibi della signora Mashiba?» chiese Kusanagi.

«Esatto. Un uomo aveva una relazione extraconiugale ed è stato ucciso. Questo rende sia l'amante sia la moglie due potenziali sospette, e abbiamo già stabilito che l'amante non ha un alibi. La divisione vuole che stringiamo il cerchio attorno al colpevole il prima possibile. A proposito, avete un solo giorno a disposizione per le vostre ricerche. Farò in modo che la polizia di Hokkaido vi offra tutto il supporto necessario.»

«La moglie ha detto che la polizia l'ha contattata presso un centro termale. Probabilmente dovremo andare anche là.»

«Sì, le Terme di Jozankei. Sono a circa un'ora d'auto da Sapporo. La casa dei genitori della moglie si trova nel quartiere Nishi, in città. Potete dividervi e sbrigare tutto in poche ore.»

Sicuro, pensò Kusanagi grattandosi la testa. *Figuriamoci se ci lasciava passare una notte alle terme.*

«Che c'è, Utsumi? Vuoi dire qualcosa?» disse Mamiya.

Kusanagi le lanciò un'occhiata e vide che stava serrando le labbra come se volesse trattenere a fatica una domanda.

«Dobbiamo controllare il suo alibi solo per il fine settimana?»

«In che senso?» chiese Mamiya.

«La signora Mashiba ha lasciato Tokyo sabato mattina ed è tornata lunedì mattina. Mi chiedevo se avesse bisogno di un alibi solo per questo lasso di tempo.»

«Non credi che sia sufficiente?»

«Non so. Ma credo che finché non sappiamo com'è stato mescolato il veleno al caffè, o quando, non possiamo toglierla dalla lista dei sospetti solo sapendo dov'era durante il fine settimana.»

«Aspetta un attimo» disse Kusanagi. «Forse non sappiamo com'è successo, ma sappiamo quando. Hiromi Wakayama ha bevuto un caffè con Yoshitaka Mashiba domenica mattina e nessuno dei due è morto. Il caffè dev'essere stato avvelenato dopo.»

«Ne è sicuro?»

«Perché no? Quando potrebbe essere successo, altrimenti?»

«Be'... non saprei.»

«Credi che Hiromi Wakayama stia mentendo per proteggere la signora Mashiba?» chiese Mamiya. «Questo significherebbe che la moglie e l'amante erano in combutta, il che mi sembra improbabile.»

«Già. Non credo che sia così.»

«Allora qual è il problema?» disse Kusanagi un po' bruscamente. «Ci serve solo il suo alibi da sabato a domenica. In realtà ci basta solo quello di sabato per scagionare la moglie. C'è qualcosa che non va in questo ragionamento?»

Utsumi scrollò la testa. «No, niente. Non fa una piega. Mi chiedevo solo se non ci fosse un modo di avvelenare il caffè a cui non abbiamo pensato, qualcosa che non richiedesse la presenza del colpevole in casa di domenica. Magari un sistema in cui fosse stato Mashiba stesso a versare il veleno.»

Kusanagi aggrottò le sopracciglia. «Come se qualcuno l'avesse costretto a suicidarsi?»

«Non questo. Non c'era bisogno di dirgli che era veleno. Magari poteva pensare che fosse qualcosa per rendere più buono il caffè. Un ingrediente segreto.»

«Un ingrediente segreto? Nel caffè?»

«Come il *garam masala* nel curry: ne metti un pizzico prima di servirlo e il sapore e l'aroma vengono esaltati. Chiunque sia l'assassino, avrebbe potuto dire al signor Mashiba che quell'ingrediente – il veleno – ha un effetto simile per il caffè. So che è un po' azzardato... ma magari non l'ha usato quando ha bevuto il caffè con la signorina Wakayama e se n'è ricordato solo più tardi, quando si è preparato il caffè da solo.»

«Sì, in effetti *è* un po' troppo azzardato» esclamò Kusanagi.

«Davvero?»

«Non ho mai sentito parlare di qualcosa da mescolare al caffè macinato per migliorarne il sapore. E non credo che Yoshitaka Mashiba fosse il tipo da credere a una storia simile. Se ci credeva, perché non dirlo alla signorina Wakayama? *Le ha chiesto di mostrargli come si prepara il caffè!* E poi se ce l'avesse messo lui stesso, ci sarebbero delle tracce altrove. L'acido arsenioso è una polvere. Va tenuto in una busta di plastica o in un sacchetto di carta, ma sul luogo del delitto non è stato trovato niente del genere. Come lo spieghi?»

Utsumi annuì mentre Kusanagi smontava rapidamente la sua teoria.

«Temo di non saperlo spiegare. Probabilmente ha ragione, signore. Penso solo che potrebbe esserci un altro modo che non abbiamo preso in considerazione.»

Kusanagi sospirò. «Vuoi che mi fidi del tuo intuito femminile?»

«Non ho detto questo. Ma forse è vero che le donne hanno un modo diverso di pensare...»

«Fermi un attimo» intervenne Mamiya, con una espressione stanca sul volto. «Va bene discutere, ma lasciamo perdere intuizioni e supposizioni. Utsumi, sospetti la moglie?»

«Sì, anche se non ne sono sicura al cento per cento.»

E questa non sarebbe una supposizione? pensò Kusanagi, ma si trattenne dal dirlo.

«Che argomentazioni hai a tuo sostegno, allora?» chiese Kusanagi.

Utsumi fece un respiro profondo prima di rispondere: «I calici da champagne».

«Calici da champagne? E cioè?»

«Quando siamo arrivati sulla scena del delitto, in cucina c'erano cinque calici da champagne appena lavati.» Guardò Kusanagi. «Ricorda?»

«Sì, me lo ricordo. Erano stati usati per la cena di venerdì.»

«I calici da champagne di solito venivano riposti dentro una credenza in salotto. Per questo quando siamo arrivati c'era uno spazio vuoto sul ripiano.»

«Quindi...?» chiese Mamiya. «Può darsi che sia un po' lento, ma non riesco a capire dove stia il problema.»

Nemmeno Kusanagi capiva. Studiò il profilo della giovane detective e vi lesse una grande determinazione.

«Perché la moglie non li ha messi via prima di partire?»

«Mmm?» esclamò Kusanagi. Un attimo dopo, Mamiya gli fece eco.

«Che importanza ha se non li ha messi via?» chiese Kusanagi.

«Penso solo che normalmente l'avrebbe fatto. Ha visto la credenza? Era perfettamente in ordine, tanto che lo spazio vuoto dove di solito stavano i bicchieri si notava subito. Immagino che la moglie sia una di quelle donne che non riescono a rilassarsi se la loro preziosa cristalleria non è in ordine. Per questo mi sembra strano che non abbia rimesso a posto i calici da champagne.»

«Forse se n'è dimenticata?» propose Kusanagi.

Utsumi scrollò la testa con decisione. «Impossibile.»

«E perché?»

«Fosse stato un giorno qualsiasi, avrebbe anche potuto dimenticarsene. Ma quel fine settimana doveva partire. È difficile immaginare che avrebbe lasciato quei bicchieri fuori posto.»

Kusanagi lanciò un'occhiata a Mamiya, chiedendosi se fosse meravigliato quanto lui. Utsumi aveva sollevato una questione che non gli era nemmeno passata per l'anticamera del cervello.

«Mi viene in mente un solo motivo per cui la moglie non avrebbe messo via i calici da champagne» continuò. «Sapendo che non sarebbe stata via a lungo, non avrebbe avuto tanta fretta di rimetterli a posto.»

Mamiya si sedette sulla sua sedia, incrociando le braccia. Guardò Kusanagi. «Obiezioni?»

Kusanagi si grattò la testa. Non aveva obiezioni, ma si girò verso Utsumi e le chiese: «Perché non ce l'hai detto prima? Eppure te ne sei accorta appena siamo arrivati alla casa».

La ragazza si strinse nelle spalle e fece un sorriso stranamente dimesso. «Non volevo che mi rimproveraste la mia ossessione per i dettagli. E ho pensato che, se la moglie fosse stata davvero colpevole, alla fine probabilmente l'avremmo scoperto in altri modi... Scusatemi.»

Mamiya mandò un sospiro profondo. «C'è del lavoro da fare, Kusanagi» disse. «Che senso ha avere una nuova detective nella nostra squadra se non si sente a suo agio nell'esporci le sue osservazioni?»

«Oh, non è così...» cominciò Utsumi, ma Mamiya alzò una mano.

«Non aver paura di dire quello che pensi ogni volta che ti va. Non esistono né ranghi né distinzioni quando lavoriamo a un caso. Informerò la divisione di quello che ci hai appena detto, ma per quanto siano accurate le tue osservazioni, aspetta a cantar vittoria. È strano che quella donna non abbia messo via i suoi bicchieri, ma non è una prova schiacciante. Abbiamo bisogno di qualcosa di concreto. Quindi, adesso, quello che voglio da voi due è che dimostriate che l'alibi della signora Mashiba regge, se è questo il caso. Non sta a te preoccuparti di come useremo questa informazione. Chiaro?»

Utsumi abbassò un attimo lo sguardo e batté più volte le palpebre prima di rialzarlo. «Chiaro» disse, fissando il comandante dritto negli occhi.

Sette

Hiromi sentì suonare il cellulare e aprì gli occhi.

Non stava dormendo, era solo sdraiata sul divano a occhi chiusi, pronta per l'ennesima notte insonne. Aveva ancora dei sonniferi che le aveva dato Yoshitaka, ma aveva paura a prenderli.

Si tirò su a sedere, il corpo appesantito, un vago dolore alle tempie. Aveva paura perfino a rispondere al telefono. *Chi può essere a quest'ora?* Guardò l'orologio. Erano quasi le dieci.

Quando vide il nome sullo schermo, fu come una doccia fredda. Era Ayane. Premette subito il tasto di risposta.

«Pronto?» La sua voce era rauca.

«Ciao, sono Ayane. Scusa, stavi dormendo?»

«No, sono solo sdraiata. Mi scusi se non sono tornata stamattina.»

«Non preoccuparti. Stai bene?»

«Sì. E lei? Deve essere esausta» disse Hiromi, chiedendosi se i detective le avessero detto della sua relazione con Yoshitaka.

«Sì. È tutto così strano… Non riesco ancora a credere che sia successo.»

Era lo stesso per Hiromi: un incubo senza fine. «La capisco» disse.

«Sei sicura che stai bene, Hiromi? Non sei malata?»

«No, sto bene. Domani dovrei riuscire ad andare al lavoro.»

«Non preoccuparti per il lavoro. In realtà volevo chiederti se potevamo vederci.»

«Adesso?» chiese Hiromi, mentre un improvviso senso di inquietudine le cresceva nel petto. «Di che si tratta?»

«Preferisco parlartene di persona. Non credo ci vorrà molto. Se sei stanca posso venire da te.»

Hiromi scosse la testa, il telefono premuto contro l'orecchio. «No, vengo io. Mi dia un'oretta, devo vestirmi.»

«Sai, mi trovo in un hotel.»

«Oh?»

«La polizia voleva controllare altre cose in casa, così mi hanno mandata qui. Ho solo cambiato alcuni vestiti nella valigia di Sapporo e l'ho portata con me.»

Ayane le spiegò che si trovava in un hotel vicino alla stazione di Shinagawa, nel sud di Tokio.

«Arrivo subito» disse Hiromi chiudendo la comunicazione.

Mentre si preparava non smise un attimo di chiedersi cosa voleva dirle Ayane. *Se era così preoccupata per la mia salute, perché ha voluto che andassi subito da lei?* Forse sentiva di aver poco tempo, o che quello che doveva dirle era così importante da non poter aspettare.

Sul treno per Shinagawa, Hiromi ripensava in continuazione alla richiesta di Ayane. Forse aveva saputo della relazione. Non le era sembrata arrabbiata al telefono, ma se avesse nascosto i suoi sentimenti?

Come avrebbe reagito Ayane se avesse saputo che suo marito la tradiva con la sua assistente? Non ne aveva idea. Non l'aveva mai vista perdere le staffe, per nessun motivo. Era sempre così calma, così distaccata. *Ma dovrà pur arrabbiarsi qualche volta. Tutti si arrabbiano.*

Non riuscire a immaginare come si sarebbe comportata Ayane con la donna che le aveva rubato il marito la terrorizzava. Aveva deciso che se Ayane gliel'avesse chiesto, non avrebbe nascosto la verità. Le avrebbe solo chiesto scusa, anche se aveva poche speranze di essere perdonata o di mantenere il suo posto di lavoro. Se fossero arrivate a quel punto, la cosa migliore era rompere i ponti subito e completamente.

Giunta all'hotel, Hiromi chiamò Ayane che la invitò a salire nella sua stanza. La donna l'accolse in accappatoio.

«Scusa se ti ho fatto venire fin qui anche se sei così stanca.»

«Non si preoccupi. Di cosa voleva parlarmi?»

«Siediti» disse Ayane, facendo un cenno verso una delle due grosse poltrone che c'erano nella stanza.

Hiromi si sedette e si guardò attorno. Era una camera doppia. La valigia di Ayane era per terra accanto a uno dei letti, aperta. Vista così, sembrava che si fosse portata metà del guardaroba. Era pronta a un soggiorno prolungato.

«Vuoi qualcosa da bere?»

«No, grazie.»

«Be', se vuoi c'è un po' di questo» disse Ayane prendendo una bottiglia di tè *oolong* dal frigorifero e riempiendo due bicchieri.

«Grazie.» Hiromi si rese conto all'improvviso di avere una gran sete.

«Cosa ti hanno chiesto i detective?» cominciò Ayane con il suo solito tono sommesso.

Hiromi mise giù il bicchiere. «Mi hanno chiesto com'era quando l'ho trovato. Mi hanno chiesto se avevo idea di chi fosse stato.»

«E tu cos'hai risposto?»

Hiromi agitò una mano davanti a sé. «Che non ne ho la minima idea, ovviamente.»

«Certo. Ti hanno chiesto altro?»

«No, niente di che. Niente che mi ricordi.» Hiromi abbassò lo sguardo. *Mi hanno chiesto se avevo bevuto un caffè insieme a tuo marito domenica mattina.*

Ayane annuì e prese il suo bicchiere. Bevve un sorso e si premette il bicchiere contro la fronte, come se avesse la febbre e cercasse di rinfrescarsi.

«Hiromi, c'è una cosa che ti devo dire.»

Hiromi alzò gli occhi di scatto, incontrando quelli di Ayane. Per un istante le sembrò che la sua insegnante la stesse guardando con severità, poi un attimo dopo la sua espressione cambiò. Non c'era traccia di odio o di rabbia in quegli occhi. Solo tristezza e dolore, resi più intensi dal timido sorriso appena accennato sulle sue labbra.

«Mi aveva chiesto di lasciarlo» disse Ayane con voce piatta.

Hiromi abbassò di nuovo lo sguardo. Sapeva che avrebbe dovuto fingersi sorpresa, ma non ci riusciva. Non riusciva nemmeno a guardare in faccia Ayane.

«È successo venerdì. Appena prima che arrivassero gli Ikai. Ha detto che non aveva senso essere sposato con una donna che non poteva avere figli.»

Hiromi abbassò la testa. Yoshitaka le aveva detto che aveva chiesto il divorzio ad Ayane, ma non immaginava che l'avesse espresso in questi termini.

«Mi ha detto anche un'altra cosa» continuò Ayane. «Qualcosa a proposito di un'altra donna… Non ha voluto fare nomi, ma ha detto che non la conoscevo.»

Hiromi si irrigidì. *Sa tutto. Mi sta tendendo una trappola fingendo che non le importi nulla.*

«Credo che stesse mentendo» disse Ayane. «Credo di sapere di chi si tratti. Credo di conoscerla molto bene. Per questo non ha voluto dirmi come si chiamava.»

Hiromi accusava un dolore fisico anche solo sentendola parlare. Alzò lo sguardo, gli occhi pieni di lacrime.

Ayane non sembrava minimamente sorpresa. Aveva ancora lo stesso sorriso inespressivo sul volto quando disse, come se stesse rimproverando una bambina: «Sei tu, non è vero, Hiromi?».

Hiromi chiuse la bocca per trattenere un singhiozzo. Una lacrima le scese lungo la guancia.

«Sei *tu*... non è vero?»

Ormai non aveva senso negarlo. Hiromi fece appena un cenno col capo.

Ayane sospirò lentamente. «Come immaginavo.»

«Ayane, io...»

«No, non dire niente. L'ho capito nell'istante in cui mi ha detto che era finita. O forse lo sapevo già da prima ma non volevo ammetterlo. Come ho fatto a non accorgermene, avendoti sempre così vicina? E poi non era così bravo a fingere o a mentire.»

«Sarà arrabbiatissima.»

Ayane inclinò la testa. «Forse. Forse ci sono rimasta male. Sono sicura che è stato lui a fare il primo passo, ma potrei essere arrabbiata con te per non aver rifiutato. Però non penso che tu me l'abbia rubato. Davvero. Non era una scappatella, capisci. Prima ha smesso di amarmi, poi è venuto da te. La colpa è anche un po' mia, per non essere riuscita a tenerlo.»

«Mi dispiace» esclamò Hiromi impulsivamente. «So che non avrei dovuto farlo, ma continuava a insistere...»

«Non dire altro.» La voce fredda di Ayane tagliò l'aria come una lama. «O potrei anche cominciare a odiarti, Hiromi. Credi che mi interessi sapere come ti ha conquistata?»

Ha ragione. Hiromi scrollò la testa, gli occhi ancora fissi a terra.

«Appena sposati ci eravamo promessi una cosa» disse Ayane, con voce di nuovo sommessa. «Se dopo un anno non fossimo riusciti ad avere figli, ci avremmo ripensato. La verità è che nessuno dei due era così giovane, e nessuno dei due voleva sottoporsi a dei lunghi trattamenti contro l'infertilità, se fossimo arrivati a quel punto. A dire il vero, sapere che eri tu l'altra donna è stato uno shock. Ma credo che per lui fosse solo un modo di mantenere fede alla promessa.»

«Credo che me l'abbia accennato» disse Hiromi senza alzare lo sguardo.

Gliene aveva parlato anche sabato, quando si erano visti. Yoshitaka aveva usato la parola "patti" – *erano questi i patti, per questo Ayane aveva accettato la situazione.* Lì per lì Hiromi non aveva capito, ma adesso era chiaro.

«Sono andata a Sapporo per riflettere un po'. Non sopportavo di stare in quella casa dopo quello che mi aveva detto. Per questo ti ho dato la mia chiave: per non avere più a che fare con lui. Sapevo che vi sareste visti mentre ero via: perché non darti la chiave e scoprire le carte in tavola?»

Hiromi ripensò alla mattina in cui Ayane era venuta al suo appartamento. Non aveva intuito minimamente cosa passasse per la testa della sua insegnante. *Credevo che volesse dimostrarmi che si fidava di me. Come ho potuto essere così stupida?* Quando pensò a come doveva essersi sentita Ayane vedendola accettare le chiavi, si sentì quasi venir meno.

«Hai detto ai detective di te e Yoshitaka?»

Hiromi fece un cenno col capo. «Credo che per qualche motivo lo sapessero già. Non avevo altra scelta.»

«Capisco. Mi sembra logico. Sarebbe stato strano entrare in casa solo perché eri preoccupata per lui. Dev'essere stato questo a insospettirli. A me non hanno detto niente, sai.»

«Davvero?»

«Credo che abbiano fatto finta di non sapere per osservare le mie reazioni. Devono sospettare di me, in fondo.»

«Cosa?» Hiromi alzò lo sguardo sulla sua insegnante. «Intende dire che è tra i sospettati?»

«Certamente. Se ci pensi, avrei un movente. Mio marito mi tradiva.»

Anche questo è vero. Ma Hiromi non aveva mai sospettato di

Ayane. Tanto per cominciare, era a Sapporo quando Yoshitaka era stato ucciso. E poi Hiromi aveva creduto a Yoshitaka quando le aveva detto che era tutto sistemato. *Forse sono stata una stupida anche in quella occasione.*

«Ma non importa. Possono sospettare di me quanto vogliono.» Ayane prese la borsetta che aveva accanto, estrasse un fazzoletto e se lo premette sotto gli occhi. «Voglio solo sapere cos'è successo. Perché una cosa simile... Hiromi, sei sicura di non sapere chi potrebbe essere stato? Quand'è stata l'ultima volta che l'hai visto?»

Hiromi non aveva voglia di rispondere a quella domanda, ma non poteva mentire. «Ieri mattina. Abbiamo bevuto un caffè insieme. I detective mi hanno fatto mille domande, ma ho detto loro che non avevo notato niente di strano. Né in casa né... nel signor Mashiba.»

«Bene» disse Ayane, inclinando leggermente la testa e riflettendo un attimo prima di guardare Hiromi. «Non hai nascosto nulla ai detective, vero? Gli hai detto tutto, giusto?»

«Credo di sì.»

«Bene. Ma se ti accorgi di esserti dimenticata qualcosa, devi dirglielo il prima possibile. Potrebbero sospettare anche di te, sai.»

«Credo che sospettino già di me. Sono l'unica che l'ha visto questo fine settimana.»

«È vero. Immagino che cominceranno a indagare su questo.»

«Devo dirgli anche che ci siamo viste stasera?»

Ayane annuì, portandosi una mano alla fronte. «Non vedo perché non dovresti dirglielo. A me non importa. E se lo nascondessi, potrebbero farsi delle strane idee.»

«D'accordo.»

Le labbra di Ayane si distesero in un sorriso. «È buffo, non credi? Eccoci qua, la donna abbandonata e l'amante di suo marito, a parlare tra loro nella stessa stanza. E invece di prenderci per la gola, siamo solo disperate e sconvolte. Forse perché non ha più importanza, adesso che è morto.»

Hiromi non sapeva cosa rispondere, anche se si rese conto di provare lo stesso sentimento. Sapeva solo che se Yoshitaka fosse tornato magicamente in vita, non le sarebbe importato del rancore della sua insegnante. Sapeva d'istinto che il proprio dolore era anche maggiore di quello di Ayane, così come sapeva che era l'ultima cosa di cui poteva parlare con qualcuno.

Otto

I genitori di Ayane Mashiba vivevano in un quartiere residenziale di Sapporo molto curato e la loro casa era una costruzione squadrata su tre piani. Il piano terra era un garage, ma veniva utilizzato come scantinato; sopra di esso si alzavano due piani regolari. Una rampa di scale conduceva dall'ingresso al primo piano.

«Ci sono molte case simili qui attorno» spiegò il padre di Ayane, Kazuhiro Mita, offrendo delle gallette di riso ai suoi ospiti. «D'inverno nevica molto e l'ingresso dev'essere rialzato da terra.»

Kusanagi annuì. *È proprio un altro mondo qua.* Prese la tazza di tè fumante che la madre di Ayane, Tokiko, aveva appena portato. La donna si sedette accanto al marito, posandosi il vassoio vuoto sul grembo.

«Siamo rimasti molto sorpresi della notizia di Yoshitaka. Non sapevamo cosa pensare quando ci hanno detto che non è stato un incidente o un malore, ma non ci saremmo mai aspettati le indagini della polizia.» Le sopracciglia striate di bianco di Kazuhiro formarono delle piccole V capovolte sopra i suoi occhi.

«Non è stato ancora stabilito ufficialmente che si tratti di omicidio» disse Kusanagi.

Kazuhiro si accigliò, il volto magro segnato da rughe profonde. «Aveva i suoi nemici, come la maggior parte degli imprenditori di successo. Però si pensa sempre che la gente non arrivi a questo...»

Kazuhiro aveva lavorato per una cooperativa di credito locale prima di andare in pensione, cinque anni prima. Nella sua vita aveva visto una discreta quantità di imprenditori e di sicuro conosceva quegli ambienti.

«Mi chiedevo» disse Tokiko alzando lo sguardo: «Come sta Ayane? Al telefono dice che sta bene, ma sono sicura che non vuole farci preoccupare».

«Sta bene. Certo, è stato un grande shock,» spiegò Kusanagi «ma nonostante tutto ci ha aiutato molto con le indagini.»

«Be', questo mi conforta.» Le parole della donna contraddicevano l'angoscia che le traspariva dal volto.

«Ayane dice di essere venuta qui sabato, giusto? Ci ha detto che era preoccupata per la sua salute.» Kusanagi fissò Kazuhiro. L'anziano uomo era magro e un po' pallido, ma non sembrava sofferente.

«Sì, il mio pancreas» spiegò l'uomo. «Mi è venuta un'infiammazione circa tre anni fa e da allora non mi sono mai rimesso del tutto. A volte mi viene la febbre e certi giorni la pancia e la schiena mi fanno così male che non riesco a muovermi. Ma tengo duro. Non posso fare altro: tenere duro.»

«Le serviva l'aiuto di Ayane per qualche motivo particolare, questa volta?»

«No, assolutamente» disse Kazuhiro lanciando un'occhiata a sua moglie.

Tokiko scrollò la testa. «Ci ha chiamati venerdì sera, dicendo che sarebbe venuta il giorno dopo. Ha detto che era preoccupata per suo padre e che non era più venuta a trovarci da quando si era sposata.»

«Aveva altri motivi per venire?»

«Non che io sappia.»

«Vi ha detto quanto si sarebbe fermata?»

«Be', in realtà no. Le ho chiesto quando sarebbe tornata a Tokyo, ma mi ha detto che non aveva ancora deciso.»

Kusanagi annotò mentalmente: *nessun motivo urgente di tornare dai suoi.* Allora perché era andata a trovarli? Nove volte su dieci, quando una donna sposata decideva all'improvviso di tornare dai genitori era perché aveva dei guai col marito.

«Ehm, detective» disse Kazuhiro un po' titubante. «Mi sembra molto interessato a sapere perché Ayane è venuta a trovarci. Posso sapere perché?»

Kusanagi sorrise. *Il vecchio banchiere è ancora sveglio.* «Se la morte del signor Mashiba è stata davvero un omicidio, è possibile che il colpevole abbia scelto di proposito il momento per agire quando Ayane non era in casa.» Il detective parlò lentamente e con attenzione. «Se così fosse, dobbiamo capire come faceva il colpevole a conoscere gli spostamenti di Ayane. Per questo temo che dovremo considerare ogni possibilità. La prego di capire, è la prassi.»

«In tal caso...» disse Kazuhiro annuendo. Non era chiaro se avesse bevuto la storia del detective oppure no.

«Cos'ha fatto Ayane quando era qui?» chiese Kusanagi guardando entrambi i genitori.

«Sabato è rimasta a casa tutto il giorno. Di sera siamo andati a cena in un ristorante della zona, solo noi tre. Era uno dei suoi posti preferiti quand'era ragazzina» disse Tokiko.

«Come si chiama il ristorante?»

Il volto di Tokiko si fece diffidente, così come quello di suo marito.

«Scusatemi» Kusanagi sorrise di nuovo. «Non sappiamo cosa potrebbe diventare importante nel corso delle indagini, così devo annotare ogni dettaglio, anche il più banale. Preferiremmo non dover tornare quassù un'altra volta, se possibile.»

Tokiko non sembrava soddisfatta della risposta, ma gli disse comunque il nome del ristorante: «Lucky Sushi».

«E domenica è andata alle terme con un'amica?»

«Sì, con Saki. Si conoscono dalla scuola media. I suoi genitori vivono a meno di cinque minuti da qui. Saki si è trasferita nel sud della città quando si è sposata; Ayane l'ha chiamata sabato sera e sono andate insieme a Jozankei, se non sbaglio.»

Kusanagi annuì, lanciando un'occhiata al taccuino. Ayane aveva parlato dell'amica a Mamiya: Sakiko Motooka. Utsumi sarebbe passata da lei di ritorno dalla località termale.

«Avete detto che era la prima volta che Ayane veniva qui da quando si è sposata. Vi ha riferito qualcosa a proposito del signor Mashiba?»

Tokiko inclinò la testa. «Solo che era pieno di lavoro, come al solito, ma che riusciva lo stesso a trovare il tempo per andare a giocare a golf. Cose di questo tipo.»

«Non vi ha detto come andavano le cose tra di loro?»

«No. Continuava a farci mille domande e non sono riuscita a strapparle una parola. Voleva sapere come stava suo padre, come stava suo fratello... A proposito, ha un fratello che vive negli Stati Uniti.»

«Quindi, se Ayane non veniva mai a trovarvi,» continuò Kusanagi «immagino che non abbiate visto spesso il signor Mashiba.»

«È vero. Siamo andati a casa sua appena prima del matrimonio, ma è stata l'ultima volta che abbiamo parlato un po'. Ci aveva invitati a tornare, certo, ma Kazuhiro non stava molto bene e quindi non l'abbiamo mai fatto.»

«L'avremo visto quattro volte in tutto» disse Kazuhiro stringendosi nelle spalle.

«Mi sembra che abbiano deciso di sposarsi molto in fretta, o sbaglio?»

«Sì, è così. Ayane aveva trent'anni e cominciavamo a chiederci se avrebbe mai trovato qualcuno, quando un giorno ci ha chiamati e ci ha detto del matrimonio.» Tokiko fece una smorfia materna.

Secondo i suoi genitori, Ayane era partita per Tokyo otto anni prima, dopo aver frequentato due anni di università e trascorso un certo periodo nel Regno Unito per un programma di scambio studentesco. La passione per il patchwork era nata durante la scuola superiore, e già prima di laurearsi Ayane si era fatta notare in una serie di concorsi professionali. La sua popolarità era aumentata quando, di ritorno dall'Inghilterra, aveva pubblicato un libro sulle tecniche patchwork che aveva conquistato un discreto gruppo di appassionati.

«Era così presa dal suo lavoro, che ogni volta che le chiedevamo quando si sarebbe sposata, ci diceva che non aveva tempo per fare la moglie» disse Tokiko. «"Ho così tante cose da fare che posso essere sposata solo con me stessa" ci diceva.»

«Davvero?» disse Kusanagi ridacchiando, un po' sorpreso. «Mi è sembrato che se la cavasse bene nelle faccende domestiche.»

Kazuhiro scrollò la testa. «Essere una brava artista non significa essere una brava donna di casa. Se non sbaglio quando viveva qui non muoveva un dito, vero mamma? Credo che a Tokyo non cucinasse nemmeno per sé. Quand'era sola, intendo, prima di sposarsi.»

«Davvero?»

«È così» disse Tokiko. «Siamo andati a trovarla alcune volte e non ho mai visto dei fornelli così puliti. Credo che mangiasse fuori o che comprasse cibi già pronti al minimarket.»

«Ma secondo i loro amici organizzavano spesso delle cene, e cucinava vostra figlia.»

«L'abbiamo sentito anche noi. Ce l'ha detto Ayane. Credo che abbia frequentato una scuola di cucina prima di sposarsi e che abbia imparato qualche trucco. Dicevamo sempre: "Deve aver trovato l'uomo giusto, se ha cominciato a mettersi ai fornelli".»

«E ora non c'è più» disse Kazuhiro abbassando lo sguardo.

«Possiamo andare a trovarla?» chiese la madre. «Vorremmo aiutarla a organizzare il funerale e tutto il resto.»

«Certo, non c'è nessun problema» disse Kusanagi. «Però non so ancora dirvi quando la salma sarà restituita.»

«Oh...» mormorò Tokiko.

«Più tardi chiama Ayane e parlane con lei» disse Kazuhiro alla moglie.

Kusanagi ringraziò i padroni di casa e si preparò a congedarsi. Mentre si stava infilando le scarpe, notò un gilè in stile patchwork appeso all'ingresso. Era molto lungo, sarebbe arrivato alle ginocchia di una persona di media statura.

«L'ha fatto Ayane per noi, molti anni fa» spiegò Tokiko. «È per Kazuhiro, quando d'inverno esce a prendere i giornali e la posta.»

«Vorrei solo che avesse scelto dei colori meno sgargianti» disse Kazuhiro, ma la sua soddisfazione era evidente.

«Una volta la madre di mio marito è uscita d'inverno e ha fatto una brutta caduta, rompendosi l'osso iliaco. Ayane non ha mai dimenticato quella vicenda, così ha cucito un'imbottitura a circa metà della lunghezza» spiegò Tokiko mostrando l'interno del gilè.

Premurosa come al solito, pensò Kusanagi.

Uscendo dall'abitazione dei Mita, il detective si diresse verso il Lucky Sushi. Sulla porta c'era un cartello con la scritta CHIUSO, ma il cuoco era dentro e si stava preparando per mettersi al lavoro. Era un uomo sulla cinquantina, con i capelli a spazzola, e si ricordava della recente visita di Ayane.

«Non la vedevo da queste parti da un sacco di tempo, così ho preparato una cenetta speciale. Credo che siano rimasti qui fino alle dieci circa...» Il cuoco guardò Kusanagi. «È successo qualcosa?»

Non aveva senso raccontare l'accaduto all'intera città, così Kusanagi scrollò la testa, s'inventò una scusa e si congedò. Aveva appuntamento con Utsumi nel salone di un hotel per l'ora di cena.

La trovò seduta lì, intenta a scrivere qualcosa sul suo taccuino.

«Ci sono novità?» le chiese, sedendosi di fronte.

«Be', Ayane è stata davvero in una pensione alle terme di Jozankei. Ho parlato con uno dei custodi, e a sentir lui le due amiche sembravano allegre e serene.»

«E la signora Sakiko Motooka?»

«L'ho vista.»

«Nessuna discrepanza con quello che ci ha detto la signora Mashiba?»

Utsumi abbassò un attimo lo sguardo prima di scrollare la testa. «Niente. È andato tutto come ha detto lei.»

«Lo stesso anche qui. Non avrebbe fatto in tempo ad andare a Tokyo e tornare.»

«La signora Motooka ha detto di essersi incontrata con la signora Mashiba domenica mattina. E la sua testimonianza conferma anche che la signora Mashiba ha visto il messaggio sul suo cellulare solo in tarda serata.»

«Mi sembra un alibi di ferro» disse Kusanagi appoggiandosi allo schienale della poltrona senza abbassare gli occhi dalla giovane detective. «Ayane Mashiba non è la nostra assassina. È impossibile. So che non ne sei convinta, ma qui si tratta di una verità oggettiva.»

Utsumi allontanò un attimo lo sguardo, poi guardò di nuovo Kusanagi. «In realtà *c'erano* alcune cose che non mi tornavano nella storia della signora Motooka.»

«Vale a dire?»

«Ha detto che non vedeva la signora Mashiba da tantissimo tempo. Da prima che si sposasse, almeno.»

«Questo combacia con la testimonianza dei suoi genitori.»

«Ha detto anche di averla trovata molto cambiata. Allora era energica, anche un po' scontrosa… Ora invece sembrava calma. Perfino un po' fiacca.»

«Quindi?» chiese Kusanagi. «È probabile che la signora Mashiba sapesse che il marito la tradiva. E se fosse venuta qui per tirarsi un po' su? Non capisco cosa ci sia di strano. Come ha detto il comandante, siamo qui solo per capire se il suo alibi regge o no. E l'alibi regge. Che ci importa del resto?»

«Un'altra cosa» aggiunse Utsumi, impassibile. «Ha detto di aver visto la signora Mashiba accendere il cellulare più volte. Guardava se aveva messaggi, poi lo spegneva di nuovo.»

«Per risparmiare la batteria. Lo faccio sempre anch'io.»

«Crede che fosse solo questo?»

«Hai un'altra teoria?»

«Forse aspettava una chiamata ma non voleva rispondere. Preferiva ricevere un messaggio e poi richiamare.»

Kusanagi scrollò la testa. *Questa Utsumi è una tipa sveglia*, pensò, *ma un po' testarda.* Guardò l'orologio sul polso e si alzò. «Andiamo, o perderemo l'aereo.»

Nove

All'interno dell'edificio, l'aria fredda le avvolgeva i piedi. Il luogo sembrava deserto; i suoi passi risuonavano in maniera inquietante nonostante le suole di gomma delle sue scarpe. Mentre saliva le scale, incrociò finalmente qualcuno – un ragazzino con un paio di occhiali, che la guardò sorpreso. *Mi sa che non vedono molte donne da queste parti*, rifletté Karou Utsumi.

Erano passati diversi mesi dalla sua ultima visita, poco dopo essere entrata nella prima divisione investigativa del dipartimento. All'epoca dovevano risolvere un difficile quesito di fisica in merito a un caso e Kusanagi l'aveva mandata in quel luogo in cerca di aiuto. Ricordava ancora la strada.

Il laboratorio 13 si trovava nello stesso posto. Sulla porta era appesa la solita tabella con i turni di chi utilizzava il laboratorio. Accanto alla voce "Yukawa" era stata messa una calamita rossa sotto la colonna PRESENTE. Utsumi tirò un sospiro di sollievo. *Almeno non se* l'è *squagliata.* Secondo la lavagna, assistenti e studenti erano a lezione. Un altro sospiro di sollievo. Nessuno avrebbe ascoltato la loro conversazione.

Utsumi bussò alla porta e una voce all'interno disse: «Sì». Aspettò.

«Scusi, non è automatica» continuò la voce alcuni istanti dopo.

Utsumi aprì la porta. Davanti a lei era seduto un uomo in

maglietta nera, girato dall'altra parte. Stava guardando un ampio schermo su cui era visibile una struttura di sfere grandi e piccole.

«Potrebbe premere il pulsante della macchina del caffè accanto al lavello?» chiese l'uomo senza voltarsi. «Fa tutto da sola.»

Utsumi vide la macchina del caffè. Sembrava nuova di zecca. Premette il pulsante e sentì il rumore dell'acqua che cominciava a gorgogliare.

«Mi era sembrato di capire che le piacesse il caffè solubile» disse.

«Mi hanno dato quella macchina perché ho vinto il torneo di badminton. Ho pensato di provarla. È piuttosto conveniente, sa? E una tazza ha un prezzo *molto* ragionevole.»

«Scommetto che avrebbe voluto averne una anche prima.»

«In realtà no. Ha un grave difetto.»

«Sarebbe?»

«Il caffè non sa di caffè solubile» disse Manabu Yukawa, digitando qualcosa sulla tastiera prima di ruotare sulla sua sedia girevole. Guardò Utsumi. «Si è ambientata alla divisione?»

«Un po'.»

«Ah, un "po'". Buono a sapersi. La mia teoria è che abituarsi al lavoro investigativo equivalga sostanzialmente a perdere la propria umanità.»

«Ha parlato di questa teoria con il detective Kusanagi?»

«Più volte. Ma non mi ha mai ascoltato.» Yukawa guardò di nuovo lo schermo, cercando il mouse con una mano.

«Cos'è?»

«Un modello di struttura cristallina della ferrite.»

«Ferrite… come quella delle calamite?»

Il fisico sbarrò leggermente gli occhi dietro agli occhiali. «Materiale ferromagnetico, per l'esattezza… ma vedo che sa il fatto suo.»

«Credo di averlo letto da qualche parte. La usano per fare le testine magnetiche, vero?»

«Kusanagi non sa chi ha accanto, mi sa» mormorò Yukawa spegnendo lo schermo e guardando di nuovo Utsumi. «Bene, veniamo alle domande. Comincio io. Perché devo tenere nascosta la sua visita a Kusanagi?»

«Per spiegarglielo, prima le devo parlare del caso.»

Yukawa scrollò lentamente la testa. «Quando mi ha chiamato, all'inizio ho rifiutato perché in realtà non m'interessa molto collaborare con la polizia. Ho cambiato idea solo quando ho saputo che non avrebbe detto a Kusanagi della sua visita. La cosa mi ha incuriosito, ed è per questo che ho rubato un po' di tempo ai miei impegni. Quindi, prima mi spieghi questa cosa. Solo dopo deciderò se sarò disposto ad ascoltare quello che ha da dirmi.»

Utsumi osservò il volto del professore mentre parlava. Kusanagi aveva detto che Yukawa era sempre stato molto disponibile a collaborare, ma poi il detective e il fisico avevano avuto uno screzio a proposito di certe indagini. Da allora i due si erano allontanati, sebbene nessuno le avesse detto di preciso perché.

«Sarebbe difficile spiegare il perché di tanta segretezza senza esporle il caso.»

«Non credo proprio. Mi dica, quando interroga le persone espone il caso per filo e per segno a tutti quelli con cui parla? Cerchi di sintetizzare come farebbe con loro. E per piacere, si sbrighi. Più tempo perdiamo, più è probabile che torni uno dei miei studenti.»

A Utsumi non piacque il tono brusco del professore, e quasi glielo si lesse in faccia. Provò un desiderio irrazionale di contraddire quell'uomo freddo e distaccato.

«Qualcosa non va?» Yukawa socchiuse gli occhi. «Non le va di parlare?»

«Non è questo.»

«Allora su, sbrighiamoci. Davvero, non ho molto tempo.»

«Bene» disse Utsumi, ricomponendosi. «Il detective Kusanagi...» cominciò, guardando Yukawa negli occhi «... è innamorato.»

«Uh?» Lo sguardo di Yukawa perse quella luce fredda e si fece vago, facendolo somigliare per un istante a un bambino smarrito, finché non guardò di nuovo Utsumi. «Ha appena detto "innamorato"?»

«Sì» disse lei. «Il detective Kusanagi è innamorato.»

Yukawa si appoggiò allo schienale della sedia e si sistemò gli occhiali. Quando tornò a guardare Utsumi, c'era una certa diffidenza nei suoi occhi. «Di chi?»

«Della nostra sospettata» rispose Utsumi. «È innamorato della sospettata del caso attuale, e questo sta condizionando il suo modo di vedere le cose. Ecco perché non volevo che sapesse della mia visita.»

«Quindi Kusanagi non l'ha mandata a chiedermi aiuto?»

«Assolutamente no.» Utsumi scosse la testa.

Yukawa incrociò le braccia e chiuse le palpebre. Si appoggiò allo schienale con un lungo sospiro. «Forse l'ho sottovalutata. In realtà ero pronto a rifiutare non appena avesse aperto bocca, ma questo... non me l'aspettavo. Innamorato, ha detto? È sicura che stiamo parlando dello stesso detective Kusanagi?»

«Ora posso parlarle del caso?» disse Utsumi, gustandosi la vittoria.

«Prima beviamo il caffè. Ho bisogno di far calmare un attimo le acque prima di concentrarmi.»

Yukawa si alzò e versò il caffè.

«Perfetto» disse Utsumi mentre il professore le porgeva una tazza.

«Cosa?»

«Il caffè. Vede, il caso comincia proprio con una tazza di caffè.»

«"Una tazza di caffè, quanti sogni ci può dare..." faceva una vecchia canzone. Avanti, sentiamo, cos'ha da dirmi?» Yukawa si mise comodo sulla sedia e bevve un sorso.

Utsumi gli raccontò tutto ciò che sapeva dell'omicidio di Yoshitaka Mashiba, in ordine cronologico. Di norma era proibito divulgare dettagli sul caso fuori dalla divisione, ma Kusanagi una volta le aveva detto che era l'unico modo per avere aiuto da Yukawa. E, cosa ancora più importante, Utsumi si fidava di lui.

Yukawa bevve il suo caffè e guardò dentro la tazza vuota mentre la detective finiva di parlare.

«Quindi: lei sospetta della moglie e Kusanagi no, ed essendo lui innamorato di quella donna, il suo giudizio è viziato.»

«Forse ho esagerato dicendo che è "innamorato". Volevo solo catturare la sua attenzione. Però è vero che il detective Kusanagi ha un debole per la moglie. Si comporta in maniera strana quando c'è lei o quando parla di lei.»

«Non le chiederò come fa a esserne così sicura. Ho molta fiducia nell'intuito femminile in questo genere di cose.»

«Lo prendo come un complimento.»

Yukawa si accigliò e appoggiò la tazza sulla scrivania. «Però, sentendo la sua storia, non mi pare che il ragionamento di Kusanagi sia del tutto fuori luogo. Ayane Mashiba, ha detto che si chiama? Il suo alibi sembra perfetto.»

«Se l'arma del delitto fosse qualcosa di più evidente, come un coltello o una pistola, le darei ragione. Ma si tratta di un avvelenamento ed è possibile commettere l'atto prima che avvenga l'omicidio in sé.»

«Quindi vuole che capisca com'è riuscita a farlo?»

Utsumi aspettò in silenzio.

Sulle labbra del fisico apparve un sorriso astuto. «Forse si è fatta un'idea sbagliata: la fisica non ha niente a che fare con la magia.»

«Ma finora lei ha risolto un mucchio di casi in cui c'erano trucchi che sembravano di magia.»

«I trucchi criminali sono diversi dai trucchi di magia. Sa qual è la differenza?» Aspettò che Utsumi scrollasse la testa prima di continuare: «In entrambi c'è un segreto, ma il destino di questo segreto non è lo stesso. In un trucco di magia, non appena il numero è concluso, il pubblico non è più in grado di afferrare il segreto. In un trucco criminale, invece, gli investigatori possono analizzare ogni dettaglio sulla scena del delitto finché non sono soddisfatti. Se si tratta di un trucco, qualche traccia resta sempre. La cosa più difficile quando si commette un crimine è nascondere completamente le proprie tracce, non crede?»

«E se queste tracce *fossero* state nascoste?»

«Stando a quel che ha detto, la probabilità mi sembra estremamente bassa. Come si chiama l'altra ragazza, l'amante?»

«Hiromi Wakayama.»

«Ha dichiarato di aver bevuto un caffè con la vittima, giusto? Non solo, ma anche di aver preparato il caffè. Se era già avvelenato, perché non sono morti entrambi? È questo il mistero principale. Ho apprezzato la sua ipotesi sulla polvere magica che rende più buono il caffè – in altre parole, far sì che la vittima si avveleni da sola. È il genere di cose che farebbe impazzire i lettori di romanzi gialli, ma non è un metodo da vero criminale.»

«Come fa a saperlo?»

«Immagini di essere l'assassino. E se avesse dato il veleno a quell'uomo e lui non l'avesse usato in casa ma fuori? Se fosse andato da un amico e gli avesse detto di questa fantastica polverina scoperta da sua moglie, e gliel'avesse fatta provare?»

Utsumi si morse il labbro. Yukawa aveva ragione. Peggio ancora, si rese contro di essersi aggrappata a quella teoria come se fosse una reale possibilità.

«Se la moglie fosse l'assassino, avrebbe avuto almeno tre ostacoli da superare» disse Yukawa, alzando tre dita. «Primo, nessuno doveva notare o avere motivo di pensare che il veleno fosse stato messo nel caffè prima di essere ingerito. In caso contrario non avrebbe avuto senso costruirsi un alibi. Secondo, doveva essere certa che sarebbe stato il signor Mashiba a prendere il veleno. Forse anche la sua amante poteva andar bene, come danno collaterale, ma doveva essere sicura di centrare l'obiettivo. Terzo, l'intero piano doveva essere preparato in maniera facile e veloce. La sera prima della sua partenza per Hokkaido c'era stata una cena a casa loro, giusto? Se avesse messo il veleno prima di allora, avrebbe rischiato di uccidere qualcun altro. Quindi molto probabilmente l'avrebbe messo dopo.» Alzò le mani. «E non capisco proprio come avrebbe potuto farlo. Mi scusi.»

«Sono ostacoli così insormontabili?»

«Secondo me sì. Il primo, soprattutto. Credo che abbia molto più senso pensare che il colpevole non sia la moglie.»

Utsumi sospirò. Se il fisico, il cosiddetto "detective Galileo" in persona, le stava dicendo che era impossibile, probabilmente lo era.

Le suonò il cellulare. Lo prese; con la coda dell'occhio vide che Yukawa si stava riempiendo di nuovo la tazza di caffè.

«Dove sei?» Era Kusanagi. C'era qualcosa di brusco nella sua voce.

«In una farmacia, a chiedere come sia possibile procurarsi l'acido arsenioso. Qualcosa non va?»

«Quelli della scientifica ce l'hanno fatta. Hanno trovato il veleno anche altrove.»

Utsumi strinse il telefono nella mano. «Dove?»

«Nel bollitore che c'era sui fornelli.»

«Nel bollitore? Davvero?»

«Solo una traccia, ma non ci sono dubbi. Porterò qui Hiromi Wakayama per interrogarla.»

«Lei? Perché?»

«C'erano le sue impronte sul bollitore.»

«Ovvio. Ha preparato il caffè domenica mattina.»

«Il che significa che avrebbe potuto metterci dentro il veleno.»

«Sono le uniche impronte che hanno trovato?»

«No, c'erano anche quelle della vittima.»

«E le impronte della moglie?»

Sentì un sospiro profondo all'altro capo della linea. «Anche quelle, ovviamente. Abita lì. Ma non è stata l'ultima a toccarlo. L'hanno stabilito dal modo in cui si sovrappongono le impronte. E inoltre, non risulta che l'abbia toccato qualcuno con dei guanti.»

«Non sempre restano i segni dei guanti.»

«Lo so. Ma considera le prove indiziare nel complesso: nessuno a parte la signorina Wakayama avrebbe potuto mettere il veleno nel bollitore. Tra poco la interroghiamo alla divisione e voglio che ci sia anche tu. Vieni subito.»

Mise giù prima che Utsumi potesse rispondere.

«Ci sono nuovi sviluppi, vero?» disse Yukawa, bevendo il suo caffè in piedi.

Utsumi gli spiegò cosa le aveva raccontato Kusanagi. Il fisico ascoltò, le labbra sulla tazza, senza nemmeno annuire mentre lei parlava.

«Il bollitore? Davvero?»

«È la stessa cosa che ho detto io. Forse ho corso troppo. Domenica mattina Hiromi Wakayama ha usato quel bollitore per preparare il caffè che ha bevuto insieme alla vittima. È chiaro che a quel punto non c'era veleno nel bollitore. Non potrebbe essere stata Ayane Mashiba.»

«Perché non spingersi anche più in là e dire che la moglie non avrebbe avuto motivo di mettere del veleno nel bollitore? In questo caso non c'è nessun trucco.»

Utsumi inclinò la testa, senza capire bene cosa volesse dire.

«Ha appena ammesso che non potrebbe essere stata la moglie» spiegò Yukawa. «Ma può dirlo solo perché qualcuno ha usato il bollitore – senza morire – dopo che lei se n'è andata, ma prima che succedesse il crimine. E se nessun altro avesse usato il bollitore? Allora la polizia avrebbe sospettato subito della moglie. La donna doveva saperlo bene, quindi perché preoccuparsi tanto di crearsi un alibi? Non avrebbe retto.»

«Oh. Questo è vero» disse Utsumi abbassando la testa, le braccia incrociate sul petto. «In entrambi i casi, Ayane Mashiba è fuori dalla lista dei sospetti, non è vero?»

Yukawa non rispose. La stava fissando.

Un attimo dopo, continuò: «E ora? Se la moglie non è l'assassina, farà come Kusanagi e sospetterà dell'amante?».

Utsumi scrollò la testa. «No. Non credo.»

«Sembra così sicura. Posso chiederle perché? La prego, non mi dica che secondo lei quella ragazza non poteva uccidere l'uomo che amava.» Yukawa si sedette e incrociò le gambe.

Utsumi fu presa dal panico: era proprio quello che avrebbe voluto dire. Non vedeva altri motivi per cui non poteva essere stata Hiromi Wakayama.

Ma più fissava Yukawa, più cominciava a credere che nemmeno per lui Hiromi Wakayama fosse colpevole, e che in realtà quell'uomo avesse un motivo per considerarla innocente. Gli unici dettagli che conosceva del caso erano quelli che gli aveva appena riferito. Quindi tra questi doveva esserci un indizio che scagionava la giovane assistente dall'aver messo il veleno nel bollitore.

Alzò lo sguardo, emettendo un piccolo rantolo.

«Le è venuto in mente qualcosa?»

«Avrebbe lavato il bollitore!»

«Uh?»

«Se avesse messo il veleno nel bollitore, l'avrebbe lavato prima che arrivasse la polizia. È stata lei a trovare il cadavere, dopotutto. Aveva un sacco di tempo!»

Yukawa annuì, con uno sguardo soddisfatto in volto.

«Proprio così. Potremmo aggiungere che, se fosse lei l'assassina, non solo avrebbe lavato il bollitore, ma si sarebbe liberata anche del caffè utilizzato e del filtro di carta. Poi, se fossi stato lei, avrei messo un sacchettino di veleno accanto al corpo. Per farlo sembrare un suicidio.»

Utsumi abbassò leggermente la testa. «Sono contenta di essere venuta. Grazie.»

Si girò e cominciò a dirigersi verso la porta, quando Yukawa la chiamò: «Ah, detective». Utsumi si fermò.

«Suppongo di non poter vedere il luogo del delitto, ma se avesse delle foto...»

«Delle foto di cosa?»

«Della cucina dov'è stato avvelenato il caffè, tanto per cominciare. E una in cui si vedono i piatti e il bollitore.»

Utsumi sgranò gli occhi. «Ha deciso di aiutarci?»

Yukawa si grattò la testa. «Potrei pensarci un po', nel tempo libero. Sono curioso di sapere come ha fatto una persona che stava a Hokkaido ad avvelenarne una che stava a Tokyo, a mille chilometri di distanza.»

Utsumi sorrise suo malgrado. Infilò una mano nella sua borsa ed estrasse un raccoglitore.

«Ecco qua.»

«Cos'è?»

«Le foto che mi ha chiesto. Le ho fatte stamane.»

Yukawa aprì il raccoglitore e indietreggiò leggermente.

«Se riusciremo a smascherare quella donna,» disse con un sorriso «daremo una bella lezione al detective Kusanagi.»

Dieci

Quando Kusanagi chiamò Hiromi Wakayama, la ragazza si trovava alla scuola di Ayane Mashiba. Il detective salì in auto, con Kishitani al volante, e i due partirono subito. L'edificio era una costruzione bianca, dalle pareti piastrellate, in una fila di negozi alla moda. La porta d'ingresso non aveva serrature, cosa strana per quella zona. Presero l'ascensore per il secondo piano, dove una targhetta sulla stanza 305 indicava: CASA DI ANNE.

Kusanagi premette il campanello e la porta si aprì quasi all'istante. Hiromi guardò fuori, l'espressione preoccupata sul volto.

«Scusi se ci presentiamo così» disse Kusanagi entrando. «In realtà…» le parole gli morirono sulle labbra. Ayane Mashiba era seduta dietro Hiromi, al centro della stanza.

«Avete scoperto qualcosa?» Ayane si alzò e venne verso i detective.

«Mi scusi, signora Mashiba, non sapevo che ci fosse anche lei.»

«Hiromi mi stava aiutando a decidere sul da farsi. Avevate bisogno di lei? Sono sicura che vi ha già detto tutto quello che sa.»

La sua voce era bassa e calma, ma tratteneva un'irritazione evidente. La donna fissò Kusanagi; il dolore che traspariva dai suoi occhi lo fece sussultare.

«In realtà ci sono alcuni sviluppi nelle indagini» disse Kusanagi girandosi verso Hiromi. «Vorrei che venisse con noi alla centrale.»

Hiromi batté le palpebre più volte.

«Cos'è questa storia?» chiese Ayane. «Perché deve venire con voi?»

«Temo di non poterle dire nulla al momento. Signorina Wakayama, se non le dispiace... Non si preoccupi, non siamo venuti con l'auto della polizia» aggiunse.

Hiromi guardò Ayane con inquietudine, poi fece cenno di sì al detective. «D'accordo. Ma non dovrò fermarmi lì, vero? Voglio dire, potrò tornare a casa mia?»

«Sì, appena avremo finito.»

«Vado a prepararmi.»

Hiromi scomparve un attimo sul retro, poi tornò con indosso una giacca e una borsetta in mano. Kusanagi non era riuscito a guardare Ayane, ma aveva avvertito il suo sguardo severo.

Hiromi uscì in corridoio dietro a Kishitani. Kusanagi fece per seguirli, quando Ayane lo prese per un braccio. «Aspetti.» La sua stretta era sorprendentemente forte. «Non sospettate di Hiromi, vero?»

Kusanagi esitò un attimo. Kishitani lo stava aspettando fuori dalla porta.

«Andate pure, arrivo subito» disse, chiudendo la porta prima di girarsi verso Ayane.

«Io... mi dispiace» disse lei, lasciandogli il braccio. «Ma è impossibile che sia stata lei. Se sospettate di lei per qualche motivo, vi sbagliate di grosso.»

«È il nostro lavoro valutare le varie possibilità, per quanto piccole.»

Ayane scosse la testa con decisione. «Non c'è alcuna possibilità che sia stata lei, capisce? Non può aver ucciso mio marito. Dovrebbe saperlo.»

«Perché non potrebbe essere stata lei?»

«Lo sa, non è vero? Che avevano una relazione?»

Kusanagi rimase a bocca aperta. «Quindi lo sapeva?»

«Sì. Ne ho parlato con Hiromi l'altro giorno… cioè, avevo intuito qualcosa, l'ho affrontata a quattr'occhi e ha ammesso tutto.»

Ayane cominciò a descrivere la conversazione avuta in hotel. Kusanagi era sorpreso, ma non tanto quanto lo era stato nel trovare le due donne insieme, quel giorno, al lavoro nella stessa stanza. Pensò che in parte fosse dovuto alla morte del marito; però era sconcertato al pensiero che una donna potesse mantenere un rapporto di lavoro con qualcuno che l'aveva tradita, come aveva fatto la sua assistente.

«Sono tornata a Sapporo perché non riuscivo più a stare nella stessa casa con lui. Mi dispiace di aver mentito.» Ayane abbassò la testa. «Ma dovete capire che Hiromi non aveva assolutamente alcun motivo di uccidere mio marito. Non potete sospettarla di questo.»

Kusanagi era perplesso. Quale persona sarebbe arrivata al punto di proteggere la donna che le aveva rubato il marito? «Capisco quello che vuole dire» osservò. «Ma non possiamo prendere delle decisioni basandoci su sensazioni. Abbiamo bisogno di prove concrete e verificabili.»

«Prove concrete? Quindi avete delle prove che Hiromi ha avvelenato mio marito?» Negli occhi di Ayane splendette una luce fredda.

Kusanagi sospirò. Rifletté un attimo, gravato da quello sguardo. Alla fine decise che esporle gli ultimi sviluppi non avrebbe intralciato le indagini. «Abbiamo scoperto com'è stato messo il veleno nel caffè» disse, e le raccontò delle tracce trovate nel bollitore in cucina. «E pare che domenica non ci sia stato nessun altro in casa, a parte la stessa Hiromi.»

«Veleno nel bollitore? E perché dovrebbe essere stata lei?»

«Non è nulla di definitivo» spiegò il detective. «Ma finché esiste una possibilità che la signorina Wakayama abbia messo il veleno nel caffè, lei resterà tra i sospetti.»

«Ma...» esitò Ayane, non trovando le parole.

«Mi scusi, ma ora devo andare.» Kusanagi accennò un inchino e uscì.

Alla centrale, Mamiya condusse Hiromi in una stanza per procedere all'interrogatorio. Normalmente avrebbero usato la centrale di polizia locale, Mamiya però aveva scelto il dipartimento di polizia metropolitana, sicuro che la ragazza avrebbe confessato e si sarebbe costituita. Una volta avuta la confessione, avrebbero redatto un mandato d'arresto e solo allora l'avrebbero portata alla centrale di Meguro. Era una mossa per dare ai giornalisti l'opportunità di fotografare un criminale che veniva affidato alla giustizia.

Kusanagi stava aspettando i risultati seduto alla sua scrivania quando arrivò Utsumi. La prima cosa che disse quando lui alzò lo sguardo fu che Hiromi Wakayama non era colpevole.

Kusanagi ascoltò la sua teoria e si accigliò, non perché fosse un'altra teoria ridicola; al contrario: era assolutamente sensata. Se Hiromi Wakayama avesse messo il veleno nel caffè, spiegò la giovane detective, non avrebbe lasciato il bollitore sui fornelli dopo aver trovato il cadavere.

«Allora quando avrebbe messo il veleno nel bollitore?» domandò Kusanagi. «E non dirmi che è stata Ayane Mashiba perché abbiamo già stabilito che è impossibile.»

«Non so chi sia stato. Posso solo immaginare che qualcuno sia entrato in casa dei Mashiba dopo che Hiromi Wakayama se n'era andata, domenica mattina.»

Kusanagi scrollò la testa. «Non c'è nessun indizio che sia entrato qualcuno; c'era solo Yoshitaka Mashiba.»

«Non possiamo esserne sicuri. Non abbiamo ancora trovato chi è stato. In ogni caso, non ha senso interrogare ancora la signorina Wakayama. Non solo non ha senso: potrebbe essere una violazione dei suoi diritti» disse Utsumi con insolita determinazione.

Kusanagi non sapeva cosa rispondere. Stava riflettendo quando suonò il suo cellulare. Salvato dalla campanella, si rilassò e guardò lo schermo del cellulare, solo per irrigidirsi di nuovo. Era Ayane.

«Mi scusi se la disturbo mentre sta lavorando, ma devo dirle una cosa.»

«Sì?» Kusanagi strinse con forza il telefono.

«Trovare del veleno nel bollitore non significa necessariamente che qualcuno ce l'abbia messo dentro.»

Kusanagi era di nuovo disorientato. «Perché no?»

«Be', forse avrei dovuto dirglielo prima, ma mio marito ci teneva molto alla sua salute e non beveva mai l'acqua del rubinetto. Anche quando cucinavo, dovevo sempre usare acqua filtrata. Beveva solo acqua in bottiglia e voleva che usassi quella anche per il caffè. Sono sicura che l'ha usata anche domenica.»

«Quindi crede che il veleno potesse essere nella bottiglia?»

Alla scrivania accanto a lui, vide Utsumi interessata alla conversazione.

«Ho pensato solo che fosse una possibilità. È assurdo pensare che sia stata Hiromi. E se il veleno era nell'acqua in bottiglia, avrebbe potuto mettercelo qualcun altro. Chiunque.»

«Be', questo è vero, ma…»

«Potrei essere stata io, per esempio» continuò Ayane.

Undici

Erano da poco passate le otto quando Utsumi riaccompagnò a casa Hiromi Wakayama. Hiromi era rimasta nella stanza degli interrogatori solo due ore, molto meno di quel che Mamiya aveva previsto, e il motivo principale era stato la telefonata di Ayane Mashiba. La vedova aveva descritto con precisione le istruzioni del marito: il defunto insisteva che per preparare il caffè si utilizzasse solo acqua in bottiglia. Se questo era vero, allora l'assassino non avrebbe dovuto far altro che avvelenare una delle bottiglie, il che significava che Hiromi Wakayama non era più l'unica sospetta.

In ogni caso, Mamiya non era riuscito a estorcerle alcuna confessione. Dopo due ore di lacrimevoli dichiarazioni di innocenza, il comandante aveva accettato con rassegnazione il suggerimento di Utsumi di riportare a casa la signorina Wakayama, almeno per il momento.

Adesso la ragazza era seduta sul sedile del passeggero, chiusa in un profondo silenzio. *Sarà esausta*, pensò Utsumi. Aveva visto uomini forti piegarsi sotto il peso degli interrogatori di quel detective dai lineamenti severi. Ci sarebbe voluto del tempo perché le lacrime di Hiromi si asciugassero. Utsumi guidava piano. La sua passeggera era troppo scossa per dire qualcosa. *E perché dovrebbe, poi, sapendo che adesso sospettano di lei?*

Il cellulare di Hiromi cominciò a suonare. La ragazza lo tirò fuori dalla borsetta.

«Pronto?» disse sommessamente. «Abbiamo appena finito. Mi stanno riaccompagnando a casa… No, la detective… No, non alla centrale di Meguro, al dipartimento di polizia metropolitana. Forse ci metterò un po' di più a tornare a casa… Sì, grazie.»

Chiuse la comunicazione.

Utsumi attese un attimo e poi chiese: «Era la signora Mashiba?».

Sentì Hiromi irrigidirsi sul sedile. «Sì. C'è qualche problema?»

«Ha chiamato Kusanagi mentre la stavano interrogando. Sembra molto preoccupata per lei.»

«Lo è.»

«Avete parlato della sua relazione con il signor Mashiba?»

«Come fa a saperlo?»

«La signora Mashiba l'ha detto a Kusanagi quando è venuto a prenderla per portarla al dipartimento.»

Hiromi si azzittì e Utsumi le lanciò un'occhiata. La ragazza stava guardando in basso, le labbra strette in una smorfia.

«Non vorrei sembrare sgarbata,» continuò Utsumi «ma mi sembra molto strano che voi due siate rimaste così amiche, mentre chiunque al posto vostro avrebbe litigato furiosamente.»

«Be', lui è *morto*.»

«È strano lo stesso.»

Dopo un attimo di silenzio, Hiromi annuì. «Forse ha ragione.»

Non lo capisce nemmeno lei, si rese conto Utsumi. Aspettò diversi secondi prima di parlare di nuovo. «In realtà ci sono due o tre cose che le vorrei chiedere, se non le dispiace.»

Hiromi sospirò. «Cos'altro pensate ci sia da sapere?»

«So che è stanca, e mi dispiace, ma sono domande molto semplici. E farla soffrire è l'ultima cosa che voglio.»

«È un po' tardi per questo. Cosa mi vuole chiedere?»

«Domenica mattina lei e il signor Mashiba avete bevuto un caffè, giusto? E l'ha preparato lei?»

«Ancora?» disse Hiromi con voce spezzata. «Non ho fatto niente. Non so nulla di nessun veleno.»

«Non le sto chiedendo questo, solo come ha preparato il caffè. Ricorda che acqua ha usato?»

Hiromi batté le palpebre. «Mi scusi?»

«Ha preso una delle bottiglie di plastica dal frigo o ha usato l'acqua del rubinetto?»

«L'acqua del rubinetto.» Hiromi sospirò di nuovo.

«Ne è sicura?»

«Sì. Che importanza ha?»

«Perché ha usato l'acqua del rubinetto?»

«Per nessun motivo particolare, se è quello che sta insinuando. Ho pensato solo che l'acqua calda bollisse prima.»

«Il signor Mashiba era con lei mentre preparava il caffè?»

«Sì. Ve l'ho già detto più di una volta. Gli ho fatto vedere come si faceva.» C'era una punta di irritazione nella sua voce spezzata.

«Cerchi di ripensare bene a quel momento. Non dico quando ha preparato il caffè, ma quando ha versato l'acqua nel bollitore. Il signor Mashiba era accanto a lei?»

Hiromi si azzittì e Utsumi capì che Mamiya non le aveva fatto quella domanda.

«Oh» mormorò dopo alcuni istanti. «Ha ragione. Non era ancora venuto in cucina quando ho preparato il bollitore. Avevo appena acceso il fornello quando è entrato e mi ha chiesto di fargli vedere come si faceva.»

«Ne è sicura?»

«Sì, sicurissima.»

Utsumi accostò e spense l'auto. Attivò le frecce di emergenza e si girò verso Hiromi.

«Che c'è?» disse la ragazza, scostandosi dalla detective.

«Ayane le ha insegnato a preparare il caffè a casa sua, giusto?»

Hiromi annuì.

«Be', Ayane ha detto a Kusanagi che suo marito era molto salutista e non beveva mai l'acqua del rubinetto. Il signor Mashiba voleva che usasse sempre acqua in bottiglia, anche per preparare il caffè. Le risulta?»

Hiromi sbarrò gli occhi. «Sì, Ayane me ne aveva parlato. Ma diceva di non farci caso.»

«Ah.»

«Sì. La signora Mashiba riteneva che costasse troppo usare così tanta acqua in bottiglia, che oltretutto ci mette più tempo a bollire. Ma voleva che, se il signor Mashiba me l'avesse chiesto, gli dicessi che avevo usato acqua in bottiglia.»

Hiromi si mise una mano sulla guancia. «Me n'ero completamente dimenticata!»

«Quindi anche Ayane usava l'acqua del rubinetto?»

«Probabilmente sì.» Hiromi guardò Utsumi negli occhi. «Non mi è nemmeno venuto in mente di dirlo quando ho parlato con gli altri detective.»

Utsumi annuì, sorridendo. «Non si preoccupi. La ringrazio.» Spense le frecce e tolse il freno a mano.

«Potrebbe dirmi perché è così importante?» chiese Hiromi. «Ho sbagliato a usare l'acqua del rubinetto?»

«Nient'affatto. Ma dato che si sospetta che Yoshitaka Mashiba sia stato avvelenato, dobbiamo cercare di conoscere ogni dettaglio su quel che ha ingerito il giorno della sua morte.»

«Capisco...» Hiromi abbassò lo sguardo, poi guardò nuovamente la detective. «Signorina Utsumi, deve credermi. Non ho fatto niente, davvero.»

Utsumi deglutì, gli occhi fissi sulla strada. Stava per dire *le credo*, invece continuò: «Non è l'unica sospetta in questo caso.

Di fatto, a questo punto, dobbiamo sospettare di chiunque. Se qualcuno le ha mai detto che il lavoro del poliziotto è divertente, ha mentito».

Hiromi rimase zitta.

Non è la risposta che si aspettava.

Utsumi fermò l'auto vicino alla stazione di Gakugei-daigaku, poco lontano dall'appartamento di Hiromi. La guardò scendere e dirigersi verso casa. Poi lanciò un'occhiata al palazzo, spense il motore e scese dall'auto. Ayane Mashiba stava aspettando dietro la porta a vetri del palazzo di Hiromi.

La ragazza sembrava sorpresa tanto quanto Utsumi di vederla. Ayane rivolse alla sua assistente uno sguardo rassicurante, poi si accorse di Utsumi che si affrettava verso di loro e la sua espressione si indurì. Hiromi si voltò con lo sguardo accigliato.

«C'è qualcos'altro?» chiese alla detective mentre Ayane le raggiungeva.

«Ho appena visto che c'è anche la signora Mashiba e ho pensato di farle un saluto» disse Utsumi. «Mi spiace aver trattenuto Hiromi alla centrale di polizia per così tanto tempo.» Chinò la testa con fare di scusa.

«Quindi non sospettate più di lei?»

«Ci ha fornito dettagli molto utili. Ho saputo che anche lei ha dato informazioni molto preziose al detective Kusanagi. La ringrazio.»

«Spero che siano servite» disse Ayane. «E sono sicura che adesso non avrete più bisogno di interrogarla. Hiromi è innocente.»

«Temo che spetti a noi stabilirlo, signora Mashiba. Spero che potremo contare ancora sulla sua collaborazione.»

«Sarò contenta di collaborare, ma vi prego di lasciare in pace questa povera ragazza.»

Utsumi alzò lo sguardo, sorpresa dal tono di voce duro della donna. Non era la stessa signora Mashiba che aveva visto la sera in cui era stato trovato il cadavere di suo marito.

Ayane si girò vero Hiromi. «Devi dire loro la verità. Lo sai, vero? Se nascondi qualcosa, nessuno potrà aiutarti. Capisci cosa voglio dire? Non ti fa bene stare rinchiusa così a lungo in quella stanza per gli interrogatori.»

Utsumi vide il volto di Hiromi irrigidirsi a quelle parole. *Ha toccato un tasto dolente.* All'improvviso ebbe un'illuminazione. Fissò la ragazza. «Aspetti, lei non è...»

«Tanto vale che lo ammetta, ormai» l'interruppe Ayane. «Mi sa che la detective l'ha capito comunque, e se lo so *anc*h'*io*...»

«Gliel'ha detto... il signor Mashiba?» disse Hiromi.

«Nient'affatto. Ma sono una donna, e non sono cieca.»

La situazione era ormai chiara per tutte e tre, ma Utsumi aveva bisogno di sentirlo con le sue orecchie.

«Signorina Wakayama, lei è incinta?»

Ci fu una pausa, poi Hiromi annuì mestamente. «Di due mesi.»

Con la coda dell'occhio, Utsumi vide sussultare Ayane. *È la prima volta che lo sente dalle sue labbra. L'intuito femminile non sbaglia mai.*

Un attimo dopo Ayane si girò verso Utsumi con un'espressione implacabile. «È soddisfatta ora? Hiromi deve prendersi cura di sé. Non può stare alla centrale di polizia per ore e ore. È una donna anche lei, d'accordo?»

Utsumi non aveva altra scelta che annuire. La lista delle precauzioni da osservare quando interrogavano una sospetta incinta era lunga e dettagliata.

«Informerò i miei superiori. Sono sicura che sapranno come gestire la cosa.»

«Spero proprio» disse Ayane. Guardò Hiromi. «È meglio così. Se lo tenevi nascosto non potevi nemmeno andare in ospedale.»

Hiromi si chinò verso Ayane, le labbra tremanti come se fosse sul punto di piangere. Utsumi non riuscì a sentire bene cosa le disse, ma sembrava un "grazie".

«C'è un'altra cosa che è meglio chiarire.» Ayane guardò di nuovo la detective con aria di sfida. «Il padre del bambino è Yoshitaka Mashiba. Non ci sono dubbi. Per questo mio marito aveva deciso di lasciarmi e di stare con lei. Ora, lasci che le chieda una cosa: che motivo poteva avere questa ragazza di uccidere il padre di suo figlio?»

Utsumi la pensava allo stesso modo, ma non disse nulla. Si chiese come la donna avrebbe interpretato il suo silenzio.

Ayane scrollò la testa. «È un vero mistero sapere cosa passa per la testa a voi detective. La ragazza non ha nessun movente. Se qui c'è qualcuno che ha un movente, quella sono io.»

*

Utsumi tornò alla centrale di polizia e trovò Kusanagi e Mamiya che, accigliati, sorseggiavano il caffè del distributore automatico.

«Che ti ha detto la signorina Wakayama dell'acqua usata per il caffè?» le chiese Kusanagi non appena la vide arrivare. «Gliel'hai chiesto, vero?»

«Ha detto che ha usato l'acqua del rubinetto.»

Utsumi riferì tutto quello che le aveva detto Hiromi a proposito di quella mattina in cucina.

«Per questo non è successo niente quando hanno bevuto il caffè insieme» concluse Mamiya. «Può darsi che il veleno fosse dentro una delle bottiglie in frigo.»

«Non possiamo esser certi che stia dicendo la verità» disse Kusanagi.

«Lo so, ma finché non ci sono contraddizioni lampanti in quel che ci ha detto, non possiamo muoverci. Dobbiamo solo aspettare che la scientifica metta altra carne al fuoco.»

«Avete chiesto alla scientifica delle bottiglie di plastica?» chiese Utsumi.

Kusanagi prese una relazione dalla sua scrivania e la osservò. «Hanno trovato una sola bottiglia d'acqua nel frigorifero dei Mashiba. Il tappo era aperto. L'acqua all'interno era pulita.»

«Okay» disse Utsumi. «Cosa intendeva dire con "altra carne al fuoco"?»

«La situazione non è affatto semplice.» Le labbra di Mamiya si curvarono in una smorfia.

«Uh?»

«Nella bottiglia da un litro che c'era in frigorifero» continuò Kusanagi lanciando un'occhiata ai fogli che aveva in mano «c'erano novecento millilitri d'acqua. Mancavano solo cento millilitri, che non basterebbero per preparare nemmeno una tazza di caffè, mentre nel colino c'era abbastanza caffè macinato per due.»

«Quindi c'era un'altra bottiglia d'acqua in frigorifero, che è scomparsa?» disse Utsumi.

Kusanagi annuì. «Così sembra.»

«E può darsi che fosse avvelenata?»

«È probabile» disse Mamiya. «Ecco lo scenario: l'assassino apre il frigorifero. Trova due bottiglie: una aperta, una sigillata. Se mette il veleno in quella chiusa deve rompere il sigillo, e questo potrebbe insospettire la vittima. Così mette il veleno nella bottiglia che è già aperta. Quando Mashiba va a preparare il caffè, prende la bottiglia aperta, la finisce e la butta. Ma serve dell'altra acqua per preparare due tazze, così apre l'altra bottiglia e ne versa un po' nel colino, poi la rimette in frigorifero.»

«Quindi dobbiamo controllare i vuoti nella spazzatura.»

«Ci hanno pensato quelli della scientifica» disse Kusanagi agitando il verbale nella sua mano. «E in teoria dovrebbe bastare.»

«Non è così?»

«Hanno esaminato tutte le bottiglie vuote che sono riusciti a trovare. Nessun veleno da nessuna parte. Ma allo stesso tempo non hanno potuto dimostrare che *non siano* state usate per il delitto.»

«Che significa?»

«Significa che al momento non possiamo essere sicuri di nulla» disse Mamiya. «I quantitativi d'acqua che hanno trovato nelle bottiglie non erano sufficienti per un'analisi accurata. E immagino che sia naturale, dato che in fondo erano dei *vuoti*. Le hanno mandate a un altro laboratorio per delle analisi più approfondite.»

Utsumi annuì, comprendendo finalmente perché aveva visto i due uomini così accigliati quando era entrata.

«Non che trovare del veleno in una delle bottiglie cambierebbe molto le cose, a questo punto» disse Kusanagi riappoggiando i fogli sulla scrivania.

«Amplierebbe la rosa dei possibili sospetti» disse Utsumi.

Kusanagi inarcò un sopracciglio. «Hai sentito cos'ha appena detto il comandante? Se il nostro assassino ha messo il veleno in una delle bottiglie di plastica, deve aver usato quella che era già aperta. Questo vuol dire che in frigo c'era una bottiglia d'acqua aperta che la vittima *non ha* bevuto finché non ha preparato quell'ultima tazza di caffè. Quindi, non può essere passato molto tempo tra l'avvelenamento dell'acqua e la morte della vittima.»

«Non capisco perché il fatto che la vittima non abbia bevuto l'acqua debba indicare che non era passato molto tempo. Avrebbe potuto bere altre cose se aveva sete.»

Kusanagi dilatò le narici con fare trionfante. «Sembri esserti dimenticata che il signor Mashiba non ha preparato un caffè solo domenica sera. Secondo la signorina Wakayama, ne ha preparato uno anche sabato sera. Quel caffè era troppo forte, così la mattina dopo la ragazza gli ha fatto vedere come si faceva, giusto? Quindi sappiamo che fino a sabato sera non c'era veleno in quella bottiglia.»

«Come facciamo a sapere che il signor Mashiba ha usato dell'acqua in bottiglia quando ha preparato il caffè sabato sera?»

Kusanagi si appoggiò allo schienale della sedia e allargò le braccia. «Stai dicendo che dobbiamo ignorare il fatto che il signor Mashiba volesse sempre acqua in bottiglia per il suo caffè? La testimonianza della moglie in tal senso è l'unico motivo per cui stiamo parlando di tutto questo.»

«Non dico di ignorarlo» disse Utsumi senza scomporsi. «Credo solo che sia rischioso prendere per oro colato ciò che ci ha detto quella donna. Non sappiamo se il signor Mashiba fosse così coerente nell'usare solo acqua in bottiglia. Forse la preferiva, ma senza insistere particolarmente o farlo con regolarità. Forse questa storia dell'acqua in bottiglia viene solo da un commento casuale che sua moglie aveva preso più seriamente del dovuto. Per non parlare del fatto che il signor Mashiba non si preparava un caffè da diverso tempo. Potrebbe aver usato l'acqua del rubinetto senza nemmeno pensarci. Avevano un sistema di filtraggio sul lavello.»

Kusanagi scrollò la testa. «È molto pericoloso deformare la realtà per farla corrispondere alle proprie ipotesi, detective.»

«Dico solo che dobbiamo giudicare il caso basandoci su fatti oggettivi.» Utsumi si girò verso Mamiya. «Finché non sappiamo chi è stata l'ultima persona a bere dell'acqua in bottiglia da quel frigo senza sentirsi male, o quando l'ha fatto, non possiamo stabilire quando è stato aggiunto il veleno.»

Mamiya fece un largo sorriso, grattandosi il mento. «Sapete,» disse «mi piacciono queste discussioni aperte. All'inizio ero decisamente dalla parte di Kusanagi ma, a forza di ascoltarvi, sto cominciando a propendere per la sfidante.»

«Comandante!» Kusanagi sembrava un po' risentito.

«Tuttavia» Mamiya lanciò uno sguardo severo a Utsumi «non siamo del tutto all'oscuro della tempistica dell'avvelenamento. Ricorda cosa c'è stata venerdì sera a casa dei Mashiba?»

«Certo. Una cena» rispose Utsumi. «Ed è probabile che molti dei presenti abbiano bevuto acqua in bottiglia.»

Mamiya alzò l'indice. «Quindi l'acqua è stata avvelenata dopo la cena – o forse durante.»

«Sono d'accordo. Però dubito che gli Ikai abbiano avuto modo di mettere il veleno nella bottiglia. Innanzitutto, erano ospiti: non sarebbe stato così semplice andare in cucina, né tantomeno fare indisturbati quello che dovevano fare.»

«Questo rende le due donne le nostre uniche sospette.»

«Aspettate un attimo» esclamò Kusanagi. «Capisco che si possa sospettare di Hiromi Wakayama, ma la signora Mashiba? È stata lei a dirci che la vittima usava acqua in bottiglia per preparare il caffè. Perché darci un'informazione che potrebbe incriminarla?»

«Forse perché sapeva che alla fine l'avremmo scoperto comunque?» disse Utsumi. «Se temeva che prima o poi avremo trovato il veleno dentro una delle bottiglie, potrebbe avercelo detto in anticipo per sviare i sospetti.»

Kusanagi si accigliò. «A volte parlare con te mi fa venire il mal di testa. Perché ci tieni tanto a incolpare la moglie?»

«Mi sembra plausibile» disse Mamiya. «È un'ipotesi valida tanto quanto le altre. E ci sono dei seri problemi nel considerare la signorina Wakayama come l'assassina, non da ultimo il fatto che non si è sbarazzata del bollitore contaminato. Se parliamo di moventi, Ayane Mashiba *è* la sospetta più plausibile.»

Kusanagi aprì la bocca per protestare, ma Utsumi glielo impedì. «A proposito, sono in possesso di nuove informazioni che rafforzano il movente della moglie nell'uccisione di suo marito.»

«E chi gliele ha date?» chiese Mamiya.

«Hiromi Wakayama.»

Le espressioni accigliate si trasformarono in sguardi sbigottiti mentre Utsumi cominciava a spiegare.

Dodici

«Scusa un attimo...» Tatsuhiko Ikai abbassò il cellulare e alzò il telefono che stava squillando sulla sua scrivania, iniziando subito un'altra conversazione. «Cosa? Sì. Per questo voglio che te ne occupi tu. È affar tuo. Credo che fosse specificato nella seconda clausola del contratto... Sì, a quello penserò io, ovviamente... Bene. Grazie.» Mise giù il ricevitore e portò di nuovo il cellulare all'orecchio. «Scusa. Ho appena parlato con loro... Bene, proprio come abbiamo deciso in assemblea... Esatto.»

Finalmente i telefoni si zittirono. Ikai cominciò a scribacchiare qualcosa, ancora in piedi davanti alla scrivania – la scrivania del direttore generale, che fino a poco prima era appartenuta a Yoshitaka Mashiba.

Solo dopo essersi infilato il promemoria in tasca, Ikai guardò Kusanagi, che era seduto su un divano lì accanto. «Mi scusi se l'ho fatta aspettare.»

«Nessun problema. Mi sembra molto occupato.»

«In realtà sono solo minuzie. D'accordo, non abbiamo più il nostro direttore generale, ma da come si comportano sembra quasi che tutti i nostri responsabili di settore abbiano perso la testa. Ho sempre avuto dei dubbi sullo stile di direzione di Mashiba, completamente incentrato sulla sua persona. Vorrei solo che avessimo preso provvedimenti per tempo» concluse Ikai, sedendosi accanto a Kusanagi sul divano.

«Continuerà a essere direttore generale?»

L'avvocato respinse l'idea con un gesto della mano. «Non sono fatto per la dirigenza. Sono fermamente convinto che ogni uomo nasca per fare un lavoro preciso, e io... io do il meglio se devo muovere le fila dietro le quinte. Lascerei volentieri la scrivania del capo a qualcun altro.» Ikai guardò il detective negli occhi. «Non pensi che abbia ucciso Mashiba per prendere il suo posto perché mi creda, non lo voglio.»

Kusanagi sgranò gli occhi e Ikai rise. «Mi scusi, era uno scherzo. Non molto divertente, mi sa. Ho avuto troppo da fare per rendermi conto che se n'è andato.»

«Mi spiace rubarle altro tempo» disse Kusanagi.

«Non si preoccupi. M'interessa sapere come procedono le indagini. Ci sono nuovi sviluppi?»

«Alcune cose cominciano a essere più chiare, per così dire. In particolare, il modo in cui è stato avvelenato il caffè.»

«Interessante.»

«Sapeva che il signor Mashiba era talmente salutista da non bere l'acqua del rubinetto?»

Ikai alzò un sopracciglio. «Non ci vedo niente di strano. Nemmeno io la bevo. Non lo faccio da anni.»

«Ah sì?» *Questi ricchi*, pensò Kusanagi. «C'è un motivo particolare?»

«In realtà no, ora che mi ci fa pensare» disse Ikai guardando distrattamente la scrivania. «Non ricordo nemmeno quando ho smesso. Non che l'acqua del rubinetto avesse un cattivo sapore. Forse sono solo una vittima della pubblicità. Ma si sa, una volta che prendi un'abitudine...» Si girò di scatto. «L'acqua era avvelenata?»

«Non lo sappiamo ancora per certo, ma è possibile. Avete bevuto acqua minerale quando siete andati dai Mashiba, venerdì sera?»

«Sì. Eccome. Acqua avvelenata, eh?»

«Ci hanno riferito che il signor Mashiba usava acqua in bottiglia per preparare il caffè. Le risulta?»

«Credo di sì.» Ikai annuì. «Quindi è così che è entrato in gioco il veleno.»

«Il problema è: quando esattamente l'assassino ha avvelenato l'acqua? Mi chiedevo se sapesse chi avrebbe potuto andare a trovare i Mashiba nel fine settimana, magari di nascosto.»

Ikai lanciò al detective uno sguardo tagliente. «Di nascosto?»

«Sì. Purtroppo non siamo riusciti a identificare nessun ospite. Ma è probabile che qualcuno sia andato a trovarlo durante quei due giorni, forse anche con il benestare del signor Mashiba.»

«Mi sta chiedendo se un'altra donna è andata da lui mentre la moglie era via?»

«È una possibilità, sì.»

Ikai distese le gambe e si chinò in avanti. «Parliamoci chiaro, detective. So che dovete tenere segreti alcuni aspetti delle vostre indagini – so come funzionano queste cose. Quindi gliel'assicuro: qualunque cosa dirà resterà qui dentro. In cambio, non le nasconderò nulla.»

Kusanagi rimase in silenzio.

Ikai si appoggiò allo schienale del divano. «Avete scoperto che Mashiba aveva un'amante.»

Il detective rimase impassibile. «Cosa sa?» gli domandò.

«Me l'ha confessato un mese fa. Diceva che aveva intenzione di "cambiare partner". Ho pensato che avesse già trovato un'altra.» All'uomo luccicarono gli occhi. «Di sicuro avete i mezzi per capire una cosa così evidente. E ci siete riusciti, visto che ora me ne sta parlando. Non è così?»

Kusanagi ridacchiò. «Be', sì. Il signor Mashiba frequentava una donna.»

«Non le chiederò chi era, anche se mi viene in mente subito una persona.»

«Ha notato qualcosa?»

«Sono andato per esclusione, tutto qua. Mashiba non era il tipo da rimorchiare le ragazze nei bar. Ed era fermamente convinto che gli affari e l'amore dovessero restare separati. Questo lascia un'unica possibilità.» Ikai scrollò la testa. «Faccio ancora fatica a crederci. Meglio non dirlo a mia moglie!»

«La donna in questione ci ha detto di essere stata a casa di Mashiba il fine settimana in cui è morto. Ciò che dobbiamo capire è se l'uomo abbia visto qualcun altro.»

«Vi state chiedendo se abbia approfittato dell'assenza della moglie per invitare *più* amanti? Che Casanova!» Ikai si diede una pacca sul ginocchio. «Ma ne dubito fortemente. Può darsi che Mashiba fosse un fumatore incallito, ma non era tipo da fumare due sigarette alla volta.»

«Cosa intende dire?»

«Può darsi che sia passato da una donna all'altra, ma non era uno che metteva le corna. Sono pronto a scommettere che una volta cominciato a frequentare questa nuova donna, abbia anche trascurato i suoi "doveri coniugali" con la moglie. In realtà ricordo di averlo sentito dire una volta che il sesso "fine a se stesso" non gli interessava.»

«Quindi gli interessava più che altro la procreazione?»

«Altroché» disse Ikai aprendosi in un sorriso.

Sembra che tanta determinazione abbia dato i suoi frutti, pensò Kusanagi. «Crede che avere dei figli fosse il motivo principale per cui si era sposato?»

Ikai si stiracchiò. «Non era il motivo principale, ma l'u*nico* motivo. Parlava di avere figli anche quando era single. E prima sarebbero arrivati, meglio era. Si trattava solo di trovare la madre ideale. E l'ha cercata, facendosi pure una certa reputazione come playboy. Ma mi creda, non lo faceva per divertirsi. Voleva solo essere sicuro di trovare quella giusta.»

«E la moglie ideale? Non avrebbe dovuto cercare quella, prima?»

Ikai si strinse nelle spalle. «Sono sicuro che una moglie non gli interessasse poi molto. "Ho bisogno di una donna che possa darmi dei figli," diceva "non di un'amministratrice domestica o di un trofeo da sfoggiare".»

Kusanagi sbarrò gli occhi. «Trofeo...? Immagino che una donna non sarebbe molto contenta di sentirsi chiamare così.»

«Non sto scherzando. Era così che diceva, quando mi complimentavo per la devozione di Ayane. Era la moglie ideale, sa. Piena di attenzioni. Ogni volta che Mashiba era a casa, Ayane se ne stava seduta sul divano in salotto a lavorare a maglia, pronta a soddisfare ogni suo bisogno. Ma lui non l'apprezzava. Una donna che non poteva dargli dei figli era inutile quanto un trofeo appeso a una parete: occupava spazio e basta.»

«Bello. Immagino che il signor Mashiba non fosse esattamente un femminista. Perché era così ossessionato dal fatto di avere figli?»

«Non saprei. Voglio dire, anch'io volevo dei figli, ma non con un accanimento così patologico. Certo, quando hai un figlio non pensi più ad altro.» Ikai si concesse il sorriso affettuoso di un uomo appena diventato padre, poi tornò serio e continuò. «Credo che avesse a che fare con la sua infanzia.»

«Davvero? E perché?»

«Mashiba non ha mai avuto una famiglia.»

«Lo so, ma mi dica di più.»

Ikai annuì. «Be', i genitori di Mashiba divorziarono quando era piccolo e così fu dato in affidamento al padre, che lavorava tantissimo e non era mai a casa. Così Mashiba stava quasi sempre con la nonna. Poi la tragedia: la nonna morì e poco tempo dopo morì anche suo padre. Era giovane, non aveva ancora trent'anni, ma fu colpito da una malattia chiamata emorragia subaracnoidea e se ne andò da un giorno all'altro. Mashiba rimase solo. Ricevette una discreta eredità e cominciò a lavorare ancora adolescente. Non era messo così male, ma praticamente crebbe senza conoscere l'affetto della famiglia.»

«E voleva recuperare con dei figli propri?»

«Probabilmente voleva qualcuno che avesse con lui un legame di sangue, un vero familiare. Dopotutto,» aggiunse Ikai con freddezza «per quanto ami la tua fidanzata o tua moglie, geneticamente è un'estranea.»

Kusanagi si rese conto che forse Ikai la pensava come Mashiba. E questo rendeva la sua opinione sulla psicologia del defunto ancora più convincente.

«L'altro giorno ho saputo che c'era anche lei quando il signor Mashiba ha conosciuto Ayane. Eravate a una festa, giusto?»

«Sì. Era per socializzare con gente che lavora in settori diversi, un'occasione d'incontro per professionisti di successo. Io ero già sposato, ma Mashiba mi aveva invitato e così sono andato con lui. Diceva che non poteva mancare perché l'aveva promesso a un cliente. È andata a finire che ha conosciuto sua moglie. Non sai mai che sorprese ti riservi la vita. Era arrivata proprio al momento giusto.»

«In che senso?» chiese Kusanagi.

Il volto di Ikai si adombrò leggermente. *Ha parlato troppo*, pensò Kusanagi.

«Frequentava una donna prima di conoscere Ayane» riprese l'avvocato un attimo dopo. «Si erano appena lasciati, e credo che la cosa gli avesse messo una certa fretta. Forse è stato proprio questo a spingerlo a sposarsi.» Si mise un dito sulle labbra. «La prego, non lo dica ad Ayane. Mashiba mi aveva fatto promettere di non dire nulla.»

«Sa perché si era lasciato con l'altra donna?»

Ikai si strinse nelle spalle. «Tra di noi c'era il tacito accordo di non chiedere cose così personali. Comunque la mia opinione è che probabilmente aveva scoperto che la ragazza non voleva o non poteva avere figli.»

«Ma non erano ancora sposati.»

«Non vorrei ripetermi, ma i bambini per lui erano veramente la cosa più importante. Alla fine, avrebbe preferito addirittura un matrimonio dopo il concepimento – il classico matrimonio riparatore.»

Così si è messo con Ayane e poi con Hiromi...

Kusanagi si considerava un buon conoscitore delle varie tipologie umane, ma aveva dei problemi a capire Yoshitaka Mashiba. Ayane sembrava una donna adorabile e sicuramente allo stesso livello di uno come Mashiba. Perché quell'uomo non era riuscito a essere felice con lei?

«Che genere di persona era la ragazza che Mashiba frequentava prima?»

Ikai si strinse di nuovo nelle spalle. «Non saprei. Non l'ho mai vista. Mashiba teneva molto alla sua privacy. Può darsi che non volesse presentarla a nessuno finché non fosse stato sicuro di sposarla.»

«Si sono lasciati amichevolmente?» chiese Kusanagi.

«Direi di sì. Anche se non ne abbiamo mai parlato molto.» Ikai lanciò al detective uno sguardo interrogativo. «Non penserà che la ragazza c'entri in qualche modo con la sua morte, vero?»

Kusanagi scrollò la testa. «No, assolutamente. Dobbiamo però sapere quante più cose possibili sulla vittima.»

Ikai ridacchiò e agitò una mano. «Se sta pensando che Mashiba abbia invitato la sua ex fidanzata a casa sua, si sbaglia di grosso. Posso dire con assoluta certezza che non è nel suo stile. Assolutamente no.»

«Perché non fumava mai due sigarette alla volta, giusto?»

«Esatto.» Ikai annuì.

«Ne terrò conto.» Kusanagi guardò l'orologio e si alzò. «La ringrazio per la disponibilità.»

S'incamminò verso l'uscita, ma Ikai si precipitò ad aprire la porta e rimase in attesa sulla soglia.

«Ehm... grazie.»

«Detective Kusanagi» disse Ikai con sguardo serio. «Non intendo giudicare il modo in cui sta portando avanti le indagini, ma avrei una richiesta da fare, se possibile.»

«Di che si tratta?»

«Mashiba non era uno stinco di santo. Continui a cercare sotto le pietre e troverà di sicuro del fango. Ma se vuole la mia opinione, non credo che la sua morte abbia a che fare con il suo passato. Se fosse possibile, preferirei che non scavasse troppo a fondo. È un momento delicato per l'azienda.»

È preoccupato per l'immagine dell'azienda? «Anche se troveremo qualcosa, le prometto che non lo diremo ai giornali» concluse Kusanagi, poi scivolò fuori.

Si diresse verso gli ascensori, provando un crescente senso di disgusto per il defunto. *Quindi le donne per lui non erano altro che macchine per fare figli!* Era sorpreso della propria rabbia.

E se Mashiba avesse applicato lo stesso ragionamento a chiunque nella sua vita? I suoi dipendenti non erano nient'altro che ingranaggi per far funzionare l'azienda, e i consumatori solo bersagli da sfruttare? Era facile immaginare quante vittime avesse lasciato sul suo cammino un uomo del genere. Di sicuro non c'era da sorprendersi se più di una persona lo volesse morto. Ovviamente Hiromi Wakayama non era ancora al riparo dai sospetti, anche se ciò che aveva detto Ayane era vero: non avrebbe avuto motivo di uccidere il padre del bambino che portava in grembo. Però, alla luce di ciò che Kusanagi aveva appena sentito, non c'era niente di certo quando si trattava di Yoshitaka Mashiba e le donne. Il defunto voleva lasciare sua moglie e mettersi con Hiromi, ma solo perché era incinta, non perché l'amava. Forse le aveva fatto delle proposte così egoiste da guadagnarsi il suo odio?

Però, come aveva fatto notare Utsumi, non aveva senso che la ragazza, ammettendo la sua colpevolezza, arrivata per prima sul luogo del delitto, avesse lasciato tracce di veleno qua e là. Kusanagi non aveva niente da ribattere a quell'osservazione. Non poteva cavarsela con un semplice: «Forse se n'è dimenticata».

Il detective decise che avrebbe cercato di sapere di più sulla donna che Mashiba aveva frequentato prima di conoscere Ayane. Uscì dal palazzo chiedendosi da dove poteva cominciare.

*

Ayane Mashiba sbarrò gli occhi. Kusanagi vide lo stupore nelle sue pupille.

«La sua ex fidanzata?»

«È un altro argomento delicato, lo so.» Il detective chinò la testa come per scusarsi.

Erano seduti nel salone dell'hotel dove si era trasferita Ayane. Kusanagi l'aveva chiamata e le aveva chiesto un appuntamento.

«C'entra qualcosa con le vostre indagini?»

«Be', non possiamo ancora dirlo. Ma dato che è molto probabile che suo marito sia stato assassinato, dobbiamo rintracciare chiunque potrebbe avere un movente. Stiamo seguendo ogni pista.»

La linea stretta delle labbra di Ayane si raddolcì in un sorriso malinconico. «Be', conoscendo mio marito, sono sicura che la fine della loro relazione sia stata brusca e sconsiderata come la fine della mia.»

«Ehm...» Kusanagi esitò. «Abbiamo saputo che suo marito cercava innanzitutto... una donna che potesse dargli dei figli. Uomini simili hanno la tendenza a concentrarsi solo sullo scopo, a spese dell'altra persona. Ci chiedevamo se una partner respinta potesse nutrire ancora del risentimento nei suoi confronti.»

«Come me?»

«Non volevo insinuare questo...»

«No, non si preoccupi.» Ayane prese fiato, lentamente. «Come si chiama la vostra detective? Utsumi? Sono sicura che le ha detto che Hiromi era riuscita a soddisfare lo "scopo" del mio defunto marito, come lo chiama lei. Per questo aveva scelto lei e abbandonato me. Mentirei se dicessi che non ero risentita per questo.»

«Ma lei non avrebbe potuto commettere il crimine.»

«Sembra così sicuro.»

«Non è stato trovato niente nelle bottiglie di plastica, quindi si direbbe che il veleno sia stato messo direttamente nell'acqua del bollitore. Lei non avrebbe potuto farlo. Quindi... l'unica risposta possibile è che domenica qualcuno sia passato da casa sua e abbia messo il veleno nel bollitore. È difficile che questo qualcuno sia entrato all'insaputa di suo marito, quindi possiamo solo pensare che sia stato invitato. Abbiamo cercato tra i contatti di lavoro, ma senza trovare indizi plausibili. Quindi si tratta di qualcuno che suo marito conosceva bene e che è stato invitato di nascosto... il che fa pensare a un tipo di relazione ben preciso.»

«Un'amante o una ex amante?» Ayane si sistemò la frangia. «Be', vorrei tanto aiutarla, ma purtroppo non mi ha mai parlato di queste cose.»

«Nemmeno di sfuggita? Anche un dettaglio può essere prezioso, signora Mashiba.»

Ayane si strinse nelle spalle. «Non amava parlare del suo passato. Era molto cauto su questi argomenti. Non voleva mai andare in ristoranti o bar che aveva frequentato con le sue ex fidanzate.»

«Capisco» disse Kusanagi, un po' deluso. Come mossa successiva aveva pensato di chiedere quali ristoranti i Mashiba avevano frequentato.

Yoshitaka Mashiba era senza dubbio un uomo prudente. Sui suoi effetti personali, a casa o in ufficio, non avevano sentito nemmeno vagamente tracce di profumo di una donna che non fosse Hiromi. Tutti i numeri sul suo cellulare erano contatti di lavoro o amicizie maschili. Non aveva nemmeno il numero di Hiromi.

«Mi dispiace non poterla aiutare di più.»

«Non c'è bisogno di chiedere scusa.»

«Ma...» Ayane non finì la frase perché il telefono nella borsetta aveva cominciato a suonare. Lo tolse, esitando. «Le spiace se rispondo?»

«Si figuri» disse Kusanagi.

«Pronto?»

Ayane cominciò la conversazione con calma, ma un attimo dopo corrugò la fronte e lanciò un'occhiata nervosa a Kusanagi. «Certo, non preoccuparti. Ma cosa... ah, capisco. Va bene. Grazie.» Mise giù il telefono, poi si portò una mano alla bocca e le sue labbra formarono un "oh".

«Forse avrei dovuto dirle che ero con lei?»

«Chi era?»

«La detective Utsumi.»

«Cosa le ha detto?»

«Che vuole esaminare di nuovo la cucina, e se non era un problema entrare in casa. Dice che non ci metterà molto.»

«Riesaminare la cucina? Che sta cercando?» borbottò Kusanagi, grattandosi il mento.

«Forse un altro modo in cui potrebbe essere stato avvelenato il caffè?»

«Sembrerebbe la risposta più ovvia.» Kusanagi guardò l'orologio, poi prese il conto sul tavolo. «Credo che la raggiungerò, se non le dispiace.»

«Si figuri» disse Ayane. Poi alzò lo sguardo. «In realtà avrei bisogno di chiederle una cosa.»

«Sì?»

«So che non è proprio ciò che fate voi detective, ma...»

«Non si preoccupi. Di che si tratta?»

Ayane sorrise. «Pensavo solo che ci sono i fiori da annaffiare, a casa. Quando sono venuta qui, credevo che mi sarei fermata solo un giorno o due al massimo.»

«Mi dispiace per il disturbo» disse Kusanagi. «Credo che tra pochissimo potrà tornare a casa. La scientifica ha finito il suo lavoro e il nostro riesame dovrebbe concludersi entro oggi. Le farò sapere.»

«No, non si preoccupi. In realtà preferisco restare qui per il momento. È difficile pensare di stare sola in quella grande casa.»

«Immagino.»

«So che non potrò scappare dalla verità per sempre ma, date le circostanze, credo che resterò qui finché non sarà tutto finito.»

«A proposito... credo che potremo restituirle la salma a breve.»

«Grazie. Immagino quindi che dovrò fare i preparativi...» Ayane batté le palpebre.

«Per quanto riguarda i fiori... avevo intenzione di annaffiarli domani, quando verrò a prendere altre cose. Ma prima è meglio è. So che sembra sciocco, ma continuo a pensarci.»

Kusanagi sorrise. «Non si preoccupi. Le annaffierò i fiori con piacere. In giardino e sul balcone, giusto?»

«Sicuro che non è una seccatura? Odio chiedere favori.»

«È il minimo che posso fare in cambio della sua disponibilità. Troverò senz'altro qualcuno che potrà occuparsene se non lo farò io, quindi stia tranquilla.»

Kusanagi si alzò e Ayane fece lo stesso. Lo guardò negli occhi. «Sarebbe un peccato se i fiori appassissero» disse con un'inaspettata dolcezza nella voce.

«So che sono molto importanti per lei.» Kusanagi ricordava con quale cura li aveva annaffiati quando era tornata da Sapporo.

«Tengo quei fiori sul balcone da prima del matrimonio. Ognuno racchiude un ricordo diverso...»

Lo sguardo di Ayane si perse in lontananza prima di tornare sul detective. L'espressione nei suoi occhi lo turbò al punto che dovette distogliere lo sguardo.

«Farò in modo di annaffiarli. Non si preoccupi.» Si girò e andò a pagare il conto.

Una volta fuori dall'hotel, fermò un taxi e si diresse verso l'abitazione dei Mashiba. Lo sguardo di Ayane era ancora vivo nella sua mente.

Kusanagi guardò distrattamente fuori dal finestrino; l'insegna di un negozio di ferramenta gli fece tornare qualcosa in mente e disse al tassista di fermarsi.

«Mi aspetti qui.»

Kusanagi entrò nel negozio, poi tornò verso il taxi soddisfatto e con passo deciso.

*

Una volante della polizia era parcheggiata fuori dalla casa dei Mashiba. *Proprio quello le serve*, pensò Kusanagi. *Altre belle chiacchiere per i vicini.*

Accanto al cancello c'era un agente in divisa, lo stesso del giorno della morte di Mashiba. Salutò il detective con un cenno.

Kusanagi vide tre paia di scarpe all'ingresso. Le sneaker erano di Utsumi, le altre erano da uomo: un paio brutte e dalla suola quasi del tutto consumata, le altre nuove e con il marchio Armani.

Attraversò il corridoio e si diresse in salotto. La porta era aperta. Kusanagi entrò ma non trovò nessuno. Sentì una voce maschile che veniva dalla cucina.

«Non mi pare proprio che qualcuno l'abbia toccato.»

«Vero?» rispose la voce di Utsumi. «La scientifica ha detto la stessa cosa. Nessuno l'ha toccato da almeno un anno.»

Kusanagi sbirciò nella stanza. Utsumi era davanti al lavello e vicino a lei c'era un uomo inginocchiato. Aveva la testa infilata nell'armadietto sotto il lavandino ed era impossibile capire chi fosse. Kishitani era in piedi lì vicino.

Fu Kishitani ad accorgersi del nuovo arrivato. «Ehi, detective Kusanagi.»

Utsumi si voltò, l'espressione allarmata sul volto.

«Che stai facendo?» chiese Kusanagi.

La ragazza batté le palpebre. «Perché è...?»

«Prima rispondi. Ti ho chiesto che stai facendo.»

«È questo il tono da usare con qualcuno che si impegna nel proprio lavoro?» disse l'uomo sotto il lavello. Tirò fuori la testa e si guardò attorno.

Kusanagi indietreggiò, sbigottito. «Yukawa!? Che stai...» si fermò e guardò di nuovo Utsumi. «Hai parlato con lui a mia insaputa, vero?»

Utsumi si morse il labbro.

«Be', che cosa bizzarra. Questa ragazza ha bisogno del tuo permesso prima di parlare con qualcuno, o sono un caso speciale?» Yukawa si alzò e sorrise al detective. «È da un po' che non ci vediamo. Ti trovo bene.»

«Credevo che non collaborassi più con la polizia.»

«Di regola non lo faccio. Ma ogni regola ha le sue eccezioni. Per esempio quando un mistero stuzzica la mia curiosità scientifica. Anche se devo ammettere che questo caso mi interessa anche per altri motivi... ma non c'è bisogno che ne parli con te» aggiunse Yukawa lanciando uno sguardo eloquente a Utsumi.

Kusanagi guardò la detective. «È così che volevi riesaminare le cose? Coinvolgendo lui?»

Utsumi aprì la bocca a metà, sorpresa. «Gliel'ha detto la signora Mashiba?»

«Ero con lei quando hai telefonato. Ah, quasi dimenticavo. Kishitani, non mi sembra che tu sia molto indaffarato.»

Kishitani s'irrigidì. «Mi è stato chiesto di accompagnare Utsumi e il professore, perché non ci sfuggisse nulla.»

«Bene, allora. Se vogliamo fare le cose per bene, vai ad annaffiare i fiori.»

«Annaffiare?» Kishitani rimase stupito. «Fiori?»

«La signora Mashiba ha lasciato la casa di sua iniziativa per facilitare il più possibile le indagini. Il minimo che possiamo fare è annaffiarle i fiori. Pensa a quelli in giardino, io mi occuperò del balcone.»

Kishitani aggrottò le sopracciglia prima di annuire e uscire dalla cucina.

Kusanagi si girò di nuovo verso Utsumi e il fisico. «Allora, scusate se insisto, ma potete dirmi esattamente cosa state riesaminando? Cominciate dall'inizio.» Mise giù il sacchetto di plastica che aveva in mano.

«E quello cos'è?» chiese Utsumi lanciando un'occhiata al sacchetto.

«Non c'entra niente con il caso, quindi non ti riguarda. Allora?» Kusanagi incrociò le braccia e guardò Yukawa.

Yukawa infilò i pollici nelle tasche dei pantaloni – *Armani anche quelli, di sicuro*, pensò il detective – e si appoggiò al lavello. Indossava dei guanti. «Questa giovane detective mi ha sottoposto un enigma: "È possibile avvelenare la bevanda di una persona da lontano, senza lasciare traccia?". Un bel mistero, eh? Perfino in fisica è difficile trovare problemi avvincenti come questo.» Si strinse nelle spalle.

«Da lontano, eh?» disse Kusanagi lanciando un'occhiataccia a Utsumi. «Sospetti ancora della moglie. Hai deciso che la colpevole è lei e vuoi che Yukawa ti dica che gioco di prestigio ha dovuto usare per farlo.»

«Non sospetto solo della signora Mashiba. Voglio essere certa che nessuno provvisto di alibi per sabato e domenica abbia potuto farlo.»

«Non fa differenza. Vuoi incastrare lei.» Kusanagi guardò nuovamente Yukawa. «Allora, perché stavi guardando sotto il lavandino?»

«Stando a quel che mi ha detto la signorina Utsumi, il veleno in questione è stato trovato in tre posti.» Yukawa alzò tre dita. «Nel caffè della vittima, nel caffè macinato e sul filtro usato per preparare il caffè. E, ultimo ma non meno importante, nel bollitore usato per scaldare l'acqua. Ma quello che non riesco a capire è il passo successivo. Ci sono due possibilità: o il veleno è stato messo direttamente nel bollitore, o è stato mescolato all'acqua. Se è stato mescolato all'acqua, abbiamo altre due possibilità: acqua in bottiglia o acqua del rubinetto.»

«Acqua del rubinetto? Vorresti dire che il veleno era nell'acquedotto?» chiese Kusanagi sbuffando.

Yukawa rimase impassibile e continuò. «Quando abbiamo diverse possibilità, il procedimento più logico da seguire è andare per eliminazione. Quelli della scientifica dicono che non c'era niente di strano nell'acquedotto o nel sistema di filtraggio, ma mi piace verificare le cose in prima persona. Per questo mi sono infilato sotto il lavello. Se uno volesse fare qualcosa al sistema idrico, dovrebbe partire da qui.»

«Hai trovato niente?»

Yukawa scrollò lentamente la testa. «Non c'è niente di anomalo nei tubi, nel connettore per il sistema di filtraggio o nel filtro stesso. Forse sarebbe il caso di smontare tutto ed esaminare l'interno, ma ho la sensazione che ne usciremmo comunque a mani vuote. Questo mi spinge a concludere che, se l'acqua è stata avvelenata prima della preparazione del caffè, era acqua in bottiglia.»

«Ma non è stato trovato veleno nelle bottiglie vuote.»

«Stiamo ancora aspettando un'ulteriore analisi dal laboratorio» gli ricordò Utsumi.

«Non troveranno niente. I nostri uomini della scientifica lavorano bene» disse Kusanagi mettendosi le mani sui fianchi. Guardò Yukawa. «Allora, qual è la tua conclusione? Hai lasciato la tua torre d'avorio per venire fin qui, ma hai ben poco da mostrare.»

«Ci siamo occupati dell'acqua, adesso tocca al bollitore. Non ho appena detto che il veleno potrebbe essere stato messo direttamente nel bollitore?»

«È quello che continuo a ripetere anch'io» rispose Kusanagi. «Ma sappiamo che fino a domenica mattina non c'era niente nel bollitore. Sempre se crediamo alla testimonianza di Hiromi Wakayama.»

Senza rispondere, Yukawa allungò una mano e prese un bollitore che era accanto al lavello.

«Cos'è quello?» chiese Kusanagi. «Ti sei portato il bollitore da casa?»

«È lo stesso tipo di bollitore che ha usato il signor Mashiba. La signorina Utsumi l'ha richiesto per me.» Yukawa ci versò dentro dell'acqua calda del rubinetto, poi lo vuotò nel lavello. «Niente di speciale, nessun trucco. Solo un normale bollitore.»

Riempì di nuovo il recipiente e accese il fornello a gas.

«Cosa fai adesso?»

«Guarda e impara» disse Yukawa, appoggiandosi con disinvoltura al bordo del lavello. «Allora: pensi che il nostro assassino sia venuto qui la domenica e abbia messo il veleno nel bollitore?»

«Non vedo nessun'altra spiegazione.»

«Mi sembra una strategia particolarmente rischiosa. L'assassino doveva essere sicuro che il signor Mashiba non dicesse a nessuno della sua visita. O pensi forse che il signor Mashiba sia uscito un attimo e l'assassino si sia intrufolato in casa?»

«Questo mi sembra improbabile. Credo che l'assassino sapesse che il signor Mashiba era molto discreto a proposito dei suoi ospiti.»

«Capisco. Quindi questo ospite era qualcuno che Mashiba voleva tenere nascosto ai vicini.»

Yukawa annuì e si girò verso Utsumi. «Non si preoccupi. Il suo capo è ancora in grado di fare dei ragionamenti sensati.»

Kusanagi si accigliò. «Che vorresti dire?»

«Niente di particolare. Stavo solo precisando che, se entrambe le parti usano la testa, ogni differenza di opinione è qualcosa di positivo.»

Ecco che riattacca, con quel suo modo elegante di farmi sentire un idiota totale.

Kusanagi lanciò un'occhiataccia al fisico. Yukawa sorrise, del tutto impassibile.

L'acqua nel bollitore cominciò a gorgogliare. Yukawa spense il fornello, aprì il coperchio e guardò dentro. «Proprio come pensavo» disse, inclinando il bollitore sul lavello.

Quando Kusanagi vide il liquido che colava nel lavello, per poco non fece un salto. L'acqua era di un colore rosso vivo.

«Cos'è, uno scherzo?»

Yukawa mise il bollitore dentro il lavello e si girò verso Kusanagi sorridendo. «Quando ho detto che non c'erano trucchi, ho mentito. C'era della polvere rossa sul fondo del bollitore, coperta con uno strato di gelatina. Quando l'acqua ha cominciato a bollire la gelatina si è sciolta pian piano, facendo sì che l'acqua e la polvere si mescolassero.» Smise di sorridere e fece un cenno a Utsumi. «Se non ho capito male, il bollitore è stato usato almeno due volte prima della morte della vittima.»

«Sì» rispose Utsumi. «Sabato sera e domenica mattina.»

«Scegliendo il tipo e la quantità giusta di gelatina, in teoria è possibile fare in modo che il veleno si mescoli con il liquido solo la terza volta che si utilizza l'acqua. Forse è il caso di sottoporlo alla scientifica. Dovrebbero anche valutare in quale punto del bollitore sarebbe stata messa la gelatina. Oh, e dovrebbero anche considerare delle alternative alla gelatina.»

«Bene» disse Utsumi, prendendo appunti sul suo taccuino.

«Che c'è che non va, Kusanagi?» lo rimproverò Yukawa. «Mi sembri triste.»

«La mia felicità non c'entra con tutto questo. Mi chiedevo solo se un assassino comune userebbe un metodo di avvelenamento così complesso.»

«Metodo complesso? Non c'è niente di complesso. Chiunque abbia un minimo di dimestichezza con la gelatina non avrebbe nessun problema a fare una cosa del genere. Mettiamo, per esempio, una moglie che sperava di diventare una brava cuoca.»

Kusanagi cominciò a digrignare i molari, una brutta abitudine che affiorava nei momenti di stress. Era evidente che anche il fisico sospettava di Ayane Mashiba. *Cosa diavolo gli ha messo in testa Utsumi?*

In quell'istante il telefono dell'aiuto detective cominciò a suonare. La ragazza rispose, e dopo una breve conversazione guardò Kusanagi. «Una relazione dal laboratorio. Aveva ragione: non hanno trovato niente nelle bottiglie vuote.»

Tredici

«Ora osserviamo un minuto di silenzio.»

Hiromi chiuse gli occhi e chinò la testa alle parole del sacerdote. La canzone dei Beatles, *The Long and Winding Road*, riempì la chiesa, lasciando la ragazza senza fiato. Yoshitaka adorava i Beatles e ascoltava spesso i loro CD in auto. Questa era una delle sue canzoni preferite, con il suo ritmo lento e la melodia intensa. *Un'idea di Ayane, di sicuro*, pensò Hiromi con amarezza. Lo stato d'animo della canzone era fin troppo adatto all'occasione.

Hiromi sentì una stretta al petto e le lacrime che credeva di aver ormai esaurito cominciarono a sgorgare dagli occhi chiusi. Come poteva non ricordarsi di lui? Eppure sapeva che non era il caso di farsi vedere in lacrime in un luogo simile. *Cosa penserebbe la gente se mi vedesse, l'assistente della moglie del defunto che piange a dirotto? Cosa penserebbe Ayane?*

Dopo un attimo di silenzio vennero portati i fiori. Gli ospiti si avvicinarono in ordine all'altare e deposero i loro bouquet. Yoshitaka non era un uomo religioso; la cerimonia in chiesa era stata un'idea di Ayane. La donna adesso era in piedi accanto all'altare e teneva la testa bassa mentre la gente avanzava lentamente.

La polizia aveva trasferito la salma nella camera ardente il giorno prima e Tatsuhiko Ikai aveva allestito la cerimonia non appena l'aveva saputo. L'offerta di fiori aveva preso il posto della tradizionale veglia; l'azienda avrebbe tenuto una cerimonia più formale ed esclusiva il giorno seguente.

Era il momento di Hiromi. Prese i fiori e li dispose sull'altare. Poi alzò lo sguardo sulla foto del defunto e congiunse le mani in segno di preghiera. Nella foto, Yoshitaka sorrideva e aveva un aspetto sano e abbronzato.

Hiromi si sforzò di trattenere una nuova ondata di lacrime. Il suo stomaco ebbe un improvviso, violento sussulto. *Nausee mattutine.* Portò le mani alla bocca e fece per andarsene, ma i suoi occhi incontrarono quelli di Ayane; si irrigidì. La sua insegnante la fissava impassibile. Hiromi chinò la testa e s'incamminò, passandole accanto.

«Hiromi?» la chiamò Ayane con voce sommessa. «Ti senti bene?»

«Sì, grazie» riuscì a dire Hiromi.

Ayane annuì e si girò di nuovo verso l'altare.

Devo uscire da qui. Hiromi si affrettò verso l'uscita, ma quando stava per raggiungere la porta qualcuno le toccò una spalla da dietro. Era Yukiko Ikai.

«Oh… sa-salve.»

«Povera cara» sospirò Yukiko. «Dev'essere stato difficile, con tutte quelle domande della polizia…» Anche se la sua espressione era sinceramente dispiaciuta, Hiromi notò una punta di curiosità negli occhi della donna.

«Ormai è passata» le disse Hiromi.

«Viene da chiedersi che cosa stiano facendo quei detective. Ho sentito che brancolano ancora nel buio.»

«Lo so» disse Hiromi.

«Mio marito sperava che risolvessero il caso in fretta, prima che i clienti dell'azienda cominciassero a preoccuparsi. Ho saputo che Ayane non tornerà a casa finché non avranno trovato il colpevole, e la capisco. Dev'essere terrificante.»

Hiromi annuì e mormorò qualcosa in segno di assenso.

«Ehi» disse Tatsuhiko Ikai avvicinandosi. «Che fate qui fuori? Nella sala per gli ospiti c'è da bere e da mangiare.»

«Oh?» rispose sua moglie. «Che dici, Hiromi, andiamo?»

«No, sono a posto così, grazie.»

«Dai, vieni! Aspetti anche tu Ayane, no? Con tutta la gente che c'è, ci metterà un po' a uscire.»

«No,» insisté Hiromi «in realtà oggi vado via presto.»

«Avanti, solo per un po'. Fammi compagnia.»

«Non essere insistente» disse il signor Ikai, accigliandosi. «Anche gli altri hanno una loro vita, sai?»

Il modo in cui disse "vita" provocò un brivido a Hiromi lungo la schiena. Ikai la fissò un attimo con freddezza prima di allontanare lo sguardo.

«Mi dispiace. Magari la prossima volta… Scusatemi.» Hiromi fece un cenno con la testa e si congedò senza voltarsi. *Quest'uomo sa di me e Yoshitaka*, pensò. *Non può averglielo detto Ayane. L'avrà saputo dalla polizia?* Pensò che, comunque, non l'aveva detto a Yukiko. *Che idea si sarà fatto di me?*

Non riusciva a smettere di pensare. Cosa le sarebbe successo? La gente alla fine sarebbe venuta a sapere la verità su di lei e Yoshitaka. A quel punto, non avrebbe più potuto restare vicina alla sua insegnante. Avrebbe dovuto prendere le distanze dalla cerchia di persone che ruotava attorno ai Mashiba.

Dubito che Ayane mi abbia perdonata, in ogni caso. Probabilmente non mi perdonerà mai.

Il modo in cui la sua insegnante l'aveva guardata vicino all'altare non le dava pace. Si pentì di essersi portata le mani alla bocca quando era andata a porgere i fiori. Di sicuro Ayane sapeva cosa significava. *Perché altrimenti chiedermi se stavo bene?*

Se lei e Mashiba avessero avuto solo un'avventura, forse Ayane sarebbe riuscita a perdonarla. *Un incidente di percorso.* Ma la gravidanza cambiava le cose.

Probabilmente la sua insegnante sospettava da tempo la verità. Ma sospettare una cosa e sentirla dalle labbra dell'amante di tuo marito erano due cose diverse. Erano già passati diversi giorni da quando Hiromi aveva ammesso di essere incinta di fronte alla detective Utsumi. Da allora, Ayane non ne aveva più parlato. *Quello che prova nei miei confronti dev'essere cambiato dall'incontro nella sua stanza all'hotel*, pensò Hiromi. Ma non sapeva esattamente come era cambiato.

Se pensava al futuro le girava la testa. *Cosa farò?*

Sapeva che avrebbe dovuto abortire. Che razza di famiglia avrebbe dato al bambino? Il padre era già morto e la madre era sul punto di perdere il lavoro. Dubitava che Ayane l'avrebbe fatta lavorare ancora se avesse deciso di tenere il bambino.

Più ci pensava, più si rendeva conto di non avere scelta, eppure le sembrava una decisione impossibile da accettare. Forse era l'amore che ancora provava per Yoshitaka a impedirle di cancellare quell'ultima traccia di lui. O forse era qualcosa di più primordiale, l'istinto femminile di mettere al mondo un figlio. Non lo sapeva.

In ogni caso, non aveva molto tempo. Le restavano due settimane al massimo per decidere.

Si stava allontanando dalla sala mortuaria, in cerca di un taxi, quando sentì una voce che la chiamava: «Signorina Wakayama?».

Girò la testa e vide il detective Kusanagi venire verso di lei.

«La stavo cercando... torna a casa?»

«Sì. Sono un po' stanca.»

Ormai anche lui probabilmente sapeva della gravidanza. Pensò di dirgli di lasciarla in pace, di non infliggerle un ulteriore stress in un momento così delicato.

«So che è stanca, e mi dispiace molto, ma speravo di scambiare due parole con lei. Le ruberò solo pochi minuti, glielo prometto.»

Hiromi non riuscì a tener nascosto il suo disappunto. «Adesso? Devo proprio?»

«Sì. Mi dispiace molto.»

«Devo venire di nuovo alla centrale?»

«No, va bene qualunque posto dove si possa parlare tranquillamente.» Senza aspettare una risposta, il detective fermò un taxi.

Kusanagi disse al tassista di portarli a un ristorante vicino all'appartamento di Hiromi. *Forse mi lascerà andare presto*, pensò la ragazza con sollievo.

Scelsero un tavolo appartato nel ristorante semideserto.

Tè e caffè erano self-service e Hiromi, non volendo alzarsi, ordinò una tazza di latte. Kusanagi prese una cioccolata calda.

«Per fortuna, ormai è vietato fumare in quasi tutti i ristoranti. Ho pensato che fosse meglio per lei» disse il detective con un sorriso cordiale.

Da quel commento Hiromi capì che il detective sapeva della sua condizione; ma nonostante la discrezione, era così tormentata per quella gravidanza che l'osservazione le sembrò brusca e indelicata.

«Cosa voleva chiedermi?» disse, abbassando lo sguardo sul tavolo.

«So che è stanca, quindi andrò subito al punto.» Kusanagi si chinò in avanti. «Voglio sapere di più sulle amicizie femminili di Yoshitaka Mashiba.»

Hiromi lo guardò. «Che intende dire?»

«Be'… frequentava altre donne? Oltre a lei, intendo?»

Hiromi si raddrizzò sulla sedia. Le girava la testa. «Perché me lo chiede?»

«C'era un'altra donna?»

«Me lo sta chiedendo perché gliel'ha detto qualcuno?» ribatté Hiromi con voce tagliente.

Kusanagi fece un debole sorriso e agitò una mano. «No, non sappiamo niente di preciso. Ci sembrava solo una possibilità, per questo mi sono rivolto a lei.»

«Allora mi dispiace, ma non lo so. E non so perché pensa che ci fossero altre donne.»

Kusanagi smise di sorridere e congiunse le mani sul tavolo. «Come sa, il signor Mashiba è stato avvelenato. Viste le circostanze, l'assassino doveva essere qualcuno che poteva entrare liberamente nella casa dei Mashiba quel giorno. Questo fa di lei la prima sospetta.»

«Ve l'ho già detto, non ho...»

«Capisco» la interruppe Kusanagi. «Ma se non è stata lei, chi è stato? Chi altri aveva accesso alla casa? Abbiamo cercato tra le conoscenze di lavoro e le amicizie del signor Mashiba, ma non abbiamo trovato una persona che desti sospetti. Questo ci spinge a pensare che forse c'era qualcuno, qualcun altro, con cui il signor Mashiba aveva una relazione segreta.»

Hiromi finalmente capì dove voleva arrivare il detective, ma non riusciva in nessun modo ad accettarlo. Era un'idea assurda.

«Detective, credo che si sia sbagliato sul conto di Yoshitaka. Può darsi che abbia detto o fatto delle cose sconvenienti, e inoltre aveva una relazione con me, quindi posso capire che non lo reputi uno stinco di santo – ma non era un playboy. Era molto serio nelle sue relazioni, compresa quella con me.»

Hiromi avrebbe voluto sembrare forte e decisa, tenere a distanza il detective, ma l'espressione di Kusanagi non era cambiata di una virgola.

«Quindi secondo lei non c'erano altre donne nella sua vita?»

«No. Assolutamente no.»

«E le sue ex fidanzate? Ne sa qualcosa?»

«Ex fidanzate? Intende quelle che frequentava prima di sposarsi? So che c'erano state delle donne, ma non parlava quasi mai di loro.»

«Non ricorda nulla? Che lavoro facevano o dove le aveva conosciute?»

Hiromi cercò tra i ricordi. Yoshitaka aveva detto alcune cose sulle sue ex, e una o due di queste le erano rimaste in mente.

«Una volta mi ha parlato di una donna che lavorava nell'editoria.»

«Nell'editoria? Una editor?»

«No. Credo che fosse una scrittrice.»

«Romanzi? Qualcosa del genere?»

Hiromi si strinse nelle spalle. «Non saprei. Diceva che ogni volta che pubblicava un libro, lui doveva sempre esprimere la sua opinione, cosa che non sopportava. Gli ho chiesto che genere di libri fossero, ma lui ha cambiato argomento. Non gli piaceva parlare delle sue ex, quindi non ho insistito.»

«Ricorda altro?»

«Diceva di non essere mai stato attratto dalle prostitute o dalle attrici. Non gli piacevano quelle serate organizzate per combinare incontri, dove ci sono tante modelle per aumentare l'interesse. Non sopportava quel genere di cose.»

«Ma ha conosciuto sua moglie a una serata simile...»

«Così dicono» affermò Hiromi, abbassando lo sguardo.

«Ha mai avuto l'impressione che fosse ancora in contatto con qualcuna delle sue ex?»

«No, non mi pare proprio.» Hiromi guardò il detective. «Crede che sia stata una sua vecchia fiamma a ucciderlo?»

«Può darsi, per questo vorrei che cercasse di ricordare il più possibile. Gli uomini tendono a essere meno riservati delle donne sulle loro relazioni. Potrebbe essersi lasciato sfuggire qualcosa parlando con lei.»

«Mi dispiace» disse Hiromi. «Non ricordo altro.» Bevve un

sorso di latte, pentendosi di non aver ordinato un tè. Prendere un tovagliolo per pulirsi le labbra le sembrava un'impresa impossibile.

Poi le tornò in mente una cosa e il suo sguardo incrociò quello del detective.

«Che c'è?» chiese Kusanagi.

«Yoshitaka beveva sempre caffè, ma era anche un buon conoscitore di tè. Una volta gli ho chiesto il motivo e mi ha detto che era per via di una sua ex. Era una vera appassionata di tè e andava a comprarlo sempre nello stesso posto. Un negozio di specialità a Nihabashi, ne sono sicura.»

Kusanagi scribacchiò qualcosa sul suo taccuino. «Ricorda il nome del negozio?»

«No. Mi dispiace. Forse non me l'ha nemmeno detto.»

«Un negozio specializzato in tè, quindi» mormorò Kusanagi, aggrottando leggermente la fronte.

«Mi dispiace di non saperle dire di più.»

«Si figuri.» Kusanagi sorrise di nuovo. «È un buon punto di partenza, invece. Abbiamo fatto le stesse domande alla signora Mashiba, ma senza ricavare nulla. Forse il defunto si sentiva più a suo agio a parlare con lei che con la moglie.»

Il commento del detective irritò Hiromi. Può darsi che l'avesse detto per consolarla, ma era un idiota se pensava che potesse farle piacere.

«Abbiamo finito?» chiese Hiromi. «Vorrei tornare a casa.»

«Sì. La ringrazio per la disponibilità. Se ricorda qualsiasi altra cosa che potrebbe esserci d'aiuto, non esiti a chiamare.»

«Lo farò senz'altro.»

«Bene. L'accompagno a casa.»

«Non si preoccupi. Posso tornare a piedi.»

Hiromi si alzò e lasciò il conto sul tavolo, senza nemmeno ringraziare il detective per il latte.

Quattordici

Dal bollitore usciva del vapore. Cupo e silenzioso, Yukawa lo prese e versò l'acqua bollente nel lavandino. Poi tolse il coperchio e, dopo essersi sfilato gli occhiali perché non si appannassero, guardò dentro.

«Com'è?» chiese Utsumi.

Yukawa rimise il bollitore sul fornello e scosse leggermente la testa. «Niente. Esattamente come l'ultima volta.»

«La gelatina?»

«Ancora lì.»

Il fisico prese una sedia e si sedette. Congiunse le mani dietro la testa e guardò in alto verso il soffitto. Invece del camice bianco da laboratorio, indossava una maglietta di cotone che rivelava due braccia magre ma scolpite.

Utsumi era venuta al laboratorio per assistere al suo tentativo di sciogliere il veleno nel bollitore tramite il sistema che gli era venuto in mente l'altro giorno. Finora i risultati erano tutt'altro che incoraggianti. Perché il trucco funzionasse era necessario usare il bollitore due volte senza che la gelatina si sciogliesse e permettesse al veleno di mescolarsi all'acqua. Questo richiedeva uno strato spesso di gelatina. Ma, se ne metteva una quantità minore, la gelatina non riusciva a sciogliersi del tutto e lasciava delle tracce dentro il bollitore. E simili tracce non erano state ritrovate dalla scientifica.

«Probabilmente non era gelatina» disse Yukawa grattandosi la testa con entrambe le mani.

«È la stessa cosa che hanno detto quelli della scientifica» disse Utsumi. «Anche se la gelatina si fosse sciolta completamente, ne sarebbe rimasta comunque una quantità rilevabile dentro il bollitore. Inoltre, non ne sono state trovate tracce nel caffè macinato utilizzato nel filtro. Ma se non altro a quelli della scientifica è piaciuta la tua idea. Hanno provato con molte altre sostanze.»

«Anche con le capsule?» chiese Yukawa.

«Quelle dei medicinali? Sì. Avrebbero comunque lasciato una traccia di polvere sul fondo.»

«Bene, un altro buco nell'acqua» disse Yukawa dandosi una pacca sulle ginocchia e alzandosi. «Purtroppo temo che dovremo abbandonare questa pista.»

«Era un'idea fantastica» disse Utsumi.

«Anche se è servita solo a far impallidire per un attimo il detective Kusanagi.» Yukawa prese il camice da laboratorio dallo schienale della sedia e se lo infilò. «A proposito, che combina il nostro bravo detective?»

«Sta indagando sulle relazioni passate del signor Mashiba.»

«Ah, già. Segue il suo istinto. In realtà potrebbe rivelarsi la pista migliore, ora che quella del bollitore si è dimostrata senza via di uscita.»

«Crede davvero che sia stata un'ex fidanzata a uccidere il signor Mashiba?»

«Fidanzata o non fidanzata, la spiegazione più logica è che il nostro assassino abbia aspettato che la signorina Wakayama lasciasse la casa domenica mattina, sia entrato in qualche modo nell'abitazione dei Mashiba e abbia messo del veleno nel bollitore.»

«Quindi si è arreso.»

«Non direi. Piuttosto, mi sembra un'applicazione coerente del principio di esclusione. Può darsi che Kusanagi sia infatuato della signorina Mashiba, ma ciò non significa che sia cieco ai fatti essenziali. La direzione che stanno prendendo le sue indagini è del tutto sensata, se devo dire la mia.» Yukawa si sedette di nuovo e accavallò le gambe. «Il veleno… era acido arsenioso, vero? Non possiamo identificare l'assassino risalendo alle ricevute fiscali?»

«Non è facile. L'acido arsenioso come pesticida non viene più prodotto né venduto da una cinquantina d'anni, ma da qualche parte è ancora usato per cose particolari.»

«Vale a dire?»

Utsumi aprì il suo taccuino. «Be', nel controllo dei parassiti – ma questo lo sappiamo già. Poi per certi trattamenti di conservazione del legno, in alcuni farmaci usati in odontoiatria, nella produzione di semiconduttori… tutto qua.»

«Odontoiatria! Questa non la sapevo.»

«Viene usato per devitalizzare le terminazioni nervose dei denti. Ma in questo caso la sostanza è sottoforma di pasta, che poi viene sciolta nell'acqua raggiungendo una concentrazione di acido arsenioso solo del quaranta per cento. Non penso che sia la sostanza usata in questo caso.»

«Allora cosa pensa?»

«Un disinfestatore potrebbe procurarsi dell'acido arsenioso in concentrazioni sufficienti. Lo si usa soprattutto per le termiti. Bisogna fornire nome e indirizzo quando lo si compra, così stiamo facendo dei controlli in questa direzione. Certo, i negozianti sono tenuti a conservare le ricevute solo per cinque anni, quindi se il veleno è stato acquistato prima di allora non abbiamo speranze. Lo stesso vale se l'assassino si è procurato l'acido arsenioso illegalmente.»

«Ho la sensazione che il nostro assassino non farebbe un errore così grossolano. Credo che sia meglio aspettare di vedere cosa trova il detective Kusanagi.»

«Non credo proprio che il veleno sia stato messo direttamente nel bollitore.»

«Perché no?» Yukawa inarcò un sopracciglio. «Perché la moglie non avrebbe potuto farlo? Fa bene a sospettare di lei, ma non può condurre le indagini basandosi solo su questa supposizione.»

«La mia non è una supposizione. Semplicemente non c'è nessuna prova che qualcun'altro sia entrato in casa dei Mashiba quel giorno. Supponiamo che sia passata di lì un'ex fidanzata, come pensa il detective Kusanagi. Non crede che il signor Mashiba le avrebbe offerto almeno una tazza di caffè?»

«Non è detto. Specialmente se non fosse stato contento della visita.»

«Ma allora come avrebbe fatto un ospite indesiderato a mettere il veleno nel bollitore? Il signor Mashiba non l'avrebbe visto?»

«Magari a un certo punto il signor Mashiba è dovuto andare in bagno. Magari l'assassino si è fermato finché non si è presentata l'occasione giusta.»

«Non mi sembra un piano molto solido. Cosa avrebbe fatto secondo lei l'assassino, se il signor Mashiba non fosse andato in bagno?»

«Forse aveva un piano di riserva, oppure era pronto a rinunciare se non si fosse presentata l'occasione giusta. In questo modo non avrebbe corso rischi.»

«Professor Yukawa» disse Utsumi, fissando il fisico negli occhi. «Da che parte sta?»

«Se proprio lo vuole sapere, non sto da nessuna parte. Voglio solo analizzare i dati, eseguire gli esperimenti necessari e arrivare alla soluzione più logica possibile. Al momento la sua teoria non regge, tutto qua.»

Utsumi si morse il labbro. «Vorrei correggere la mia affermazione di prima» disse. «In tutta onestà, sospetto della signora Mashiba. Anche se non è stata lei a commettere l'omicidio, quantomeno ha avuto una parte. Mi chiami testarda, ma ne sono convinta.»

«Allora è così, eh? Sono sorpreso.» Yukawa ridacchiò. «E me lo ricordi, per quale motivo sospetta di lei? Per i calici da champagne? Trova strano che non li avesse rimessi nella credenza, se non sbaglio.»

«Non è solo per questo. La sera del delitto le abbiamo lasciato un messaggio sul cellulare. L'agente che l'ha chiamata mi ha detto di aver lasciato una comunicazione in cui diceva di avere notizie urgenti su suo marito e se poteva richiamare. Quando la donna ha chiamato, verso mezzanotte, l'agente le ha spiegato l'accaduto a grandi linee. Non ha accennato alla possibilità che il signor Mashiba fosse stato assassinato.»

«Hmm. Quindi?»

«Il giorno dopo la signora Mashiba ha preso il primo volo ed è tornata a Tokyo. Io e il detective Kusanagi siamo andati a prenderla all'aeroporto e in auto la donna ha telefonato a Hiromi Wakayama commentando, "Chissà cos'hai dovuto passare"» disse Utsumi, ripensando all'atmosfera che c'era nell'auto. «La cosa mi è sembrata strana.»

«Chissà cos'aveva dovuto passare, eh?» mormorò Yukawa, tamburellando con le dita sul ginocchio. «Questo farebbe pensare che era la prima volta che parlava con la signorina Wakayama dopo aver saputo della morte.»

«È quello che ho pensato. Proprio quello che ho pensato» disse Utsumi, mentre un sorriso le illuminava a poco a poco il volto. «La signora Mashiba ha lasciato le chiavi di casa a Hiromi Wakayama prima di partire per Hokkaido. Ma sapeva già della relazione tra suo marito e Hiromi. Se avesse saputo che suo marito era morto in circostanze misteriose, non crede che avrebbe cercato subito di chiamare Hiromi? Non solo, ma non ha nemmeno chiamato gli amici, o gli Ikai. Non ha senso.»

«E cosa deduce da tutto questo, detective Utsumi?»

«Credo che non abbia chiamato Hiromi o gli Ikai perché non ne aveva bisogno. Sapeva esattamente perché suo marito era morto, quindi perché chiamare per chiedere dettagli?»

Yukawa rise e si grattò il labbro. «Ha parlato di questa teoria con qualcuno?»

«Con l'ispettore capo Mamiya.»

«Solo non con Kusanagi.»

«Il detective Kusanagi mi direbbe solo di smettere di affidarmi a delle "sensazioni".»

Yukawa si accigliò e si alzò, andando verso il lavello. «Un'affermazione simile la caccerà nei guai. Mi sembra strano che sia io a dirlo, ma Kusanagi è un detective molto in gamba. Anche ammesso che provi qualcosa per uno dei sospetti, non è il tipo che smette di ragionare. Certo, non è detto che quello che mi ha appena detto gli faccia subito cambiare idea. Probabilmente cercherebbe di contraddirla, ma non la ignorerebbe. E ci penserebbe. Anche se le sue conclusioni non dovessero coincidere con le sue, non si tirerebbe indietro di fronte all'evidenza.»

«Sembra che si fidi parecchio di lui.»

«Se non mi fidassi non l'avrei aiutato in così tanti casi» disse Yukawa, aprendo le labbra in un sorriso bianchissimo. Mise del caffè nella macchinetta.

«E lei?» chiese Utsumi. «Che ne pensa della mia idea?»

«Mi sembra sensata. Mi aspetterei che qualcuno che ha saputo della morte del marito cercasse di avere quante più informazioni il prima possibile. È molto strano che la moglie non abbia cercato di contattare nessuno.»

«Mi fa piacere che la pensi come me.»

«Tuttavia sono uno scienziato» continuò Yukawa. «Se mi presentassero una teoria che non mi convince per motivi psicologici, e un'altra impossibile dal punto di vista logico, magari esiterei un attimo, ma dovrei scegliere la prima. Certo, se ci fosse un modo per rilasciare una quantità stabilita di veleno nel bollitore, un modo diverso da quello a cui ho pensato io, sarebbe un'altra storia.» Yukawa versò dell'acqua nella macchina per il caffè. «Chissà se il caffè fatto con l'acqua minerale ha davvero un sapore diverso?»

«Mi sa che non è tanto una questione di sapore, ma di salute. Pare che la signora Mashiba a volte usasse l'acqua del rubinetto, quando il marito non la vedeva. Forse gliene ho già parlato, ma anche Hiromi ha ammesso di aver usato l'acqua del rubinetto per preparare il caffè, domenica mattina.»

«Quindi in definitiva, l'unico a usare sempre acqua minerale era la vittima.»

«Per questo all'inizio pensavamo che fosse stata avvelenata l'acqua in bottiglia» disse Utsumi.

«Ma l'idea è stata scartata dopo aver ricevuto risultati negativi dal laboratorio.»

«Non significa però che sia impossibile che l'acqua in bottiglia fosse avvelenata, solo perché la scientifica non ha trovato niente. C'è gente che lava le bottiglie di plastica prima di riciclarle. Al laboratorio hanno ammesso che potrebbe essere questa la causa dei risultati negativi.»

«Certo, c'è chi lava le bottiglie di tè e di succhi di frutta» disse Yukawa. «Ma le bottiglie d'acqua?»

«Certe abitudini sono difficili da cambiare.»

«Be', anche questo è vero. Ma il nostro assassino sarebbe estremamente fortunato, se la vittima avesse cancellato le prove al posto suo.»

«Sempre ammesso che la moglie sia l'assassino» precisò Utsumi lanciando un'occhiata a Yukawa. «A meno che non abbia da ridire sulla logica di questo ragionamento.»

Sulle labbra di Yukawa apparve un sorriso ironico. «Non importa. A volte ci basiamo su delle ipotesi nel mio lavoro... anche se in genere le smontiamo abbastanza in fretta. C'è qualche vantaggio nel pensare che l'assassino sia la moglie?»

«È stata la moglie a dirci che il signor Mashiba usava solo acqua in bottiglia. Il detective Kusanagi crede che non ce l'avrebbe detto se fosse stata lei ad avvelenare l'acqua, ma per me è l'esatto contrario. Se la moglie pensava che avremmo trovato del veleno in una delle bottiglie, può darsi che ce l'abbia detto prima per deviare i sospetti. Ma alla fine non abbiamo trovato alcun veleno. Questo, a dire la verità, mi lascia perplessa. Se è lei l'assassino e se ha usato qualche sistema per avvelenare l'acqua nel bollitore, perché avrebbe dovuto dire alla polizia che il signor Mashiba usava solo acqua in bottiglia? È un mistero. Forse credeva che avremmo trovato del veleno nelle bottiglie vuote?»

Mentre Utsumi parlava, il volto di Yukawa si rabbuiò. Stava fissando il vapore che usciva dalla macchina per il caffè. «Forse non si aspettava che il marito lavasse le bottiglie dopo averle usate?» domandò.

«Esatto. Se fossi la moglie, mi sarei aspettata che trovassero una bottiglia con del veleno sul luogo del delitto. Ma mettiamo che il signor Mashiba abbia usato tutta l'acqua avvelenata che c'era nella bottiglia per preparare il caffè. Poi, mentre aspettava che l'acqua bollisse, abbia lavato la bottiglia. E dato che lei non se lo aspettava, ha cercato di precedere la polizia suggerendo che l'assassino avesse avvelenato l'acqua in bottiglia. Vista così, la cosa ha senso.»

Yukawa annuì, aggiustandosi gli occhiali sul naso. «Sì. C'è una certa logica.»

«So che questa teoria ha diverse lacune, ma nessuna di queste le impedisce di essere una possibilità reale.»

«D'accordo. Però mi chiedo se c'è un modo per dimostrare la sua ipotesi.»

«Sfortunatamente non c'è» ammise Utsumi.

Yukawa tolse il caffè dal fornello, riempì due tazze e ne offrì una a Utsumi.

«Non siete in combutta, vero?» disse Yukawa all'improvviso.

«Eh?» Utsumi batté le palpebre.

«Lei e Kusanagi. Non state complottando per coinvolgermi, vero?»

«Cosa glielo fa pensare?»

«Perché siete veramente bravi a stuzzicare la mia curiosità, anche se avevo deciso di non immischiarmi più nelle indagini della polizia. E come se non bastasse, ha pure aggiunto un particolare piccante: la possibilità che Kusanagi possa trovare il vero amore.» Yukawa ridacchiò e sorseggiò il suo caffè, goccia a goccia.

Quindici

La sala da tè e caffè Kuzai si trovava al piano terra in un complesso di uffici di Odenmacho, una zona periferica del distretto di Nihonbashi, a est di Tokyo. Poco lontano da viale Suitengu, con le sue file di brulicanti società finanziarie, era il luogo perfetto per la pausa pranzo delle impiegate.

Kusanagi superò le porte a vetri e si avvicinò al bancone. Si era informato: il negozio aveva più di cinquanta tipi di tè e ora poteva vederli, tutti etichettati e disposti in file ordinate. Dietro al bancone c'era una piccola sala. Anche se erano le quattro di pomeriggio, un'ora di solito tranquilla, c'erano alcuni clienti che sorseggiavano tè e leggevano i giornali. Uno o due erano in divisa aziendale. Gli uomini erano decisamente in minoranza.

Una minuscola cameriera vestita di bianco si avvicinò. «Solo uno per lei?» chiese con un sorriso palesemente finto. Kusanagi immaginò di non avere l'aspetto di un cliente abituale.

Annuì. Senza smettere di sorridere, la cameriera gli indicò un tavolino appoggiato alla parete.

Sul menu c'era una lunga lista di tè di cui Kusanagi aveva sentito parlare solo il giorno precedente. Adesso aveva una vaga familiarità con molte delle varietà presenti, e ne aveva anche provate alcune. Era la quarta sala in cui entrava.

Chiamò la cameriera e ordinò un *chai.* Sapeva che il tè *assam* è ottenuto lasciando in infusione le foglie di tè nel latte, e aveva deciso che la combinazione gli piaceva. Poteva anche prenderne una seconda tazza.

«Mi chiedevo» disse alla cameriera, mostrandole il suo biglietto da visita «se fosse possibile fare due chiacchiere con il responsabile.»

Bastò un'occhiata al biglietto e il sorriso svanì dal volto della ragazza. Kusanagi si affrettò ad agitare una mano. «Non si preoccupi, non è niente di grave» disse. «Mi servono solo delle informazioni su uno dei vostri clienti.»

«Un attimo solo.»

«Grazie.» Kusanagi stava per chiedere se poteva fumare quando vide un cartello di divieto sulla parete di fronte.

Si guardò di nuovo attorno. L'atmosfera nella sala da tè era tranquilla e gradevolmente rilassata. I tavoli erano abbastanza distanziati gli uni dagli altri perché due persone in cerca di intimità non dovessero temere che qualcun altro sentisse la loro conversazione. Kusanagi riusciva a immaginare Yoshitaka Mashiba in un posto simile, comunque non aveva troppe aspettative. Le altre tre sale da tè in cui era stato erano praticamente identiche a questa.

Pochi istanti dopo, una donna in gilè nero e maglietta bianca era lì, accanto al tavolo del detective, con un'espressione nervosa sul volto. Aveva un trucco leggero e i capelli raccolti in un crocchio dietro la testa. Avrà avuto sui trentacinque anni.

«Posso aiutarla?»

«Salve.» Kusanagi sorrise. «Detective Kusanagi, della Polizia metropolitana. Mi scusi, il suo nome?»

«Hamada.»

«La ringrazio per essere venuta a parlare con me. Prometto che non le ruberò troppo tempo. Prego, si sieda.» Kusanagi indicò la sedia di fronte ed estrasse una fotografia di Yoshitaka dall'interno della giacca. «Mi chiedevo se avesse visto quest'uomo nel suo locale. Si tratta di un'indagine in corso, ma se fosse venuto qui, sarebbe stato circa due anni fa.»

La signora Hamada prese la foto e la guardò un attimo prima di stringersi nelle spalle. «Sembra un volto conosciuto, ma non posso dirlo per certo. Abbiamo molti clienti e non ho l'abitudine di guardarli troppo.»

Era la stessa risposta che aveva ricevuto negli altri tre posti.

«Bene. Credo che venisse qui con una donna...» aggiunse Kusanagi, nella remota possibilità che la precisazione fosse d'aiuto.

La donna sorrise e si strinse di nuovo nelle spalle. «Vengono molte coppie qui» disse, rimettendo la fotografia sul tavolo.

Kusanagi annuì e fece un altro sorriso, un po' debole. A dire il vero non era deluso: non si era aspettato molto di più. Ma quei continui fallimenti cominciavano a pesare.

«Era tutto quello che voleva sapere?»

«Sì, grazie.»

La responsabile si alzò e si allontanò nello stesso momento in cui la cameriera arrivava con il tè di Kusanagi. Stava per appoggiarlo sul tavolo quando notò la fotografia; la sua mano si fermò.

«Oh, mi scusi.» Kusanagi prese la fotografia.

La cameriera rimase immobile, con la tazza e il piattino ancora in mano, e lo guardò battendo le palpebre.

«Sì?» la imbeccò Kusanagi.

«È quello il cliente per cui è venuto?» chiese con evidente riluttanza.

Kusanagi girò la fotografia verso di lei perché potesse vederla meglio. «Lo conosce?»

«Sì... solo come cliente, però.»

La responsabile tornò. Si era attardata poco più in là e aveva sentito la conversazione di sfuggita. «Davvero?» chiese alla cameriera. «Lo conosci?»

«Sono sicura che è lui» disse la cameriera. «È venuto diverse volte.» Anche se c'era una certa esitazione nella sua voce, la ragazza sembrava sicura di quel che diceva.

«Le spiace se parlo un attimo con lei?» chiese Kusanagi alla signora Hamada.

«Si figuri, faccia pure» rispose la responsabile, che subito si voltò per accogliere un cliente appena arrivato.

Kusanagi invitò la cameriera a sedersi di fronte a lui. «Quando ha visto quest'uomo?» chiese.

«Credo che la prima volta sia stato circa tre anni fa. Avevo appena cominciato a lavorare qui e non conoscevo ancora tutti i tipi di tè. Si era innervosito con me, per questo me lo ricordo.»

«Era solo?»

«No, veniva sempre con sua moglie.»

«Sua moglie? Che aspetto aveva?»

«Era una bella donna, con i capelli lunghi. Non sembrava giapponese al cento per cento… forse eurasiatica?»

Non era Ayane Mashiba, allora, pensò Kusanagi. Ayane era bella, ma era in tutto e per tutto giapponese. In ogni caso, tre anni prima lei e Mashiba non si conoscevano ancora.

«Che età aveva, più o meno?»

«Oh, sui trent'anni. Magari qualcuno in più.»

«Le avevano detto che erano sposati?»

«Be'…» La cameriera si accigliò, riflettendo. «Forse l'ho solo pensato io. Ma sembravano proprio sposati. Erano molto in intimità… venivano qui spesso dopo lo shopping.»

«Ricorda altro della donna? Anche un piccolo dettaglio può essere utile.»

Lo sguardo della ragazza si fece inquieto. «Be', forse anche questa è una mia impressione, ma…» cominciò piano. «Credo che fosse una pittrice.»

«Una pittrice… intende dire un'artista?»

«Sì. Una volta aveva con sé un album da disegno… o qualcosa del genere. Era in una cartella grande più o meno così.» Allargò le mani una sessantina di centimetri. «Piatta e quadrata.»

«Non ha visto cosa c'era dentro? »

«No» rispose la ragazza abbassando lo sguardo.

Kusanagi si ricordò che Hiromi Wakayama gli aveva detto che una delle ex di Yoshitaka lavorava nell'editoria. Se la donna era una pittrice, forse pubblicava i suoi lavori. Ma questo non coincideva con l'affermazione che Yoshitaka non amava esprimere la sua opinione sui libri della donna. Guardare una collezione di disegni o di dipinti non era un compito poi così oneroso.

«Ha notato nient'altro?» chiese Kusanagi.

La cameriera scrollò la testa, poi gli rivolse uno sguardo incuriosito. «Non erano sposati?»

«Non credo, perché?»

«Be', non ricordo tutti i particolari,» disse portandosi una mano alla fronte «ma mi sembra che avessero parlato di bambini… non dei loro bambini, ma del desiderio di averne. Almeno, *credo* che fossero loro. Oppure non so… forse li confondo con un'altra coppia.»

Bingo. La ragazza non si sbagliava. Quei due erano sicuramente Yoshitaka Mashiba e la sua fidanzata di allora. *Un indizio, finalmente.* Kusanagi non riuscì a trattenere un moto di gioia.

Ringraziò la cameriera e la lasciò andare, poi prese la sua tazza di tè. Ormai era freddo, ma la miscela di spezie e latte dolce era deliziosa.

Bevve metà tazza, riflettendo su come avrebbe potuto rintracciare la pittrice di Mashiba. Poi il cellulare suonò. Guardò lo schermo e notò con una certa sorpresa che era Yukawa. Rispose a bassa voce per non disturbare gli altri clienti. «Pronto? Detective Kusanagi.»

«Sono io. Puoi parlare?»

«Sì. Devo parlare a bassa voce, ma come potrei rifiutare una delle tue rare chiamate? Che succede?»

«Volevo parlarti di una cosa. Hai tempo oggi?»

«Il tempo lo trovo, se è importante. Di che si tratta?»

«Te lo spiegherò quando ci vedremo. Ti basti sapere che riguarda il caso a cui stai lavorando.»

Kusanagi sospirò. «Tu e Utsumi state escogitando un altro piano segreto?»

«Ti chiamerei se fosse un segreto? Allora, ci vediamo o no?»

Bastardo arrogante, pensò Kusanagi con una risatina amara. «D'accordo. Dove mi vuoi vedere?»

«Decidi tu. Solo, gradirei un posto per non fumatori, se non ti dispiace» disse Yukawa, e dal suo tono era chiaro che non gl'importava che a Kusanagi dispiacesse o meno.

*

S'incontrarono in un caffè nei pressi della stazione di Shinagawa, vicino all'hotel dove alloggiava Ayane. Kusanagi aveva intenzione di liquidare Yukawa alla svelta, per poter andare a chiederle informazioni sull'ex fidanzata pittrice.

Quando arrivò, Yukawa era già là che lo aspettava, seduto a leggere in fondo alla sala non fumatori. Pur essendo già quasi inverno, il fisico indossava una camicia a maniche corte. Sulla sedia di fianco era appoggiata una giacca di pelle nera.

Kusanagi si avvicinò al tavolo e si fermò. Yukawa non alzò lo sguardo.

«Che stai leggendo di così interessante?» chiese il detective scostando una sedia.

«Un articolo sui dinosauri. Parla dell'utilizzo della TAC nell'analisi dei fossili.»

«Ah, è una rivista scientifica» disse Kusanagi, segretamente deluso di non esser riuscito a prendere Yukawa alla sprovvista. «Allora, cos'hanno di così esaltante le TAC delle ossa di dinosauro?»

«Non ossa. Fossili» disse Yukawa, alzando finalmente lo sguardo. Si sistemò gli occhiali con un dito.

«Che differenza c'è? Non si tratta sempre di ossa?»

Yukawa socchiuse gli occhi, divertito. «Ecco cosa mi piace di te. Non deludi mai le aspettative. Dici esattamente quello che mi aspetto da te.»

«Mi stai dando dell'idiota?»

Arrivò un cameriere e il detective ordinò un succo di pomodoro.

«Che strana scelta» disse Yukawa. «Sei diventato salutista?»

«E se non mi andasse un tè o un caffè? Veniamo al dunque. Che cosa mi devi dire?»

«Mi piacerebbe parlare ancora un po' di fossili, ma d'accordo.» Yukawa alzò la sua tazza di caffè. «Hai sentito cos'ha detto la scientifica a proposito della mia idea di avvelenamento?»

«Sì. La gelatina avrebbe lasciato delle tracce, quindi ci sono zero probabilità che sia stato usato un trucco simile. Anche il grande Galileo si sbaglia, a volte.»

«Non è molto scientifico usare termini come "assolutamente" e "zero probabilità". È anche poco ortodosso dire che qualcuno ha sbagliato solo perché la sua ipotesi si è dimostrata scorretta. Ma vedrò di perdonarti, dato che non sei uno scienziato.»

«Se non sai perdere, potresti almeno evitare di usare paroloni.»

«Non credo di aver perso. Confutare un'ipotesi è un progresso. Restringe le opzioni escludendo uno dei modi in cui il veleno avrebbe potuto finire nel caffè.»

Arrivò il succo di pomodoro di Kusanagi, con tanto di cannuccia. Il detective lasciò la cannuccia sul tavolo e bevve un bel sorso. Dopo tutto quel tè, il sapore penetrante del succo gli bruciò un po' la lingua.

«Ma c'è una sola possibilità» disse Kusanagi. «Qualcuno ha messo il veleno nel bollitore. O Hiromi Wakayama o, se non lei, qualcun altro che Yoshitaka Mashiba aveva invitato domenica.»

«Quindi non credi che il veleno potesse essere nell'acqua?»

Kusanagi distorse la bocca. «Di norma, credo a quello che dicono la scientifica e i laboratori. Non è stato trovato veleno in nessuna delle bottiglie. Questo significa che non era nell'acqua.»

«Secondo Utsumi le bottiglie potrebbero essere state lavate.»

«Sì, me l'hanno detto. Crede che la vittima si sia presa la briga di lavare le bottiglie? Ma la gente non lava le bottiglie d'acqua. Sarei pronto a scommetterci.»

«Ma devi ammettere che potrebbe averlo fatto.»

Kusanagi sbuffò. «Non ci metterei la mano sul fuoco. Ma se vuoi pensarla così, bene, fai pure. Preferisco basarmi su delle certezze.»

«Ammetto che la pista che stai seguendo è più sicura. Ma ricorda, ci sono sempre delle eccezioni. Dal punto di vista scientifico è importante prendere in considerazione tutte le possibilità.» Yukawa lanciò al detective uno sguardo serio. «Devo chiederti una cosa.»

«Sì?»

«Vorrei vedere di nuovo la casa dei Mashiba. Pensi di potermi far entrare? So che hai una chiave.»

Kusanagi guardò con sospetto quel fisico eccentrico. «Cosa devi vedere? Non ti ha già mostrato tutto Utsumi l'altro giorno?»

«Sì, ma il mio punto di vista è cambiato da allora.»

«Cioè?»

«Diciamo che ho cambiato modo di pensare. Forse mi sono sbagliato, dopotutto. E vorrei capirlo.»

«Ti spiace essere un po' più specifico?» chiese, impaziente, Kusanagi.

«Te lo dirò quando saremo là, se scoprirò che mi sono sbagliato. È meglio per entrambi.»

Kusanagi si appoggiò allo schienale della sedia e sospirò. «Cos'hai in mente, Yukawa? Hai stretto una specie di accordo con Utsumi, non è vero?»

Yukawa ridacchiò. «Non è il caso di agitarsi. Come ti ho detto, questo caso mi interessa solo perché stuzzica la mia curiosità scientifica. Il che significa, tra parentesi, che se dovessi perdere interesse me ne tirerò fuori. Per questo voglio tornare di nuovo in quella casa, per prendere la mia ultima decisione.»

Il detective guardò l'amico negli occhi. Yukawa rimase impassibile come al solito.

Kusanagi non aveva la minima idea di cosa passasse per la mente del fisico. Non era una novità. Sapeva che a un certo punto avrebbe dovuto allentare la presa e confidare nel fatto che Yukawa sarebbe venuto in suo soccorso come aveva fatto già altre volte in passato.

«Chiamerò la signora Mashiba. Un attimo solo» disse, alzandosi e tirando fuori il cellulare.

In un angolo più tranquillo compose il numero di Ayane e, quando lei rispose, chiese se poteva visitare la casa un'altra volta. «Mi spiace chiederglielo di nuovo, ma c'è un'ultima cosa che dobbiamo controllare.»

Sentì la donna sospirare all'altro capo della linea. «Non deve chiedermi il permesso ogni volta» disse Ayane. «È in corso un'indagine, so che dovete andare e venire spesso. Spero che troviate qualcosa.»

«Grazie. Vedrò di annaffiarle i fiori quando sarò là.»

«Grazie mille. È un aiuto prezioso.»

Kusanagi tornò al tavolo. Yukawa lo stava studiando mentre si avvicinava.

«Devi dirmi qualcosa?»

«Mi chiedevo solo perché hai sentito il bisogno di alzarti per telefonare» disse Yukawa. «Non volevi che ti ascoltassi?»

«No, figurati. Le ho solo chiesto il permesso di entrare in casa sua.»

«Hmm.»

«Che c'è adesso?» Kusanagi lo fulminò con lo sguardo.

«Oh, niente. È solo che mentre ti guardavo parlare al telefono, non ho potuto fare a meno di pensare che non sembravi un detective, ma un commesso che cercava di convincere un cliente importante. C'è qualche motivo per cui sei così prudente con questa signora Mashiba?»

«Le ho chiesto se potevamo entrare in casa sua. È una persona sensibile.» Kusanagi prese il conto. «Andiamo. È già tardi.»

Fermarono un taxi davanti alla stazione. Una volta seduti, Yukawa tirò fuori la rivista che stava leggendo nel caffè.

«Prima affermavi che i fossili di dinosauro sono comunque delle ossa: è un'affermazione molto rischiosa. Di fatto, è un'assunzione che ha portato molti paleontologi a scartare grandi quntità di materiale prezioso.»

Di nuovo con questa storia. «Tutti i fossili di dinosauro che ho visto al museo erano ossa.»

«Esatto. Ma solo perché hanno scartato tutto il resto.»

«Tutto il resto? Vale a dire?»

«Allora, tu scavi una buca e trovi delle ossa di dinosauro. Ovviamente ti fai prendere dall'entusiasmo e le tiri fuori, pulendole dalla terra, in modo da poter ricostruire il tuo enorme e impressionante scheletro di dinosauro. Poi cominci a fare delle osservazioni: "ecco com'è una mandibola di tirannosauro" e "guarda come sono corti gli arti anteriori". Ma in realtà hai già commesso un gravissimo errore. Nel 2000 un gruppo di ricercatori ha trovato una zolla con dentro dei fossili e ha analizzato il tutto con una TAC senza preoccuparsi di pulirli. E sai cosa? Hanno trovato il cuore. La terra intrappolata dentro lo scheletro aveva preservato alla perfezione la forma degli organi interni dell'animale. Oggi è diventata una procedura standard eseguire una TAC su tutti i fossili.»

Kusanagi grugnì. «È molto interessante, davvero» ammise. «Ma non capisco bene cosa c'entri. O dicevi così, solo per dire?»

«Quando ho saputo della scoperta, sai cosa ho pensato? Ho pensato: che trucco geniale ha escogitato Madre Natura nel corso dei millenni. Non si possono incolpare i paleontologi che toglievano la terra dalle prime ossa di dinosauro ritrovate. Ma a conti fatti, questa terra che credevano "inutile" si è rivelata estremamente importante.» Yukawa chiuse la rivista. «Credo che tu mi abbia sentito parlare del processo di esclusione, con il quale invalidiamo un'ipotesi alla volta, eliminando tutte le possibilità finché non ci resta un'unica verità. Tuttavia, quando c'è un errore di fondo nel modo in cui formuliamo le nostre ipotesi, questo metodo può avere esiti molto pericolosi. Certe volte, quando siamo troppo impazienti di mettere le mani su quelle ossa, finiamo col mancare completamente l'obiettivo.»

Allora questa conversazione ha qualcosa a che fare con le indagini. «Credi che abbiamo sbagliato a concentrarci su come può essere stato inserito il veleno?»

«È quello che voglio controllare ora. È possibile che il nostro assassino sia un ottimo scienziato» aggiunse Yukawa, quasi tra sé.

L'abitazione dei Mashiba era buia e silenziosa. Kusanagi tolse la chiave di tasca. Aveva già cercato di restituire entrambe le copie ad Ayane, ma la donna gliene aveva lasciata una, dicendo che forse ne avrebbero avuto ancora bisogno per le indagini e che, non avendo per il momento intenzione di tornare a casa, a lei non serviva.

«Il funerale è finito, vero? Non è stato organizzato niente in casa?» chiese Yukawa mentre si toglieva le scarpe.

«Che io sappia no. Il signor Mashiba non era molto religioso, così hanno optato per una cerimonia con un'offerta di fiori invece di un funerale ufficiale. C'è stata poi la cremazione, ma nessuno degli altri soliti riti.»

«Mi sembra una soluzione logica. Forse dovrei richiedere lo stesso trattamento per quando morirò.»

«Buona idea» grugnì Kusanagi. «Sarei lieto di occuparmi dei preparativi.»

Una volta dentro, Yukawa andò subito in corridoio. Kusanagi lo guardò allontanarsi, poi salì le scale ed entrò nella camera da letto. Aprì la porta scorrevole che dava sul balcone, prese il grosso annaffiatoio – che il detective aveva acquistato al negozio di ferramenta – e tornò giù. Trovò Yukawa in cucina, nuovamente piegato sotto il lavello.

«Non l'hai già controllato?» domandò.

«Voi poliziotti dite sempre che bisogna cercare il pelo nell'uovo, no? È quello che sto facendo» ribatté Yukawa. Con l'aiuto di una piccola torcia stava esaminando con attenzione quello spazio. «Oh, be'… pare che nessuno abbia toccato nulla.»

«Non l'avevi già visto?»

«Sì, ma ho pensato che fosse prudente ricontrollare. Abbiamo il fossile di dinosauro davanti agli occhi: dobbiamo solo stare attenti a non togliere la terra.» Yukawa si voltò verso Kusanagi e lo guardò con diffidenza non appena notò l'oggetto che teneva in mano. «Cos'è quello?»

«Mai visto un annaffiatoio?»

«Ah già, l'ultima volta hai mandato Kishitani ad annaffiare le piante. Fa parte di una nuova campagna promozionale? "La polizia: non solo paladini dell'ordine pubblico, ma anche del verde pubblico?".»

«Ridi pure» disse Kusanagi, avvicinandosi al lavello. Mise l'annaffiatoio sotto il rubinetto e aprì l'acqua al massimo.

«È un annaffiatoio enorme» osservò Yukawa. «Quella donna non ha una canna in giardino?»

«È per i fiori al primo piano. Il balcone è pieno di vasi.»

«È proprio vero che voi poliziotti non finite mai di lavorare» commentò Yukawa con un gran sorriso, mentre Kusanagi usciva dalla cucina.

Tornato al primo piano, il detective cominciò ad annaffiare i fiori. Anche se non conosceva i nomi delle varie specie, si rendeva conto anche lui che non se la passavano granché bene. *Meglio non farli appassire.* Finito di annaffiare, chiuse la porta del balcone e riattraversò velocemente la camera da letto. Pur avendo il permesso di entrarci, non gli sembrava giusto attardarsi in quel luogo.

Quando scese, Yukawa era ancora in cucina. In piedi a braccia conserte, stava fissando il lavello con aria pensierosa.

«Perché non mi spieghi a cosa stai pensando? Se non lo fai, non potrò più riservarti un trattamento speciale come questo.»

«Trattamento speciale?» chiese Yukawa alzando un sopracciglio. «Lo chiami così, l'irrompere di uno dei tuoi agenti in laboratorio per trascinarmi in un'altra indagine ingarbugliata e impossibile?»

Kusanagi mise le mani sui fianchi e guardò fisso l'amico. «Non so cosa ti abbia detto Utsumi, ma io non c'entro nulla. Anzi, se volevi controllare di nuovo la casa, perché non hai chiamato lei? Perché mettermi in mezzo?»

«Perché un vero dibattito è possibile solo tra due persone con punti di vista opposti.»

«Quindi non ti piace come sto conducendo le indagini? Mi sembrava avessi detto che era un modo "sicuro".»

«Fai bene a condurre un'indagine appropriata, solo che non mi piace quando la gente scarta altri punti di vista solo perché sembrano sbagliati o poco probabili. Anche se c'è solo una piccolissima probabilità che una cosa sia successa, non bisognerebbe mai sottovalutarla. Non bisogna buttare la terra attorno al fossile.»

Kusanagi scosse la testa, esasperato. «E cosa sarebbe la terra, in questo caso?»

«L'acqua» rispose Yukawa. «Il veleno è stato mescolato all'acqua. Almeno, così la vedo io.»

«Di nuovo la teoria della vittima che ha lavato la bottiglia?» sbuffò Kusanagi.

«Non m'interessa la bottiglia. L'acqua può venire da altre parti.» Yukawa indicò il lavello. «Dal rubinetto, ad esempio. Esce un sacco di acqua da lì.»

Kusanagi guardò gli occhi impassibili di Yukawa. «Dici sul serio?»

«È una possibilità.»

«Ma quelli della scientifica non hanno trovato niente di anomalo nell'impianto idrico.»

«Sì, hanno analizzato l'acqua del rubinetto, ma l'hanno analizzata solo per dire se l'acqua rimasta nel bollitore proveniva da lì o da una bottiglia. E pare che non l'abbiano capito, per via di tutti i residui di acqua del rubinetto che si erano accumulati nel bollitore.»

«Ma se c'era del veleno nell'acqua del rubinetto non l'avrebbero trovato?»

«Magari, quando hanno controllato, il veleno era già defluito via del tutto.»

«Ma la vittima usava solo acqua in bottiglia per preparare il caffè.»

«Così pare» ammise Yukawa. «Ma chi l'ha detto, di preciso?»

«La moglie.» Appena pronunciate quelle parole, Kusanagi si morse il labbro e fissò Yukawa.«E ovviamente pensi che abbia mentito, anche se non l'hai mai vista. Cosa diavolo ti ha messo in testa Utsumi?»

«Utsumi ha una sua opinione e ne ha tutto il diritto. Io non sto facendo altro che formulare un'ipotesi basandomi su prove oggettive e verificabili.»

«E secondo la tua ipotesi l'assassino è la moglie?»

Yukawa lo ignorò. «Ho riflettuto sulla questione del perché la moglie ti abbia raccontato dell'acqua in bottiglia. Ci sono due possibilità. Una è che l'affermazione "Il signor Mashiba usava solo acqua in bottiglia" sia falsa. L'altra è che sia vera. Se l'affermazione è vera, non ci sono problemi; sta solo facendo del suo meglio per aiutare le indagini. E anche se Utsumi continuasse a sostenere che la moglie è colpevole, io non sono così testardo. Il vero problema sorge se l'affermazione è falsa. Innanzitutto perché suggerirebbe che la moglie ha avuto un ruolo nell'omicidio – ma anche che aveva un motivo per raccontare quella menzogna. Così ho riflettuto sull'effetto che la sua affermazione ha avuto sulle indagini della polizia.» Yukawa si inumidì le labbra e continuò. «Prima gli agenti hanno esaminato le bottiglie vuote per assicurarsi che non contenessero tracce di veleno. Allo stesso tempo hanno trovato del veleno nel bollitore, il che li ha spinti a pensare che l'assassino avesse messo il veleno nel bollitore. E questo ovviamente fornisce alla moglie un alibi di ferro.»

Kusanagi scosse lentamente la testa. «Non ti seguo. Anche se la moglie non ci avesse dato questa informazione, la scientifica avrebbe controllato comunque l'impianto idrico e le bottiglie. Di fatto, precisando che suo marito usava solo acqua in bottiglia, la donna ha *compromesso* il proprio alibi. Per esempio, tanto per cominciare Utsumi non ha ancora abbandonato l'idea che il veleno fosse in una bottiglia.»

«Proprio così» disse Yukawa. «Molta gente la penserebbe proprio come la detective Utsumi. Viene da chiedersi se tutta questa storia dell'acqua in bottiglia non sia una trappola tesa apposta per persone come lei.»

«Eh?»

«Chiunque sospetti della moglie non riuscirebbe a togliersi dalla testa l'idea che il veleno sia stato aggiunto nell'acqua in bottiglia, perché è convinto che sia l'unico modo possibile. Ma se avesse usato un sistema diverso, i sostenitori del veleno nella bottiglia continuerebbero a spremersi le meningi all'infinito, senza arrivare mai alla verità. Se questa non è una trappola, allora cos'è? Ci ho pensato parecchio. Se il marito non ha usato l'acqua in bottiglia...» all'improvviso Yukawa si fermò. Era pietrificato, e guardava oltre le spalle di Kusanagi.

Kusanagi si voltò e rimase immobile, sbigottito come Yukawa.

Sulla soglia del salotto c'era Ayane Mashiba.

Sedici

«Ehm, salve… ci siamo permessi di entrare» riuscì a dire Kusanagi dopo una lunga pausa. Si rese conto di aver detto un'idiozia appena le parole gli uscirono di bocca. «È venuta a controllare che tutto sia a posto?»

«No» rispose Ayane. «Devo solo prendere dei vestiti. Posso chiederle chi è questo signore?»

«Oh, è Yukawa, un professore di fisica dell'Università Imperiale.»

Yukawa rimase zitto.

«Un professore universitario?» domandò Ayane, evidentemente perplessa.

«E un amico, in realtà» spiegò Kusanagi. «Aiuta spesso il nostro dipartimento nelle, ehm, indagini scientifiche… per questo è qui oggi.»

«Ah, capisco» rispose Ayane. Pur essendo ancora perplessa, non fece altri commenti. Chiese, invece: «È un problema se tocco qualcosa?».

«Nient'affatto. È libera di fare come le pare. Mi scusi se ci siamo attardati.»

«Non deve chiedermi scusa.» Ayane andò verso il corridoio, ma dopo due passi si fermò e si girò di nuovo verso Kusanagi e il fisico. «Non so se posso chiedervelo, ma cosa state cercando di preciso?»

«Oh, be'…» cominciò Kusanagi inumidendosi le labbra. «Be',

non abbiamo ancora capito bene come sia finito il veleno nel caffè, così stavamo facendo qualche verifica. Spero che non le dispiaccia. Non ci metteremo molto.»

«No, non mi dispiace affatto» disse lei. «Ero solo curiosa. Ma non voglio interrompervi. Se avete bisogno di qualcosa mi trovate al piano di sopra.»

«Bene, grazie.»

Ayane fece un piccolo inchino a Kusanagi e si voltò per congedarsi, ma Yukawa intervenne all'improvviso: «Posso farle una domanda?».

La vedova si fermò. «Sì?» Dall'espressione era chiaro che non si fidava del nuovo arrivato.

«Sul lavello in cucina c'è un sistema di filtraggio dell'acqua. Immagino che sostituisca regolarmente il filtro: si ricorda quand'è stata l'ultima volta che l'ha fatto?»

«Oh, quello...» Ayane si avvicinò e guardò in cucina. Si accigliò appena posato lo sguardo sul lavello. «In realtà mi sa che non l'ho mai cambiato.»

«Nemmeno una volta?» chiese il fisico, chiaramente sorpreso.

«Pensavo di chiamare la ditta di manutenzione uno di questi giorni. Il filtro è ancora quello che hanno montato quando ci siamo trasferiti qui; avrà più o meno un anno. E se non ricordo male, il tecnico mi ha detto che è il momento giusto per cambiarlo.»

«Quindi è passato un anno dall'ultima volta che il filtro è stato sostituito?»

«Ho... fatto qualcosa di sbagliato?»

«No, no, assolutamente» disse Yukawa. «Ero solo curioso. Ma le consiglio di farlo cambiare. Ci sono delle ricerche che indicano come i filtri vecchi in realtà possano fare più male che bene.»

«Bene, provvederò subito» disse Ayane. «Ma prima dovrò ripulire sotto il lavello. C'è un tale disordine lì sotto.»

«È così in tutte le case» disse Yukawa. «Dovrebbe vedere che covo di scarafaggi c'è sotto il lavandino del nostro laboratorio – anche se non dovrei paragonare il mio laboratorio a un'abitazione...» Yukawa lanciò un'occhiata a Kusanagi prima di continuare. «Se avesse il numero del tecnico a portata di mano, sono sicuro che il detective Kusanagi potrebbe chiamarlo per lei. Meglio non aspettare, dopotutto.»

Kusanagi lanciò uno sguardo sorpreso a Yukawa, ma il fisico lo ignorò e continuò a guardare Ayane. «Non le sembra una buona idea?»

«Intende proprio ora?»

«Sì, se per lei va bene. A dire il vero la cosa potrebbe aiutarci con le indagini, quindi prima è meglio è.»

«Be', se è così non ho assolutamente nulla in contrario.»

Yukawa sorrise e si girò di nuovo verso Kusanagi. «Ecco. Ora sai cosa devi fare.»

Kusanagi fulminò il fisico con lo sguardo, ma ormai conosceva l'amico abbastanza bene per sapere che non lo faceva per divertimento. Qualunque cosa avesse in mente, aveva un suo scopo. «Potrebbe darmi il numero?» chiese ad Ayane. «Se non le dispiace...»

«Certo, solo un attimo.»

Kusanagi aspettò che la signora lasciasse la stanza per lanciare un'altra occhiataccia a Yukawa. «Avresti almeno potuto avvertirmi.»

«Non ho avuto tempo. E poi, prima che attacchi con le lamentele, credo che dovresti fare una cosa.»

«Dimmi.»

«Chiama la scientifica. Non vorrai che il tecnico del sistema di filtraggio distrugga le prove, vero? Anzi, dovrebbe essere proprio un agente della scientifica a rimuovere il filtro.»

«Vuoi che la scientifica porti via il vecchio filtro?»

«Sì, e anche il tubo connettore» disse Yukawa a bassa voce. Nei suoi occhi c'era il bagliore freddo di uno scienziato che aveva appena intravisto la sua soluzione. Kusanagi deglutì quando Ayane tornò nel salotto.

*

Circa un'ora dopo, un agente della divisione scientifica della Polizia metropolitana aveva tolto il filtro e il tubo del sistema di filtraggio dal lavello, sotto lo sguardo attento di Kusanagi e Yukawa. L'agente mise le due parti dentro un contenitore con estrema attenzione, vedendo di non smuovere lo spesso deposito che si era accumulato all'interno.

«Me ne occuperò subito» disse al detective prima di uscire.

Il tecnico dell'azienda arrivò poco dopo e Kusanagi lo guardò mentre cominciava a montare filtro e tubo prima di tornare in salotto. Ayane era seduta sul divano con un'espressione cupa. Accanto a lei c'era una borsa con i vestiti che aveva preso dalla sua stanza.

È ancora decisa a stare lontana da qui per un po', notò Kusanagi.

«Mi dispiace per il disturbo» si scusò il detective.

«No, si figuri» rispose lei. «Sono contenta che alla fine abbiano cambiato il filtro.»

«Parlerò con il comandante perché pensino loro al conto.»

«Non si preoccupi. Sarò io a usarlo, dopotutto.» Ayane sorrise debolmente prima di tornare seria. «C'era qualcosa che non andava nel filtro? È lì che è stato messo il veleno?»

«Non lo sappiamo ancora. Stiamo solo vagliando ogni possibilità.»

«Be', se si tratta del filtro, come avrebbero fatto a metterci dentro il veleno?»

«Ehm, bella domanda...» disse Kusanagi guardando verso Yukawa, che era in piedi sulla soglia della cucina e osservava il tecnico al lavoro. «Ehi, Yukawa» lo chiamò.

Yukawa si voltò, ma verso Ayane, non verso il detective. «È vero che suo marito beveva solo acqua in bottiglia?» chiese il fisico.

Kusanagi aspettò un momento per vedere la reazione di Ayane.

La donna annuì. «Sì. Per questo ne teniamo sempre una scorta in frigo.»

«Mi hanno riferito che le chiedeva di usare acqua in bottiglia anche per preparare il caffè, è così?»

«Sì, è così.»

«Ma anche che lei non l'usava sempre. Giusto?»

Kusanagi rimase sorpreso: non aveva raccontato quei particolari a Yukawa; evidentemente Utsumi gli stava dando delle informazioni riservate. Kusanagi pensò al volto sorridente della detective e si accigliò.

«Be', no. Non è molto conveniente» rispose Ayane, addolcendosi. «E onestamente, non ho mai pensato che l'acqua del rubinetto facesse così male come diceva mio marito. Inoltre, l'acqua calda ci mette meno a bollire. Ma dubito che se ne sia mai accorto.»

«Ha ragione» disse il fisico. «Non credo che usare l'acqua del rubinetto al posto di quella minerale possa modificare il gusto del caffè.»

Che perle di saggezza, da uno che beveva solo caffè solubile. Kusanagi lanciò all'amico uno sguardo derisorio.

Yukawa non se ne accorse, oppure decise di non farci caso. «La donna che ha preparato il caffè domenica» disse. «Come si chiamava? La sua assistente...»

«Hiromi Wakayama» gli ricordò Kusanagi.

«Esatto, la signorina Wakayama. Quindi... ha usato anche lei l'acqua del rubinetto, su sua indicazione? E non è successo nulla. Il che fa pensare che il veleno probabilmente fosse nell'acqua in bottiglia. Ma c'è dell'altra acqua disponibile qui, l'acqua filtrata dal sistema di filtraggio montato accanto al rubinetto normale. Può darsi che per qualche motivo, forse per evitare di sprecare l'acqua in bottiglia nel frigo, suo marito abbia usato quest'acqua, il che mi spinge a sospettare del filtro dell'acqua.»

«Sì, è vero... ma è possibile avvelenare un sistema di filtraggio? Voglio dire, non filtrerebbe anche il veleno?»

«Non necessariamente. In ogni caso sono sicuro che la scientifica ci saprà dire di più.»

«Be', se il veleno era nel sistema di filtraggio, chi può avercelo messo?» chiese Ayane, guardando Kusanagi. «So che ve l'ho già detto centinaia di volte, ma venerdì sera abbiamo avuto gente a cena e il filtro dell'acqua era a posto.»

«Così sembrerebbe» disse Yukawa. «Questo significa che, se è stato avvelenato, è successo dopo. E se ammettiamo che l'assassino volesse avvelenare solo suo marito, allora avrebbe dovuto aspettare un momento in cui era solo.»

«Cioè dopo la mia partenza – ammesso che non sia io l'assassino, ovviamente.»

«Proprio così» disse Yukawa.

«Vediamo di non correre troppo» li avvertì Kusanagi. «Non sappiamo ancora se il sistema di filtraggio è stato avvelenato.» Si scusò e uscì dal salotto inviando uno sguardo eloquente a Yukawa.

Kusanagi rimase all'ingresso finché Yukawa non lo raggiunse. «Che stai facendo?» chiese all'amico, con voce bassa ma tagliente.

«In che senso, che sto facendo?»

«E me lo chiedi? Le stai praticamente *dicendo* che è la principale sospetta. Non schierarti dalla parte di Utsumi solo perché è stata lei a venire da te.»

Yukawa corrugò la fronte. Sembrava sorpreso. «Mai sentita cosa più assurda. Da quando mi sarei schierato dalla parte di Utsumi?

Sto solo analizzando i fatti in maniera del tutto razionale. Dovresti farlo anche tu. Quella povera donna sembra molto più lucida di te.»

Kusanagi si morse il labbro, ma proprio quando stava per rispondere sentì una porta che si apriva. Il tecnico stava uscendo dal salotto, seguito da Ayane.

«Ha sostituito il filtro» disse la donna.

«Grazie» disse Kusanagi al tecnico. «Per il conto...»

«Ho già pagato» disse Ayane.

«Oh» rispose Kusanagi debolmente.

Appena il tecnico se ne fu andato, Yukawa cominciò a rimettersi le scarpe, guardando Kusanagi.

«Bene, io vado. E tu?»

«Mi fermo un attimo. Devo chiedere ancora un paio di cose alla signora Mashiba.»

«Capisco. Be', la ringrazio per il suo tempo» disse Yukawa ad Ayane, abbassando la testa.

«Si figuri» rispose lei mentre il fisico si allontanava. Kusanagi lo guardò uscire, sospirando. «Le chiedo scusa per tutto questo. Non è cattivo, solo non è molto delicato. Direi un po' bizzarro.»

«Oh?» Ayane sembrava sorpresa. «Non deve chiedermi scusa. A me è sembrato gentile.»

«Be', meglio così.»

«Ha detto che è professore all'Università Imperiale? Che strano. Se penso a un professore, m'immagino un uomo tranquillo, riservato. Ma lui non mi è sembrato così, non trova?»

«C'è di tutto anche tra gli accademici, e lui in particolare è un caso speciale.»

Ayane sorrise. «Sembrate molto amici.»

«Oh, be'... mi sono scordato di dirle che eravamo compagni di università. Ma in facoltà diverse.»

Tornarono in salotto, dove Kusanagi raccontò ad Ayane che lui e Yukawa frequentavano lo stesso club di badminton e che il fisico aveva cominciato ad aiutarlo nelle indagini in occasione di un caso particolarmente spinoso.

«Ho sempre pensato che sia una bella cosa riuscire a rimanere in contatto con i vecchi amici lavorando insieme.»

«Sì. Be', a volte può essere un po' faticoso.»

«Oh, non credo proprio. Vi invidio.»

Kusanagi sorrise. «Almeno lei ha un'amica con cui andare alle terme, quando torna dai suoi.»

Ayane annuì, poi le venne in mente qualcosa: «È vero, è stato a trovare i miei genitori. Me l'ha detto mia madre».

«Già, dovevamo seguire ogni pista. Non so se il viaggio sia servito a molto, ma è un rischio che bisogna correre» si affrettò ad aggiungere Kusanagi.

Ayane gli sorrise. «Certo. È molto importante sapere se sono davvero tornata a casa dai miei o no. Capisco.»

«Mi fa piacere che sia così comprensiva. Non voglio che pensi che ce l'abbiamo con lei.»

«Mia madre mi ha detto di averla trovata molto gentile, come detective. Così le ho detto che forse le indagini non sarebbero state insopportabili.»

Kusanagi ridacchiò e si grattò il collo, imbarazzato.

«E ha conosciuto la mia amica, la signorina Motooka, quella con cui sono andata alle terme?» chiese Ayane.

«In realtà è stato la detective Utsumi a parlare con lei. Mi ha detto che la signorina Motooka era preoccupata per lei anche prima dello... sfortunato incidente. L'ha trovata molto più stanca di quando non era ancora sposata.»

Ayane fece un sorriso triste e sospirò. «Ha detto così? Eh, i vecchi amici. Anche se fai di tutto per nasconderlo, riescono comunque a leggerti dentro.»

«Ma non le ha detto che suo marito le aveva chiesto il divorzio?»

Ayane scrollò la testa. «Non mi è proprio venuto in mente di dirglielo. Volevo solo non pensare a niente, per un po'... e in realtà non sentivo il bisogno di parlarne con qualcuno. Sa, prima di sposarci ci eravamo fatti una promessa: se non fossimo riusciti ad avere un figlio ci saremmo lasciati. Ovviamente non l'ho mai detto ai miei genitori.»

«Ho saputo, dal signor Ikai, che per suo marito il matrimonio significava soprattutto avere dei figli, e poco altro. Devo ammettere che mi ha sorpreso sapere che esistono uomini del genere.»

«Oh, anch'io volevo un figlio» spiegò Ayane. «Credevo che ne avremmo avuto uno subito, quindi non ho mai pensato molto a quella promessa. Ma dopo un anno di tentativi falliti... Gli dèi possono essere molto crudeli, a volte.» Abbassò un attimo lo sguardo. «Lei ha figli, detective Kusanagi?»

Kusanagi sorrise timidamente e la guardò. «Sono single.»

«Oh» disse lei, aprendo leggermente la bocca. «Mi dispiace.»

«Non c'è n'è motivo. A volte mi dicono che dovrei sbrigarmi, ma è difficile quando non hai nessuno... Anche il mio amico Yukawa è single.»

«Sì, l'ho pensato anch'io. Non ha proprio l'aria del padre di famiglia, vero?»

«Be', a differenza del suo defunto marito, lui detesta i bambini. È esasperato dalla loro "incapacità di ragionare". »

«È proprio un tipo *interessante.*»

«Glielo riferirò. In realtà, non per cambiare argomento, ma vorrei chiederle una cosa su suo marito.»

«Sì?»

«C'erano pittori tra le sue amicizie?»

«Pittori? Intende degli artisti?»

«Sì. Non necessariamente amicizie recenti. Magari qualcuno che le ha detto di aver frequentato in passato.»

Ayane rifletté un attimo, poi lo guardò incuriosita. «Questa persona è coinvolta nel caso?»

«Non lo so. L'altro giorno mi pare di averle detto che stiamo cercando tra le relazioni passate di suo marito. E abbiamo scoperto che forse frequentava una specie di pittrice.»

«Capisco. Be', mi dispiace ma non ne ho mai sentito parlare. A che periodo si riferisce, più o meno?»

«Non so esattamente, ma direi all'incirca due o tre anni fa.»

«Mi dispiace» disse Ayane dopo averci pensato un attimo. «Se frequentava qualcuno del genere, non me ne ha mai parlato.»

«Capisco, non si preoccupi.» Kusanagi guardò l'orologio e si alzò dal divano. «Mi scusi se le ho rubato così tanto tempo. Ora devo andare.»

«Anch'io torno in hotel» disse Ayane alzandosi e prendendo la borsa.

I due uscirono insieme. Ayane chiuse a chiave la porta.

«Lasci che le porti la borsa. Facciamo due passi insieme finché non troviamo un taxi» disse Kusanagi allungando una mano.

Ayane lo ringraziò e gli passò la borsa. Poi, voltandosi a guardare la casa, disse sommessamente: «Chissà se un giorno potrò tornare».

Non sapendo cosa rispondere, Kusanagi continuò a camminarle accanto in silenzio.

Diciassette

Secondo la tabella appesa alla porta del laboratorio, Yukawa era da solo all'interno – proprio come Utsumi aveva sperato. La detective bussò alla porta.

«Avanti» fu la secca risposta. Entrando, Utsumi trovò Yukawa intento a prepararsi un caffè. Stava usando filtro e colino.

«Che tempismo» disse Yukawa versando due tazze.

«Mi stupisce. Non usa più la sua macchina per il caffè?»

«Esatto. Oggi mi sento un po' snob. Ho perfino usato l'acqua minerale» disse Yukawa porgendole una tazza.

«Grazie.» Utsumi ne bevve un sorso. Capì subito che non aveva cambiato il tipo.

«Allora? Com'è?» chiese Yukawa.

«Delizioso.»

«Più del solito?»

Utsumi esitò un attimo. «Posso dirle la verità?»

Yukawa tornò verso la sua sedia scoraggiato. «Non ce n'è bisogno. Mi sa che la sua reazione è identica alla mia.» Guardò dentro la sua tazza di caffè. «Sa, poco fa ho usato l'acqua del rubinetto per preparare il caffè e ho ottenuto lo stesso risultato, o almeno, un risultato così simile da non capire la differenza.»

«Credo che nessuno saprebbe trovare differenze, in realtà.»

«Eppure gli esperti sono convinti che il sapore cambi a seconda dell'acqua» disse Yukawa prendendo un foglio dalla sua scrivania.

«L'acqua ha una sua durezza, che si calcola confrontando il totale degli ioni di calcio e di magnesio con il contenuto di carbonato di calcio. Se il rapporto è basso, l'acqua è molle. Se è un po' più alto, la durezza è media. Se sale ancora, l'acqua è dura.»

«Ne ho sentito parlare.»

«Pare che l'acqua molle sia la più adatta per cucinare. Il motivo è il contenuto di calcio. Se, per esempio, si usa un'acqua ricca di calcio nel cucinare il riso, il calcio si lega alle fibre del riso e si finisce col renderlo più secco.»

Utsumi storse un sopracciglio. «Non va bene per il sushi.»

«Al contrario, se si vuole preparare del brodo di carne è meglio l'acqua dura. Il calcio si lega al liquido in eccesso nella carne e nelle ossa, facendolo salire in superficie e permettendo quindi di toglierlo. Dovrò tenerlo a mente la prossima volta che preparo un consommé.»

«Lei cucina?»

«A volte» rispose Yukawa mettendo giù il foglio.

Utsumi cercò di immaginare il professore ai fornelli. Lo vide chino sopra una pentola di zuppa aggiustare con cura la quantità di acqua e l'intensità della fiamma come in una specie di esperimento scientifico.

«Allora, cos'ha da dirmi?» chiese Yukawa.

«Ho i risultati della scientifica» disse Utsumi togliendo una cartellina dalla sua borsa a tracolla.

«Sentiamo.» Yukawa sorseggiò il caffè.

«Non hanno trovato nessuna traccia di acido arsenioso né nel filtro né nel tubo. Però hanno osservato che, anche se ci fosse stato del veleno, far scorrere una quantità sufficiente di acqua nel filtro sarebbe bastato a cancellare ogni traccia. Poi arrivano le cose complicate» proseguì Utsumi, facendo un respiro profondo prima di continuare. «Sia nel filtro che nel tubo c'era un discreto strato di sporco, quindi è improbabile che siano stati manomessi. Se fossero stati rimossi di recente, sarebbero rimaste delle tracce. C'è dell'altro: a quanto pare gli uomini della scientifica hanno controllato anche sotto il lavello il giorno della morte del signor Mashiba. Hanno spostato i contenitori che erano davanti al filtro e hanno confermato che solo nel punto in cui c'erano questi oggetti non si era accumulata la polvere.»

«Quindi non solo il filtro, ma anche il vano sotto il lavello non è stato toccato da un po' di tempo?»

«Così pensano quelli della scientifica.»

«Be', sono d'accordo con loro. È la stessa impressione che ho avuto anch'io la prima volta che ho guardato là sotto. Ma c'è un'altra cosa che avrebbero dovuto controllare.»

«So cosa sta per dire. Il veleno potrebbe essere stato immesso nel filtro dall'altra parte – dal rubinetto, giusto?»

«È una curiosità legittima. Qual è la loro risposta?»

«Anche se in teoria è possibile, in pratica è irrealizzabile.»

Yukawa prese un altro sorso dalla sua tazza e assunse un'espressione accigliata – non per il caffè, pensò Utsumi.

«Come ha suggerito lei, gli agenti hanno provato a usare un tubicino lungo e sottile, come quelli per la gastroscopia, infilandolo nel rubinetto fino al filtro. Poi hanno immesso il veleno nel tubo; ma non ha funzionato. Il problema è che la giunzione che collega il rubinetto al filtro praticamente è ad angolo retto e non sono riusciti a farci passare il tubicino. Certo, se si usasse uno strumento apposito con un'estremità manovrabile...»

«Okay, basta così» disse Yukawa grattandosi la testa. «Non credo che il nostro assassino sia arrivato a tanto. Mi sa che dovrò rinunciare alla teoria del filtro. Peccato: ci speravo. Ora dobbiamo cambiare di nuovo strategia. Dovrà pur esserci un punto debole da qualche parte.»

Versò nella tazza il caffè rimasto nella caraffa. Ne rovesciò un po', e Utsumi lo sentì digrignare i denti.

Allora si innervosisce anche lui, pensò. *È un problema così semplice: dove ha messo il veleno,* l'*assassino? Eppure non riesce a capirlo. Nessuno di noi ci riesce.*

«Che combina il nostro amico, famoso de0tective?» chiese Yukawa.

«È andato all'ufficio del signor Mashiba per fare altre domande.»

«Hmm.»

«L'ha sentito?»

Yukawa scosse la testa. «Ero con lui l'altro giorno. Abbiamo incontrato la signora Mashiba.»

«L'ho saputo.»

«Abbiamo scambiato due chiacchiere. È una donna molto bella. Incantevole, direi.»

«Ha subito il suo fascino, professore?»

«La mia era solo un'osservazione oggettiva. Ed ero un po' preoccupato per Kusanagi.»

«Davvero? È successo qualcosa?»

«Non è successo nulla in sé, si tratta solo di un'altra osservazione. Ma per capirla devo raccontarle un aneddoto.

Una volta, quando eravamo all'università, Kusanagi aveva trovato due gatti randagi. Dei gattini, in realtà, appena nati. Erano molto deboli e a detta di tutti non sarebbero sopravvissuti a lungo. Ma lui li portò comunque nella sua stanza, saltando le lezioni per prendersi cura di loro. Diede loro del latte usando un contagocce. Uno dei suoi amici gli chiese: "Perché lo fai? Tanto moriranno comunque". Ricordo ancora la sua risposta: "E allora?". Non disse altro.» Yukawa fissò per un attimo il vuoto. «Mentre guardava quella donna, Kusanagi aveva lo stesso sguardo di quando si occupò di quei gattini. Sa che qualcosa non torna. E allo stesso tempo si sta ripetendo: "E allora?".»

Diciotto

Kusanagi era seduto sul divano della reception e osservava un quadro raffigurante una rosa solitaria su uno sfondo nero. L'immagine gli era in qualche modo familiare; forse l'aveva già vista su una bottiglia di vino.

«Perché le interessa tanto quel quadro?» chiese Kishitani. «Non l'ha fatto quella donna. Guardi: c'è una firma straniera.»

«Non sono così idiota» disse Kusanagi voltandosi. In verità non aveva visto la firma fino a quando Kishitani non gliel'aveva fatta notare.

L'aiuto detective si girò intorno e guardò di nuovo il dipinto. «È difficile che abbia tenuto i lavori di un'ex fidanzata. Se fossi stato lui, mi sarei sbarazzato di ogni cosa.»

«Tu. Ma Yoshitaka Mashiba forse no.»

«Crede? Qui non si tratta di tenere qualcosa a casa, in privato. È la sua azienda, un luogo pubblico. Non so. A me seccherebbe vederli sempre lì appesi.»

«Magari non li esponeva.»

«Chi si porterebbe dei quadri in ufficio per tenerli nascosti? Mi sembra un po' strano. Come lo spiegherebbe a un dipendente, se li trovasse?»

«Non so... magari che glieli ha regalati qualcuno.»

«Sarebbe ancora più strano. Se qualcuno ti regala un quadro, di solito lo appendi. Nel caso che questa persona ti passi a trovare...»

«La pianti, Kishitani? Senti, non credo che Yoshitaka Mashiba fosse il tipo da preoccuparsi di cose del genere.»

In quell'istante una donna con un completo bianco uscì da una porta accanto al bancone della reception. Aveva occhiali dalla montatura sottile e capelli corti. «Scusate se vi ho fatti aspettare» disse. «Il detective Kusanagi...?» il suo sguardo indugiò tra i due uomini.

«Sono io Kusanagi» disse il più anziano alzandosi in piedi. «Grazie per averci ricevuti.»

«Di niente.» La donna porse il suo biglietto da visita, che la presentava come Eiko Yamamoto, responsabile delle relazioni pubbliche.

«Volevate dare un'occhiata agli effetti personali dell'ex direttore?»

«Sì, se possibile.»

«Certamente. Da questa parte, prego.»

Li condusse in una stanza; sulla porta una targhetta indicava SALA RIUNIONI.

«Non li avete lasciati nel suo ufficio?» chiese Kusanagi.

«È già arrivato il nuovo direttore. Purtroppo oggi non c'è, altrimenti vi avrebbe accolto di persona.»

«Non si preoccupi. Mi fa piacere sapere che avete già un nuovo capo.»

«Sì. Abbiamo preparato l'ufficio subito dopo il funerale. Le cose inerenti al lavoro sono rimaste là, ma abbiamo spostato qui tutti gli effetti personali del signor Mashiba. Pensavamo di spedirli a casa sua e quindi non abbiamo buttato via niente. Così ci ha consigliato il signor Ikai, il nostro consulente legale.»

La signora Yamamoto non sorrideva mai. Il suo tono di voce era guardingo, come se stesse scegliendo ciascuna parola con attenzione. Il messaggio era chiaro: "L'azienda non c'entra nulla con la morte del direttore, quindi perché dovreste pensare che abbiamo distrutto le prove?".

Nella sala riunioni erano stati accatastati alcuni scatoloni di diverse dimensioni. Kusanagi vide anche delle mazze da golf, un trofeo, un massaggiatore meccanico per i piedi. *Nessun quadro in vista.*

«Possiamo dare un'occhiata?» chiese Kusanagi.

«Certamente, fate con comodo. Posso portarvi qualcosa da bere, se vi va. Cosa gradite?»

«Siamo a posto così, grazie. Molto gentile.»

«Molto bene» si congedò la signora Yamamoto. Uscì dalla stanza con un'espressione glaciale sul volto.

Kishitani guardò la porta che si chiudeva e si strinse nelle spalle. «Non molto calorosa come accoglienza, eh?»

«Perché? Di solito ti accolgono a braccia aperte, detective? Ringrazia il cielo che ci ha fatti entrare qui dentro.»

«Mi sarei aspettato che fosse un po' più interessata ad aiutarci a risolvere il caso, per il bene dell'azienda se non altro. Oppure non so, poteva almeno sorridere ogni tanto. Sembrava un robot.»

«Per quel che riguarda l'azienda, a patto che la notizia si ridimensioni in fretta, non ha importanza che il caso venga risolto o meno. La nostra stessa presenza nell'edificio crea dei problemi. Immagina di dover star dietro al nuovo direttore e di trovarti in continuazione la polizia tra i piedi. Sorrideresti se fossi in lei? Comunque, bando alle chiacchiere.» Kusanagi s'infilò un paio di guanti di lattice. «Vediamo di cominciare.»

Kusanagi era ansioso di trovare qualcosa di importante. Ogni minima sembianza di progresso serviva a distrarlo dalla sua preoccupazione più grande: che non avessero nient'altro su cui basarsi se non un indizio che una delle ex di Yoshitaka potesse essere stata una pittrice. Non sapevano nemmeno che genere di dipinti facesse.

«Non credo si possa dire che fosse un'artista solo perché andava in giro con un album da disegno» disse Kishitani aprendo lo scatolone più vicino. «Magari era una stilista o una disegnatrice di fumetti.»

«Questo è vero» ammise Kusanagi. «Vedi di ricordare tutte le possibilità mentre guardiamo questa roba. Forse si occupava di mobili o di architettura.»

«D'accordo» mormorò Kishitani.

«Non mi sembri molto entusiasta.»

L'aiuto detective lanciò a Kusanagi uno sguardo affranto. «L'entusiasmo non c'entra. È che non capisco. Non abbiamo trovato uno straccio di prova che dimostri che qualcuno, oltre a Hiromi Wakayama, sia venuto a casa dei Mashiba il giorno del delitto.»

«Lo so. Ma possiamo affermare con sicurezza che non ci sia stato nessun altro?»

«Be'...»

«Se non c'è stato nessuno, come ha fatto l'assassino a mettere il veleno nel bollitore?»

Kishitani fissò il suo superiore senza dire nulla.

«Non sai rispondere, eh?» continuò Kusanagi. «È ovvio. Anche Yukawa, il grande detective Galileo, brancola nel buio. Questo perché la risposta è fin troppo semplice. Non c'è stato nessun trucco. L'assassino è entrato in casa, ha messo il veleno nel bollitore e se n'è andato. Tutto qui. E credo di aver già spiegato perché non riusciamo a trovare delle prove su chi sia stato.»

«Perché era qualcuno che il signor Mashiba voleva tenere nascosto, quindi la visita era un segreto.»

«Ma allora mi hai ascoltato! E quando un uomo vuole tenere nascosto con chi si è incontrato, la prima cosa da fare è cercare una donna. È l'ABC dell'investigazione. Qualcosa da obiettare?»

«No.» Kishitani scosse la testa.

«Allora se sei d'accordo con questa idea, torniamo al lavoro. Non possiamo star qui all'infinito.»

Kishitani annuì e tornò silenziosamente al suo scatolone.

Kusanagi sospirò tra sé. *Perché ti agiti tanto?* si chiese. Sapeva che non doveva prendersela per una semplice domanda di un collega, ma per qualche motivo si era innervosito.

Si rese conto di qual era il problema: quello che stavano facendo aveva un senso? Era sempre meno sicuro che cercare tra le relazioni passate di Yoshitaka Mashiba avrebbe portato a qualcosa di concreto.

Era l'incertezza tipica di quasi tutte le indagini. Un detective che aveva paura di sbagliare avrebbe fatto meglio a cambiare lavoro. Ma allo stesso tempo Kusanagi sapeva che l'inquietudine che provava ora aveva tutt'altra origine.

Aveva paura che se non avessero trovato niente, sarebbero stati costretti a considerare Ayane Mashiba come principale sospetta. Non gl'importava cosa pensavano Utsumi e Kishitani. Era preoccupato di quello che sarebbe successo quando anche *lui* avrebbe cominciato a sospettare quella donna.

Era consapevole di come si sentiva ogni volta che era con lei – quella specie di tensione nervosa, come un coltello puntato alla gola. Qualcosa che gli faceva salire il sangue al cervello e gli dava una stretta al cuore. Ma quando si chiedeva perché, nella sua mente si delineava un'immagine che lo rendeva ancora più inquieto.

Kusanagi aveva conosciuto un sacco di brave persone, ammirevoli, che si erano trasformate in assassini perché spinte dalle circostanze. Gli sembrava sempre di percepire qualcosa in loro, come una specie di aura. Era come se il trasgredire li liberasse dai confini dell'esistenza mortale, permettendo loro di percepire le grandi verità dell'universo. Allo stesso tempo, si muovevano in un territorio proibito, al confine tra ragione e follia.

Ecco cosa provava Kusanagi quando era in presenza di Ayane. Poteva cercare di negarlo, ma il suo sesto senso come detective non lo ingannava. *Quindi sto seguendo delle piste impossibili per tenere lontani i miei stessi dubbi.* Kusanagi scrollò la testa. Era la consapevolezza della propria testarda stupidità a renderlo così nervoso.

Passò un'ora. Non trovarono niente relativo a nessuna pittrice – o a qualcuno che lavorasse con un album da disegno. Negli scatoloni c'erano quasi esclusivamente regali o souvenir di vario genere.

«Secondo lei cos'è?» Kishitani alzò un oggetto imbottito. A prima vista sembrava una barbabietola, con tanto di foglie verdi sulla cima.

«È una barbabietola.»

«Esatto! Ma è anche un alieno.»

«E perché?»

«Guardi qui» disse Kishitani mettendo la barbabietola a testa in giù sul tavolo. Kusanagi notò che qualcosa assomigliava a una faccia sull'estremità in alto e che, se si consideravano le foglie come delle gambe, effettivamente il pupazzo ricordava uno di quegli alieni a forma di medusa dei cartoni animati.

«Incredibile» disse Kusanagi senza convinzione.

«C'è un'etichetta» continuò l'aiuto detective. «Il nostro amico si chiama Beetron, del pianeta Beetilex. Guardi l'etichetta: è stato fatto dall'azienda di Mashiba.»

«Okay, sentiamo. Perché me lo stai mostrando?»

«Chi l'ha inventato potrebbe aver usato un album da disegno.»

Kusanagi guardò il pupazzetto con più attenzione. «Hmm. Sì, può darsi.»

«Chiediamo a quella simpaticona della signora Yamamoto» disse Kishitani alzandosi.

La responsabile delle pubbliche relazioni arrivò poco dopo e quando vide il pupazzetto confermò: «Sì, l'abbiamo commissionato qualche tempo fa. È la mascotte di una animazione online di nostra produzione».

«Una animazione online?» si stupì Kusanagi.

«Era sulla nostra home page fino a tre anni fa. Volete vederla?»

«Con molto piacere» disse Kusanagi, con aria poco scherzosa.

Andarono in un ufficio, dove la signora Yamamoto cominciò ad aprire dei file sul computer finché sullo schermo non comparvero i titoli di apertura dell'animazione *Vai, Beetron!*. La donna premette play e il video partì, mostrando per circa un minuto il personaggio di Beetron alle prese con una storiella poco interessante.

«Quindi adesso non è più online?» chiese Kishitani.

«Per un po' ha avuto una certa fortuna – da qui quel pupazzetto imbottito. Ma le vendite non erano così buone, per cui è stato messo fuori produzione.»

«È stato uno dei vostri dipendenti a inventare il personaggio?» chiese Kusanagi.

«In realtà no. La persona che l'ha disegnato aveva postato alcune illustrazioni di Beetron sul suo blog e, avendo un certo seguito, l'abbiamo contattata per creare l'animazione.»

«Era un illustratore professionista?»

«No, un maestro di scuola. Non insegnava disegno.»

«Hmm.»

Kusanagi cominciava a intravedere una possibilità. Tatsuhiko Ikai aveva sottolineato che Mashiba non avrebbe mai permesso a un rapporto di lavoro di evolversi in una storia d'amore, ma forse era successo il contrario.

«Ah» disse Kishitani, digitando qualcosa sul computer. «Mi sa che è un altro buco nell'acqua, detective. Non è lei.»

«Come fai a saperlo?»

«Perché è un uomo. Guardi il suo profilo artistico.»

Kusanagi guardò lo schermo e si fece pensoso.

«Forse avremmo dovuto chiederglielo prima» disse Kishitani. «Pare che anche gli uomini sappiano disegnare dei bei pupazzetti.»

«Già, anch'io avevo pensato che fosse una donna» affermò Kusanagi grattandosi la testa.

«Scusatemi» disse la signora Yamamoto, inserendosi nella conversazione. «C'è qualche problema se il disegnatore è un uomo?»

«No, si tratta solo delle nostre indagini» spiegò Kusanagi. «Stiamo cercando qualcuno che possa indicarci la pista per chiudere il caso – e questo qualcuno doveva essere una donna.»

«Per "caso" intendete l'omicidio del signor Mashiba, vero?»

«Ovviamente.»

«E l'animazione c'entra qualcosa con questo?»

«Non posso scendere nei particolari; le basti sapere che se l'inventore dell'animazione fosse stato una donna, forse poteva avere a che fare con la morte del signor Mashiba… ma dato che questo signore evidentemente non è una donna…» Kusanagi sospirò e lanciò un'occhiata al collega. «Mi sa che per oggi abbiamo finito.»

«Già» acconsentì Kishitani, curvando le spalle.

La signora Yamamoto li accompagnò all'uscita, dove Kusanagi si voltò e ringraziò.

«Mi spiace averla disturbata e le chiedo scusa in anticipo se dovremo tornare ancora.»

«Nessun problema. Venite pure quando volete» disse la donna con un'espressione curiosa sul volto, molto diversa dal freddo contegno con cui li aveva accolti all'inizio.

I detective cominciarono ad allontanarsi, ma dopo un paio di passi sentirono la signora Yamamoto che li chiamava. «Detective?»

Kusanagi si voltò. «Sì?»

La donna si avvicinò di corsa e sussurrò: «C'è una sala d'aspetto al pianterreno del palazzo: potete aspettarmi un attimo lì? C'è una cosa di cui volevo parlarvi, ma non qui».

«Riguarda il caso?»

«Non ne sono sicura. In realtà ha che fare con l'"alieno barbabietola". Con l'illustratore.»

Kusanagi e Kishitani si scambiarono uno sguardo. «Certamente.»

«Vi raggiungerò il prima possibile» disse la donna, scomparendo di nuovo dentro il suo ufficio.

La sala al pianterreno era spaziosa. Kusanagi bevve un caffè e guardò con insofferenza il cartello di divieto di fumo appeso alla parete.

«Secondo lei cosa ci deve dire?» domandò Kishitani.

«Chissà. Dubito che un illustratore dilettante – un uomo – possa avere a che fare con il caso. Ma stiamo a vedere.»

La signora Yamamoto arrivò poco dopo. Si guardò attorno prima di mostrare una busta grande circa la metà di un comune foglio di carta.

«Scusate se vi ho fatto aspettare» disse, sedendosi di fronte a loro. Una cameriera si avvicinò al tavolo ma la signora Yamamoto la congedò con un cenno.

Non vuole fermarsi a lungo, pensò Kusanagi. «Di cosa ci voleva parlare?»

La donna si guardò attorno di nuovo, poi si chinò in avanti. «Dovete capire che si tratta di un'informazione confidenziale. Se per qualche motivo dovrete renderla pubblica... per piacere, non fate il mio nome.»

Kusanagi la guardò con attenzione. Avrebbe voluto dirle che il fatto che diventasse di dominio pubblico dipendeva dalla natura dell'informazione, ma allo stesso tempo non voleva giocarsi la possibilità di ricevere un indizio utile. Così rimase zitto. Non sarebbe stata la prima volta che non rispettava una promessa, ed era pronto a farlo di nuovo se necessario.

Annuì. «D'accordo, resterà tra noi.»

La signora Yamamoto si inumidì le labbra. «Quell'alieno barbabietola che stavate osservando prima… be', l'illustratore *era* una donna.»

«Eh?» disse Kusanagi sbarrando gli occhi. «Davvero?» Si raddrizzò sulla sedia. Le cose si facevano interessanti.

«Sì. Per una serie di motivi abbiamo dovuto mentire sulla pagina web.»

Kishitani annuì e cominciò a prendere appunti. «Non è così raro. Capita spesso che nomi, età e sesso online siano falsi.»

«Era falsa anche la storia del maestro di scuola?» chiese Kusanagi.

«No… o meglio, il maestro che abbiamo citato sul sito esiste davvero. Era lui a tenere il blog. Ma il personaggio è stato inventato da un'altra persona. La disegnatrice non aveva niente a che fare con lui.»

Kusanagi aggrottò la fronte e appoggiò i gomiti al tavolo. «Allora perché questo sotterfugio?»

La signora Yamamoto esitò un attimo prima di dire che in realtà era tutto programmato.

«Può spiegarsi meglio?»

«La storia che vi ho raccontato prima, quella dell'alieno diventato famoso sul blog del maestro di scuola e della nostra decisione di farne una animazione, in realtà è andata al contrario. Prima abbiamo deciso di produrre una animazione incentrata su un personaggio e, seguendo la nostra strategia di pubbliche relazioni, abbiamo deciso di presentare il personaggio su un blog privato. Poi abbiamo cominciato a lavorare online, ottimizzando il motore di ricerca e altre cose, per assicurarci che la gente vedesse il blog. Una volta che il personaggio ha cominciato ad avere popolarità, abbiamo pubblicato la storia progettata con il blogger e l'abbiamo lanciata.»

Kusanagi incrociò le braccia e borbottò. «Mi sembra un gran daffare, a dire il vero.»

«In rete, gli utenti rispondono meglio a quello che sembra spontaneo. È stata un'idea del nostro direttore.»

Kishitani guardò Kusanagi e annuì. «Ha ragione. Alla gente piace quando l'opera di uno sconosciuto si diffonde in maniera esponenziale.»

«Quindi, in definitiva,» proseguì Kusanagi «la disegnatrice era una vostra dipendente?»

«No. All'inizio abbiamo cercato alcuni disegnatori di manga e illustratori relativamente sconosciuti, e abbiamo chiesto loro di sottoporci delle idee per un personaggio; ne abbiamo scelto uno che ci piaceva, l'alieno barbabietola che avete visto anche voi. Abbiamo stretto un accordo di non divulgazione con la disegnatrice perché rimanesse segreto, e le abbiamo commissionato alcune illustrazioni da mettere sul blog del nostro maestro. È stata lei a fare tutto il lavoro iniziale, anche se a un certo punto abbiamo optato per un altro artista. Credo che ormai sia chiaro: pagavamo anche il maestro perché scrivesse il suo blog.»

«Che organizzazione» mormorò Kusanagi. «Non scherzava quando diceva che era tutto programmato.»

«Di questi tempi ci vuole un'attenta strategia per lanciare un personaggio nuovo» disse la signora Yamamoto con una risatina. «Anche se il nostro non ha funzionato granché.»

«Allora, chi era questa illustratrice?»

«Si occupava di libri per bambini, in origine. Aveva già pubblicato» confermò la signora Yamamoto estraendo un esile volume dalla busta che aveva in grembo.

Kusanagi prese il libro. S'intitolava *Forse domani pioverà* e narrava le avventure di un *teru teru bōzu*, una bambola di carta velina simile a un piccolo fantasma che i bambini costruivano per allontanare il cattivo tempo. L'illustratrice si chiamava Sumire Ucho, "Farfalla viola". *Se questo non è uno psudonimo...* pensò Kusanagi.

«Ha ancora rapporti con la vostra azienda?»

«No, dopo i primi disegni non ne ha più avuti. La compagnia detiene tutti i diritti del personaggio.»

«L'hai mai conosciuta di persona?»

«No, mi dispiace. Come vi ho detto, nessuno doveva sapere di lei. Solo il direttore e pochi altri l'hanno vista. I colloqui sono stati gestiti direttamente dal capo.»

«Dal signor Mashiba?»

«Sì. Credo che fosse il più grande fan dell'alieno barbabietola.» La signora Yamamoto fissò il detective.

Kusanagi abbassò di nuovo lo sguardo sul libro. C'era una piccola sezione dedicata all'autrice, ma nessun accenno al suo vero nome o alla sua età.

Tuttavia, era chiaro che questa donna sapesse il fatto suo. «Le dispiace se prendo in prestito il libro?»

«No, assolutamente.» Guardò l'orologio. «Ora devo scappare. Vi ho detto tutto quello che sapevo. Spero che vi sia d'aiuto.»

«Lo sarà senz'altro. La ringrazio» si congedò Kusanagi chinando la testa.

Quando la donna se ne fu andata, Kusanagi diede il libro al collega. «Potresti chiamare l'editore?»

«Crede che sia lei?»

«È possibile. Se non altro sappiamo che c'era qualcosa tra questa illustratrice e Yoshitaka Mashiba.»

«Mi sembra molto convinto.»

«È stato lo sguardo della signora Yamamoto a convincermi. Lei sospettava già da tempo che ci fosse qualcosa tra i due.»

«Allora secondo lei perché non ce l'ha detto prima? Gli agenti che abbiamo mandato all'azienda hanno chiesto a tutti informazioni sulle amicizie femminili del signor Mashiba.»

«Forse allora non ne era del tutto sicura. E poi non le abbiamo chiesto di parlarci delle ex amanti del direttore. Le abbiamo domandato solo dell'illustratore, e lei avrà fatto due più due e capito che forse il suo sospetto era fondato.»

«Interessante. Mi dispiace di averle dato del robot.»

«Puoi farti perdonare telefonando subito all'editore.»

Kishitani prese il cellulare e uscì dalla sala con il libro in mano. Kusanagi lo guardò telefonare nell'atrio del palazzo. Bevve il suo caffè, ormai freddo.

Kishitani fece ritorno cupo in volto.

«Non li hai trovati?»

«No, al contrario.»

«E non conoscevano nessuna signora Ucho?»

«No, la conoscevano.»

«Allora perché quella faccia?»

Kishitani aprì il suo taccuino. «Il suo vero nome è Junko Tsukui. Il libro è stato pubblicato quattro anni fa. Adesso è fuori catalogo.»

«Ti sei fatto dare il suo numero?»

«Non ha nessun numero.» Kishitani alzò lo sguardo dal taccuino. «È morta.»

«Cosa? Quando?»

«Due anni fa, in casa sua. Si è suicidata.»

Diciannove

Utsumi era alla centrale di polizia di Meguro intenta a scrivere una relazione quando Kusanagi e Kishitani entrarono con passo deciso e la solita espressione accigliata in volto.

«Il vecchio se n'è già andato?» chiese Kusanagi vedendola.

«No, credo che sia al reparto investigativo.»

Kusanagi uscì senza dire nulla, lasciando lì Kishitani.

«Sembra di cattivo umore» disse Utsumi.

Kishitani si strinse nelle spalle. «Siamo riusciti finalmente a rintracciare la vecchia fiamma di Yoshitaka Mashiba.»

«Davvero? E non siete contenti?»

«Be', poi è saltato fuori un imprevisto.» Si lasciò cadere su una sedia e raccontò la storia dell'alieno barbabietola e della sua illustratrice. «Alla fine siamo andati dall'editore» concluse «e ci siamo fatti dare una foto della donna da mostrare alla cameriera della sala da tè, che ha confermato che era l'ex fidanzata di Yoshitaka. Così si chiude quel capitolo, mandando a monte la teoria dell'ex amante che aveva in mente Kusanagi.»

«Ci credo che è arrabbiato.»

«Anch'io sono un po' deluso» disse Kishitani. «Corriamo da una parte all'altra tutto il giorno e finiamo sempre a mani vuote. Sono esausto.» Sbadigliò e si stiracchiò.

In quell'istante il cellulare di Utsumi cominciò a suonare. Era Yukawa.

«Di nuovo lei» disse la ragazza. «Non ci siamo già parlati prima?»

«Dove si trova adesso?» chiese Yukawa.

«Alla centrale di Meguro, perché?»

«Ho riflettuto su certe cose e ho capito che ho bisogno di lei. Possiamo vederci?»

«Ancora? Va bene, nessun problema. Ma cosa è successo?»

«Glielo dirò quando ci vedremo. Mi dica lei dove.» Yukawa sembrava stranamente eccitato.

«Be', potrei venire all'università...»

«No, sono già uscito. In realtà sto venendo verso di lei. Incontriamoci a metà strada.»

Utsumi gli dette il nome di un ristorante nelle vicinanze, aperto ventiquattrore su ventiquattro. Poi infilò nella borsetta la relazione incompleta e prese la giacca.

«Era Galileo?» chiese Kishitani.

«Sì. Ha detto che mi deve parlare.»

«Spero che sveli il trucco dell'avvelenamento, così potremo chiudere il caso e tornarcene a casa. Prendi appunti se non ti dispiace. A volte le sue spiegazioni sono un po' contorte.»

«Lo so» disse Utsumi mentre usciva dalla stanza.

Stava bevendo un tè quando Yukawa entrò come una furia nel ristorante. Si sedette davanti a lei e ordinò una cioccolata calda.

«Niente caffè?»

«No, mi bastano le due tazze che ho già preso» disse Yukawa leggermente accigliato. «Mi scusi se l'ho trascinata fuori così.»

«Nessun problema. Allora, di che si tratta?»

«Bene...» Abbassò un attimo lo sguardo sul tavolo, poi la guardò. «Prima devo sapere se sospetta ancora della signora Mashiba.»

«Be', sì. Sospetto di lei.»

«Bene» ripeté Yukawa, infilando una mano nella giacca ed estraendo un foglio piegato. Lo mise sul tavolo. «Legga qua.»

Utsumi prese il foglio, lo aprì e cominciò a leggere, stringendo gli occhi. «Cos'è?»

«Vorrei che approfondisse questa cosa. Nei dettagli.»

«E questo risolverà il mistero?»

Yukawa sospirò. «No, probabilmente no. Ma se non altro dimostrerà che è irrisolvibile. Lo prenda come un modo per vagliare tutte le possibilità.»

«In che senso?»

«Dopo che se n'è andata dal mio laboratorio, oggi, ho riflettuto su alcune cose. Se ipotizziamo che la signora Mashiba abbia avvelenato il caffè, allora la domanda è: come ha fatto? E la risposta: non ne ho idea. La mia conclusione è che il problema non ha soluzioni – tranne una.»

«Tranne una? Quindi c'è una soluzione.»

«Sì, ma è una soluzione immaginaria.»

«Non la seguo.»

«Una soluzione immaginaria è una soluzione che, se in teoria è possibile, *praticamente* è impossibile. C'è solo un modo in cui una moglie a Hokkaido avrebbe potuto avvelenare il marito a Tokyo. Anche se le probabilità che ci sia riuscita rasentano lo zero. Capisce? Il trucco *è* possibile, ma realizzarlo non lo è.»

Utsumi scrollò la testa. «Non sono sicura di aver capito. Quindi questi compiti che mi ha assegnato servono a dimostrare che il trucco è impossibile? Perché?»

«A volte dimostrare che non ci sono risposte a un quesito è altrettanto importante che trovarne.»

«Ma io sto cercando delle risposte, professore. Preferirei capire cos'è successo nella realtà che perdermi in esercizi teorici, se non le dispiace. È questo il mio lavoro.»

Yukawa si azzittì. Arrivò la sua cioccolata calda. «Certo» mormorò. «Ha ragione.»

«Professore...»

Il fisico allungò una mano e prese il foglio dal tavolo. «Noi scienziati siamo abituati così» disse. «Anche se la soluzione di un problema è immaginaria, non ci diamo pace finché non l'abbiamo esaminata. Ma ovviamente lei è una detective, non una scienziata. Non può sprecare il suo tempo prezioso dimostrando che una cosa è impossibile.»

Ripiegò con cura il foglio e se l'infilò nella tasca della giacca. Sorrise. «Dimentichi quello che ho detto.»

«Perché non mi dice qual è questo trucco impossibile?» chiese Utsumi. «Poi sarò io a decidere se è lo è veramente o se è il caso di fare accertamenti.»

«Non posso» rispose Yukawa.

«Perché no?»

«Sapere qual è il trucco influenzerebbe il suo modo di pensare, impedendole di condurre le ricerche in maniera obiettiva. E se deciderà comunque di non approfondire la cosa, non c'è bisogno che conosca il trucco. In ogni caso, non glielo posso dire.»

Yukawa fece per prendere il conto ma Utsumi lo precedette. «Offro io.»

«Se lo scordi» disse Yukawa. «Le ho chiesto io di venire qui.»

Utsumi allungò l'altra mano. «Mi dia quel foglio. Me ne occuperò io.»

«Ma è una soluzione immaginaria.»

«Non importa. Se è l'unica soluzione che abbiamo, voglio sapere di che si tratta.»

Yukawa sospirò ed estrasse il foglio. Utsumi gli diede un'occhiata prima di infilarlo in borsa. «Quindi... se si scopre che la soluzione non è "immaginaria", come dice lei, alla fine avremo una possibilità di risolvere il mistero.»

«Può darsi» mormorò Yukawa in modo evasivo, spingendosi gli occhiali sul naso con un dito.

«Non crede?»

«Anche se non è immaginaria,» disse il fisico con un bagliore negli occhi «non riuscirà lo stesso a risolvere il caso. E nemmeno io. È il crimine perfetto.»

Venti

Hiromi Wakayama fissò l'arazzo appeso alla parete. Tanti filamenti di grigio e blu scuro formavano una striscia irregolare che attraversava la composizione. Piegandosi e torcendosi, la striscia si curvava sopra e sotto se stessa, tornando infine al punto di partenza in un circuito elaborato. Pur essendo un motivo piuttosto complicato, visto da lontano sembrava un semplice motivo geometrico. Yoshitaka l'aveva chiamato un'"orribile spirale di DNA", ma a Hiromi piaceva. In occasione della mostra di Ayane a Ginza, il pezzo era stato esposto proprio vicino all'ingresso. Era stata Ayane a concepirlo, ma il lavoro era stato di Hiromi.

Non era così raro nel mondo dell'arte che molte delle opere esposte in una mostra personale in realtà fossero state realizzate dagli allievi dell'artista. Nel caso specifico del patchwork, in cui la creazione di un'unica, grande opera poteva richiedere diversi mesi, la divisione del lavoro era necessaria, o sarebbe stato difficile produrre un numero sufficiente di opere per tenere una mostra.

Tuttavia, Ayane si era occupata personalmente della maggior parte dei lavori della mostra. Almeno l'ottanta per cento di quegli arazzi erano opera sua. Eppure aveva scelto di esporne per primo uno realizzato dalla sua assistente. Hiromi ricordava il brivido che aveva provato nel vederlo appeso lì – un brivido dovuto alla consapevolezza che la sua insegnante riconoscesse il suo talento.

Allora aveva pensato che avrebbe voluto lavorare per Ayane Mashiba per sempre...

La tazza di Ayane tintinnò rumorosamente quando l'appoggiò sul tavolo da lavoro. Le due donne erano sedute l'una di fronte all'altra alla scuola di patchwork Casa di Anne. Di solito a quell'ora del giorno c'era lezione e le allieve erano intente a tagliare e cucire. Ma Ayane non aveva ancora riaperto la sede. Oggi c'erano solo loro due, e la bomba che Hiromi aveva lasciato cadere tra loro.

«Oh?» disse Ayane tenendo la tazza tra le mani. «Be', se è quello che desideri...»

«Mi dispiace dirglielo così, di punto in bianco» disse Hiromi abbassando la testa.

«Non devi chiedermi scusa. Anch'io non sapevo bene come sarebbero andate le cose. Forse è la decisione migliore.»

«È tutta colpa mia» disse Hiromi. «Io... non so cosa dire.»

«Allora non dire niente. Davvero, sono stanca di sentirti chiedere scusa.»

«Ah, sì. Mi scusi...» Hiromi abbassò la testa. Sentì le lacrime premere gli occhi, ma le frenò. Non voleva mettere a disagio Ayane più di quanto non avesse già fatto.

Era stata Hiromi a chiamarla, dicendo che aveva bisogno di parlarle. Ayane l'aveva invitata a venire alla Casa di Anne senza nemmeno chiederle di che si trattava.

Non sospetta minimamente che ho intenzione di lasciare la scuola, aveva pensato Hiromi.

Le aveva comunicato la notizia mentre Ayane stava preparando il tè.

E adesso Ayane si stava addirittura mostrando premurosa nei suoi confronti. «Hiromi, sei sicura che te la caverai?» le chiese.

Soffocando un singhiozzo, Hiromi alzò la testa.

«Intendo dire economicamente» continuò la vedova. «Ho paura che non riuscirai a trovare lavoro così facilmente. O forse i tuoi sono in grado di aiutarti?»

«In realtà non ci ho ancora pensato. Vorrei tener fuori i miei genitori da questa storia, se possibile, ma può darsi che non abbia scelta. Comunque ho un po' di risparmi da parte, e cercherò in ogni modo di cavarmela da sola.»

«Be'» disse Ayane «non è molto rassicurante.» Si scostò i capelli dietro un orecchio più volte – un chiaro segno di nervosismo. «Ma forse non sta a me preoccuparmi di queste cose.»

«Non me lo merito.»

«La piantiamo con l'autocommiserazione, per favore?» disse Ayane, e quel tono improvvisamente brusco fece rabbrividire Hiromi. La ragazza abbassò di nuovo la testa.

«Scusami» aggiunse Ayane con un filo di voce. «Non è stato molto carino da parte mia. Ma davvero, non voglio che tu lo faccia. Forse non potremo più a lavorare insieme, ma *voglio* che tu sia felice. È la verità.»

Hiromi alzò la testa con una certa trepidazione. Ayane stava sorridendo – un sorriso lieve, malinconico; ma sembrava sincero.

«E la persona che ci ha messo in questa situazione non c'è più.» La voce della vedova era sommessa e distante. «È ora che cominciamo a guardare avanti, non indietro.»

Hiromi annuì, anche se la cosa le sembrava impossibile. Il suo amore per Yoshitaka, la tristezza per averlo perso e il senso di colpa per aver tradito la sua maestra erano un peso insopportabile.

«Quanti anni sono che lavori per me?» chiese Ayane all'improvviso, sforzandosi di sembrare allegra.

«Circa tre anni... forse un po' di più.»

«Già tre anni? Se fossi andata alle superiori, ti saresti già diplomata. Forse è così che dovremmo vederla: una specie di diploma!»

Hiromi quasi scrollò la testa. *Non sono così stupida da farmi consolare con una cosa simile.*

«Avevi una chiave dell'aula, vero?»

«Oh, sì. Gliela restituisco subito» disse Hiromi cercando nella sua borsa.

«No, tienila tu.»

«Ma…»

«So che hai lasciato qui un sacco di roba. Ci metterai un po' a portare via tutto. E se c'è qualcosa che ti serve, prendilo pure. Che ne dici di quell'arazzo? So che ti piace molto.» Ayane indicò l'arazzo che Hiromi aveva ammirato poco prima.

«Quello… davvero?»

«L'hai fatto tu, dopotutto. E ha avuto un gran successo alla mostra. Non l'ho venduto perché volevo darlo a te, sai.»

Hiromi ricordò con una stretta al cuore che, mentre la maggior parte delle opere in mostra a Ginza avevano dei cartellini con il prezzo, quell'arazzo era stato contrassegnato come "non in vendita".

Ayane si fece più sbrigativa. «Quanti giorni credi che ci metterai a riunire le tue cose?»

«Solo oggi e domani, credo.»

«Bene allora, che ne dici di chiamarmi quando hai finito? Per la chiave… puoi lasciarla nella buca delle lettere. Fa' attenzione a non dimenticare nulla. Quando avrai finito chiamerò qualcuno per vuotare il posto.»

Hiromi batté le palpebre. Non capiva.

«Be', non posso vivere in hotel per sempre. Non è conveniente, né comodo. Ho pensato di trasferirmi qui finché non avrò trovato un altro luogo dove andare.»

«Quindi non torna a casa?»

Ayane sospirò, curvando le spalle. «Ci ho pensato, ma ho deciso di no. Tutti i ricordi felici adesso sono amari. Rovinati. E comunque quella casa è troppo grande per me. Non so come abbia fatto mio marito a viverci per così tanto tempo prima di conoscermi.»

«Ha intenzione di venderla?»

«Ci proverò, anche se potrebbe essere difficile, quando si spargerà la voce di quello che è successo. Credo che parlerò con il signor Ikai. Sono sicura che conosce qualcuno che mi può aiutare.»

Hiromi rimase seduta a guardare la tazza sul tavolo da lavoro, senza riuscire a dire altro. Il tè che aveva preparato Ayane ormai doveva essere freddo.

«Bene, io vado» disse la vedova, prendendo la propria tazza vuota.

«Lasci stare, la laverò io prima di uscire» si offrì Hiromi.

«Ah, grazie.» Ayane posò la tazza sul tavolo. «Le hai portate tu queste, vero? Erano un regalo di un'amica o sbaglio?»

«Sì, tutt'e due.»

Ora erano appoggiate l'una accanto all'altra sul tavolo di lavoro. Hiromi e Ayane le avevano usate spesso durante le loro riunioni mensili.

«Ricordati di prenderle quando porti via le tue cose.»

«Sì» disse Hiromi con voce debole. Non aveva pensato di portare via quelle tazze, ma ora capiva che lasciarle lì poteva dare ad Ayane un ulteriore motivo di ripensare all'accaduto. Sentì un altro peso opprimerle il cuore.

Ayane prese la sua borsa a tracolla e andò verso la porta. Hiromi la seguì.

Quand'ebbe finito di infilarsi le scarpe, Ayane alzò lo sguardo sulla sua assistente. «È strano, vero? Me ne vado prima io, anche se sei tu che lasci il lavoro.»

«Farò il prima possibile. Forse riuscirò a finire oggi stesso.»

«No, non c'è nessuna fretta. Non intendevo questo» puntualizzò Ayane guardandola dritto in volto. «Stammi bene, Hiromi.»

«Anche lei.»

Ayane annuì e aprì la porta; uscì sorridendo. La porta si chiuse alle sue spalle.

Hiromi si sedette sul pavimento e fece un sospiro profondo. Era triste lasciare il lavoro ed era preoccupata per come avrebbe fatto a mantenersi, ma non aveva altra scelta. Aveva sbagliato a continuare come se niente fosse, anche dopo aver ammesso la sua relazione con Yoshitaka. Per quanto Ayane si mostrasse comprensiva, Hiromi sapeva che nel profondo del cuore non l'aveva perdonata.

E poi c'era il bambino. Hiromi era terrorizzata che Ayane le chiedesse cosa aveva intenzione di fare. Non era ancora riuscita a prendere una decisione.

Forse la sua insegnante non gliel'aveva chiesto perché dava per scontato la cosa più logica: che Hiromi avrebbe interrotto la gravidanza. Più Hiromi ci pensava, più le sembrava evidente che ad Ayane non passasse nemmeno per la testa che Hiromi potesse *desiderare* il bambino...

Hiromi si fermò, rendendosi conto di colpo che, nel profondo, non desiderava altro che tenere il bambino.

Ma come avrebbe vissuto da ragazza madre? Non poteva tornare dai suoi genitori. Erano ancora in salute, ma non navigavano certo nell'oro e non era difficile immaginare come avrebbero reagito sapendo che la loro figlia era diventata una ragazza madre e per questo aveva distrutto un matrimonio.

Forse dovrei abortire. Più ci pensava, più quella decisione le sembrava inevitabile. Ma era una conclusione che voleva disperatamente evitare. Quante volte, da quando Yoshitaka era morto, aveva sperato in una facile via d'uscita? *Ma non* c'è *via* d'*uscita.*

Stava scuotendo la testa, affranta, quando suonò il telefono. Hiromi si alzò lentamente e andò al tavolo da lavoro. Tolse il cellulare dalla borsetta. Riconoscendo il numero sullo schermo, esitò a lungo prima di rispondere. *Ignorarli non servirà a tenerli lontani.*

«Pronto?» rispose con voce involontariamente cupa.

«Salve, sono la detective Utsumi della polizia metropolitana. Ha un attimo per parlare?»

«Certo.»

«Mi scusi se la disturbo ancora, ma ci sarebbero altre cose che vorrei chiederle. Possiamo vederci?»

«Quando?»

«Il prima possibile.»

Hiromi fece un lungo sospiro, senza curarsi del fatto che la detective sentisse. «Potrebbe venire qui? Sono alla scuola di patchwork.»

«A Daikanyama, giusto? C'è anche la signora Mashiba?»

«No, se n'è andata. Ci sono solo io.»

«Bene, arrivo subito.»

Hiromi rimise il telefono nella borsetta e si toccò la fronte con una mano.

Si rese conto per la prima volta che lasciare la scuola di patchwork non significava che fosse tutto finito. La polizia non l'avrebbe lasciata in pace fino alla soluzione del caso, sempre che fosse riuscita a risolverlo. Non le avrebbero permesso di mettere al mondo il suo bambino in pace.

Buttò giù quel che rimaneva del suo tè. Ormai era tiepido.

Gli eventi degli ultimi tre anni si rincorrevano nella sua mente. Quando era arrivata per la prima volta alla Casa di Anne, le sue capacità tecniche erano inconsistenti, la sua mancanza di esperienza evidente. Ma aveva fatto enormi progressi già nei primi tre mesi, tanto da stupirsi lei stessa. Quando Ayane le aveva chiesto di diventare la sua assistente, non ci aveva pensato due volte. Non ne poteva più degli impieghi meccanici e senza senso che l'agenzia di lavoro temporaneo le offriva di tanto in tanto.

Hiromi lanciò un'occhiata al computer nell'angolo della stanza. Lei e Ayane facevano largo uso di alcuni software per creare le loro composizioni. A volte ci mettevano un'intera serata solo a decidere i colori, ma era un lavoro che non l'era mai pesato. Una volta stabilito un progetto andavano a comprare le stoffe. Poi, dopo aver passato tanto tempo a scegliere con cura i colori, al negozio si facevano immancabilmente sedurre da qualche nuovo tessuto e spesso cambiavano idea all'improvviso, ridendo insieme e rimproverandosi per la loro sregolatezza.

Ero soddisfatta, si rese conto Hiromi. *Avevo un bel lavoro, una bella vita.* E adesso era tutto finito. Scrollò la testa. Era tutta colpa sua. Aveva rubato il marito a un'altra donna – e non a una donna qualsiasi: proprio alla persona che l'aveva aiutata a diventare quella che era.

Ricordava benissimo la prima volta che aveva visto Yoshitaka Mashiba. Erano proprio in quella stanza. Hiromi si stava preparando per la lezione quando Ayane l'aveva chiamata per informarla che sarebbe venuto un uomo, e se gentilmente poteva dirgli di aspettarla là. Non le aveva detto chi era.

Yoshitaka era arrivato poco dopo. Hiromi l'aveva fatto entrare e gli aveva offerto un tè. Lui si era guardato attorno con interesse, facendo domande. A prima vista le era sembrato curioso come un ragazzino, ma allo stesso tempo posato come un uomo. Da quei brevi scambi verbali era chiaro che fosse anche molto intelligente.

Ayane era arrivata più tardi e gliel'aveva presentato. Hiromi era rimasta sorpresa di sapere che si erano conosciuti a un party per single. Non si immaginava che Ayane frequentasse eventi di quel genere.

Ripensandoci adesso, Hiromi si rese conto che il suo interesse per Yoshitaka era nato quel giorno. Ricordava chiaramente di aver provato una stretta molto simile alla gelosia quando Ayane le aveva detto che erano fidanzati.

Se si fossero conosciuti in un altro modo, se per esempio Ayane si fosse presentata insieme a lui, sicuramente Hiromi avrebbe reagito diversamente. Ma il tempo che avevano passato insieme, da soli, prima di sapere chi fosse, aveva creato un precedente per i suoi sentimenti futuri.

Quando l'amore era sbocciato, per quanto fragile, era stato difficile soffocarlo del tutto. Dopo che Ayane si era sposata, Hiromi aveva cominciato a frequentare la loro casa e a sentirsi ancora più vicina a Yoshitaka. I momenti che passava da sola con lui si erano fatti più frequenti.

Ovviamente Hiromi non aveva mai confessato i propri sentimenti. Era convinta che parlare avrebbe solo creato problemi, e non aveva mai pensato di avere una relazione con quell'uomo. Allora le bastava sentirsi parte della famiglia Mashiba.

Ma in qualche modo, pensò, *lui sapeva.* I sentimenti di Hiromi dovevano essere trapelati, sebbene cercasse di nasconderli. Pian piano, l'atteggiamento dell'uomo nei suoi confronti aveva cominciato a cambiare. Se prima la considerava come una sorella minore, adesso c'era qualcos'altro nei suoi occhi. E sarebbe stata una menzogna dire che Hiromi non si era sentita al settimo cielo quando l'aveva notato.

Si guardò attorno. Stava lavorando in quella stanza quando, una sera di circa tre mesi prima, Yoshitaka le aveva telefonato. «Ayane mi ha detto che ceni tardi in questi giorni. Devi avere un gran daffare alla scuola.»

Finiva di lavorare tardi anche lui, e c'era un ramen bar che voleva provare. L'aveva invitata a cena.

Hiromi aveva fame, così aveva accettato, e Yoshitaka era venuto a prenderla.

Non ricordava come fosse quel ramen. Forse perché non era granché o forse perché erano seduti l'uno di fianco all'altra al bancone e ogni volta che lui prendeva un boccone le sfiorava la spalla con un gomito. Quella sensazione era l'unica cosa che ricordava.

Più tardi, Yoshitaka l'aveva accompagnata a casa in macchina. Davanti a casa le aveva sorriso. «Che ne dici di un altro ramen presto?»

«Certo, quando vuole» aveva risposto lei.

«Grazie. È un piacere stare in tua compagnia.»

«Davvero?»

«Sì» aveva detto lui. «Mi sa che sono molto stanco, qui e qui.» Si era indicato prima la testa, poi il petto. «Stare con te è un sollievo.» Poi la sua espressione si era fatta seria. «Grazie per essere venuta stasera. Sono stato bene.»

«Anch'io» aveva detto Hiromi. L'uomo le aveva messo un braccio attorno alle spalle e l'aveva avvicinata delicatamente a sé. Lei l'aveva lasciato fare. Il loro bacio era stato qualcosa di assolutamente spontaneo e naturale.

«Buonanotte» aveva detto lui.

«Buonanotte» aveva risposto Hiromi.

Era così euforica che aveva fatto fatica a dormire. Ma non aveva mai avuto la sensazione di aver commesso un errore. Non avevano fatto altro che condividere un piccolo segreto – era così che la vedeva.

Da quel momento, non era più riuscita a pensare ad altro che a Yoshitaka. La sua presenza occupava ogni suo pensiero, l'accompagnava per tutto il giorno. Forse, se non si fossero più rivisti, col tempo la sua infatuazione sarebbe passata. Ma lui aveva continuato a chiamarla, e sempre più spesso. E Hiromi aveva continuato a restare a scuola fino a tardi, anche quando non aveva niente da fare, solo per aspettare le sue telefonate.

Come un palloncino a cui avessero tagliato il filo, il suo cuore si librava in alto, fuori portata. Fu solo quando attraversarono quella linea decisiva in una relazione tra un uomo e una donna, che Hiromi pensò per la prima volta di aver fatto qualcosa di sbagliato. Ma le parole che le disse Yoshitaka quella sera spazzarono via ogni sua inquietudine.

«Sto chiedendo il divorzio ad Ayane» aveva detto. «Ci eravamo promessi che, se dopo un anno non avessimo avuto figli, avremmo sciolto il matrimonio. Ci restano ancora tre mesi, ma ormai non ho più molte speranze. So che non funzionerà.»

Erano state parole dure, ma niente avrebbe potuto rendere più felice Hiromi. *Com'ero caduta in basso*, pensava ora. *Com'ero incosciente.*

Guardandosi indietro, era chiaro che avevano commesso un terribile tradimento. Come poteva Ayane non odiarla? *Forse, in fondo è stata Ayane a ucciderlo. Forse vuole uccidere anche me.* Hiromi non si sarebbe stupita se la gentilezza di Ayane nei suoi confronti fosse stata solo una specie di messinscena per nascondere i suoi intenti omicidi.

Ma Ayane aveva un alibi e non sembrava che la polizia sospettasse di lei, quindi era innocente.

Hiromi si chiese se qualcun altro potesse odiare Yoshitaka a tal punto da volerlo uccidere. Il pensiero la scoraggiò ancora di più: eccola là, incinta di quell'uomo, e sapeva così poche cose di lui...

L'arrivo di Utsumi la destò da quei pensieri cupi. La detective indossava un abito scuro e si sedette sulla stessa sedia su cui era stata Ayane solo mezz'ora prima. Si scusò di nuovo per il disturbo.

«Non credo che farmi altre domande possa aiutarvi nelle indagini» le disse Hiromi. «La verità è che non conoscevo così bene il signor Mashiba.»

«Anche se avevate una relazione?»

Hiromi contrasse le labbra. «Sapevo che tipo di persona era, ma non è questo che vi serve adesso, no? Volete sapere del suo passato o dei problemi che aveva sul lavoro, e io non so nulla di tutto questo.»

«In realtà sapere che tipo di persona era il signor Mashiba è molto importante per le nostre indagini. Ma oggi non sono venuta per parlare di questioni così complicate. Volevo chiederle di cose più ordinarie.»

«In che senso ordinarie?»

«Tipo, le abitudini quotidiane del signore e della signora Mashiba. Li conosceva entrambi meglio di chiunque altro.»

«In realtà credo che la signora Mashiba sappia molte più cose di me. Non sarebbe meglio chiedere a lei?»

Utsumi sorrise. «È difficile avere una visione oggettiva della vita di qualcuno se lo si chiede direttamente all'interessato.»

Hiromi sospirò. «Allora, che cosa vuole sapere?»

«So che ha cominciato a frequentare la casa dei Mashiba poco dopo il loro matrimonio. Può dirmi con che frequenza ci andava?»

«Be', dipende, ma direi una o due volte al mese, di media.»

«A giorni fissi?»

«No, niente di così formale. Anche se credo di esserci andata più spesso di domenica. È il giorno di chiusura della scuola.»

«Quindi il signor Mashiba di solito era a casa di domenica, quando li andava a trovare?»

«Di solito sì.»

«Vi parlavate molto, allora?»

«A volte sì, ma in genere il signor Mashiba era nel suo studio. Pare che il fine settimana lavorasse da casa. E poi» disse Hiromi un po' sulla difensiva «di solito andavo a trovarli solo perché dovevo parlare di qualcosa con Ayane. Non era solo una visita di piacere.» Non voleva che la detective pensasse che ci andava per vedere Yoshitaka.

«Dove stavate lei e la signora quando l'andava a trovare?»

«In sala.»

«Sempre?»

«Sì, quasi sempre. Ha importanza?»

«Avete mai bevuto tè o caffè mentre eravate insieme?»

«C'era sempre qualcosa da bere.»

«E si è mai occupata lei di prepararlo?»

«A volte sì, se Ayane aveva altro da fare.»

«Ci ha detto che Ayane le aveva insegnato a preparare il caffè a casa loro, e che ha seguito le sue istruzioni la mattina della morte del signor Mashiba.»

«Sì.» Hiromi fece un respiro profondo. «Non posso credere che stiamo parlando ancora del caffè. Quante volte ci siamo tornati?»

Forse era abituata a vedere i suoi intervistati che si innervosivano, ma la giovane detective non fece una piega al commento di Hiromi.

«Quando è venuta a quella cena insieme agli Ikai, ha avuto occasione di aprire il frigorifero?» chiese Hiromi.

«Il frigorifero?»

«Sì. Dovevano esserci delle bottiglie di acqua minerale dentro. Le ha notate?»

«Sì. In realtà quella sera sono andata a prendere una bottiglia.»

«Ricorda quante bottiglie c'erano?»

«Come faccio a ricordarmi una cosa simile? Ce ne saranno state un paio, immagino.»

«Una o due bottiglie, quindi? Di più?»

«Gliel'ho detto, non ricordo. Però erano in fila, quindi forse erano quattro o cinque?» disse Hiromi alzando il tono di voce.

«Bene» affermò la detective, il volto impassibile come una maschera di *Noh*. «Ci ha detto che poco prima di morire il signor Mashiba l'aveva invitata a casa sua. Succedeva spesso?»

«No, era la prima volta.»

«Perché crede che l'abbia fatto, proprio quel giorno?»

«Perché Ayane era tornata a Sapporo a casa dei suoi, immagino.»

«Quindi era la prima volta che si presentava un'occasione simile?»

«Sì, è così. Probabilmente voleva anche dirmi di persona, il prima possibile, che Ayane aveva accettato il divorzio.»

«Capisco» disse Utsumi annuendo. «Mi sa dire qualcosa dei loro hobby?»

«Hobby?» le fece eco Hiromi, sorpresa per l'improvviso cambio di argomento.

«Gli hobby del signore e della signora Mashiba. Praticavano degli sport? Amavano viaggiare o fare gite in auto?»

Hiromi si strinse nelle spalle. «So che il signor Mashiba giocava a tennis e a golf, ma non credo che Ayane avesse degli hobby particolari. Solo il patchwork e la cucina.»

«Come trascorrevano il tempo libero insieme?»

«Mi spiace» rispose Utsumi. «Questo non lo so.»

«Va bene qualsiasi cosa» insisté la detective.

«Be', so che Ayane di solito lavorava ai suoi patchwork. E credo che il signor Mashiba a volte guardasse dei DVD.»

«Che stanza usava Ayane per lavorare ai suoi patchwork quando era a casa?»

«La sala, credo» disse Hiromi, cominciando a chiedersi che senso avesse tutto questo. Le domande della detective sembravano del tutto casuali.

«Andavano mai a fare dei viaggi insieme?»

«So che subito dopo il matrimonio sono andati in Europa, a Parigi e a Londra. Non credo che da allora abbiano fatto altri viaggi, se si escludono le volte in cui il signor Mashiba andava via per lavoro.»

«E lo shopping? È mai andata a fare shopping con la signora Mashiba?»

«Certo. Andavamo sempre a comprare la stoffa per la scuola.»

«Anche di domenica?»

«No. Ci andavamo in settimana, prima che cominciassero le lezioni. Di solito era un mucchio di roba e la portavamo in classe direttamente dal negozio.»

Utsumi annuì e scribacchiò qualcosa sul suo taccuino. «La ringrazio per il suo tempo. Per il momento non ho altre domande.»

«Mi scusi se glielo chiedo,» disse Hiromi «ma perché mi ha chiesto queste cose? Non capivo dove volesse arrivare.»

«A quale domanda si riferisce di preciso?»

«A tutte le domande. Cosa c'entrano gli hobby e lo shopping con la morte del signor Mashiba?»

Dopo un attimo di esitazione, Utsumi sorrise. «È normale che non capisca. Stiamo lavorando a una nuova teoria.»

«Può dirmi di che si tratta?»

«Mi dispiace» rispose la detective alzandosi in fretta. «È contro le regole.»

Utsumi si scusò di nuovo per il disturbo e uscì.

Ventuno

«Quando mi ha chiesto perché le stavo facendo quelle domande, non avevo idea di cosa risponderle. Cosa potevo dire, se non lo sapevo nemmeno io?» Utsumi prese la sua tazza di caffè. «Sa, ci dicono di avere sempre in mente un obiettivo preciso quando interroghiamo qualcuno.» Aveva portato i risultati del suo ultimo colloquio per condividerli con Yukawa nel suo laboratorio.

«Be', in genere è un ottimo metodo» disse Yukawa, alzando lo sguardo dalla relazione di Utsumi. «Ma qui si tratta di stabilire se si tratti di un crimine straordinario e senza precedenti. Stabilire l'esistenza o la non esistenza di qualcosa di straordinario non è mai facile, e chi ci prova spesso si fa influenzare dai preconcetti. Avrà sentito parlare del fisico René-Prosper Blondlot – no, aspetti, ovvio che non ne ha mai sentito parlare.»

«Difatti.»

«Era un ricercatore francese attivo nella seconda metà del XIX secolo. Verso la fine della sua carriera, Blondlot annunciò la scoperta di un nuovo tipo di radiazione. I "raggi N", come li battezzò, avevano l'effetto di rendere ancora più luminose le scintille elettriche. La cosa fu salutata come una scoperta epocale e creò un grande entusiasmo negli ambienti della fisica. Però, alla fine, fu dimostrato che i raggi N in realtà non esistevano. Nonostante i molti tentativi dei ricercatori di tutto il mondo, nessuno riuscì a replicare i risultati o ad aumentare la luminosità delle scintille.»

«Quindi era una fandonia?»

«Non esattamente, perché lo stesso Blondlot ci ha creduto fino al giorno della sua morte.»

«Com'è possibile?»

«Be', tanto per cominciare Blondlot valutava la luminosità delle scintille elettriche basandosi solo sui propri occhi. L'origine del suo errore stava lì. Il presunto aumento di luminosità dovuto all'applicazione di raggi N non era un effetto reale, eppure lui lo vedeva: semplicemente, perché desiderava vederlo.»

«Mi sembra un errore piuttosto grossolano per un fisico che si rispetti.»

«Le ho raccontato questa storia per illustrarle quanto possono essere pericolosi i preconcetti. Per questo l'ho incaricata di fare quelle domande senza dirle nulla prima. Come risultato, è riuscita a restituirmi delle informazioni estremamente oggettive.» Yukawa tornò a guardare la relazione.

«Allora, qual è il verdetto? È ancora una soluzione immaginaria?»

Yukawa si limitò a fissare il foglio che aveva in mano. Tra le sue sopracciglia si formò una ruga profonda. «C'erano diverse bottiglie in frigorifero, eh?» disse come tra sé.

«Anch'io l'ho trovato strano» disse Utsumi. «La signora Mashiba ci ha detto che avevano sempre una buona scorta di bottiglie in casa. Ma il giorno dopo essere partita per andare dai suoi, in casa c'era solo una bottiglia. Secondo lei perché?»

Yukawa incrociò le braccia e chiuse gli occhi.

«Professore?» La detective temette che si fosse addormentato.

«Impossibile» fu la risposta del fisico.

«Impossibile cosa?»

«Non può essere, eppure…» Yukawa si tolse gli occhiali, posò le dita sulle palpebre e non disse altro.

Ventidue

Kusanagi lasciò la stazione di Iidabashi, imboccò via Kagurazaka-dori e girò a sinistra subito dopo il tempio di Bishamonten. In cima alla ripida salita, sul lato destro della strada, c'era il complesso di uffici che stava cercando.

Appena varcato l'ingresso principale, sulla parete trovò le targhe con i nomi delle aziende residenti. Le edizioni Kunugi erano al primo piano.

C'era l'ascensore, ma Kusanagi decise di usare le scale. La cosa si dimostrò piuttosto difficile per via della gran quantità di scatoloni accatastati sugli scalini. Pur essendo una palese violazione delle regole antincendio, Kusanagi decise che non si sarebbe lamentato, non quel giorno.

Dette una sbirciata dalla porta aperta in cima alle scale e vide diversi impiegati seduti alle loro scrivanie. La donna più vicina si accorse di lui e gli andò incontro.

«Posso aiutarla?»

«Sì, c'è il signor Sasaoka? Abbiamo parlato al telefono.»

«Ah sì, salve.» Un volto maschile leggermente paffuto fece capolino da dietro un armadietto.

«Il signor Sasaoka?»

«Sì! Ehm…» L'uomo si girò verso la scrivania alle sue spalle, aprì un cassetto ed estrasse un biglietto da visita, che porse al detective. «Piacere di conoscerla!»

Si scambiarono i biglietti da visita. Kusanagi guardò quello che aveva ricevuto; c'era scritto:

KUNIO SASAOKA

DIRETTORE, KUNUGI EDIZIONI

Il signor Sasaoka era raggiante. «È la prima volta che un poliziotto mi dà il suo biglietto da visita. Lo terrò come souvenir.» Girò il biglietto e mandò un sospiro sorpreso. «C'è scritto "Per il signor Sasaoka"! E qui ha messo la data. Capisco. È per evitare che venga usato a sproposito, vero?»

«Niente di personale.»

«No, no, la capisco benissimo» disse il direttore. «Allora, vuole che parliamo qui o preferisce andare in un bar?»

«Va bene qui.»

L'uomo portò Kusanagi in una piccola area riunioni in un angolo dell'ufficio.

«Mi scusi se la disturbo durante l'orario di lavoro.» Kusanagi si sedette su un divano nero in finta pelle.

«Non si preoccupi. Abbiamo dei ritmi molto rilassati qui. Non come i grandi editori!» Sasaoka rise sguaiatamente.

«Come le ho detto al telefono, volevo chiederle informazioni su una certa Junko Tsukui.»

Il sorriso scomparve dal volto affabile di Sasaoka. «Sì... ero il suo editor. Era proprio una donna in gamba. Che peccato.»

«Avete collaborato per molto tempo?»

«Non direi molto, poco più di due anni. Ha fatto un paio di libri per noi.» Sasaoka si alzò e prese due libri dalla sua scrivania. «Ecco qui.»

Il primo s'intitolava *Il pupazzo di neve che crolla* e l'altro *Le avventure di Taro, il cane del tempio.*

«Le piaceva scrivere di personaggi già abbastanza conosciuti nella tradizione della letteratura per bambini. Ne ha fatto uno anche su un *teru teru bōzu*» spiegò Sasaoka.

«Quello lo conosco» disse Kusanagi, ripensando al libro con cui l'illustratrice aveva cominciato la sua breve carriera per l'animazione online di Yoshitaka.

Sasaoka annuì e i suoi occhi si corrugarono alle estremità. «La signorina Tsukui sapeva prendere i personaggi più comuni e farli risplendere. Ci manca molto.»

«Ricorda qualcosa della sua morte?»

«Eccome, fin troppo bene. Mi ha lasciato una lettera, dopotutto.»

«Già... stando a quel che dicono i genitori, ha mandato dei biglietti alle persone che conosceva.»

La casa dei genitori di Junko Tsukui era a Hiroshima. Kusanagi aveva parlato con sua madre al telefono. Quando la giovane donna era morta per un'overdose di sonniferi, aveva lasciato tre lettere, ciascuna indirizzata a un collega.

«Chiedeva scusa per aver abbandonato il lavoro» disse Sasaoka scrollando la testa. «Le avevo appena chiesto di cominciare il suo prossimo libro. Credo che le dispiacesse non poterlo finire.»

«Non parlava dei motivi del suicidio?»

«No. Si scusava e basta. Come se non l'avessi potuta perdonare!»

La signorina Tsukui aveva mandato una lettera anche a sua madre poco prima di uccidersi. Quando sua madre l'aveva letta, aveva chiamato subito la figlia e siccome non rispondeva aveva avvertito la polizia. Un'unità locale si era precipitata all'appartamento, dove aveva trovato il corpo ormai senza vita.

Nella lettera per sua madre, Junko non faceva parola dei motivi che l'avevano spinta al suicidio. Al contrario, la ringraziava per averla messa al mondo e cresciuta, e si scusava per aver buttato via così la sua vita.

«Non sappiamo ancora perché» aveva detto la madre a Kusanagi, scoppiando a piangere al telefono; il dolore nella sua voce ancora vivo dopo due anni.

«Ha idea del perché l'abbia fatto?» chiese Kusanagi a Sasaoka.

«Me l'ha chiesto anche la polizia, a suo tempo. Ma non lo so ancora. L'avevo vista circa due settimane prima della sua morte, e può darsi che sia un po' ottuso, ma non avevo notato proprio niente fuori dall'ordinario.»

Non sei l'unico, pensò Kusanagi. Aveva già parlato con gli altri due destinatari delle lettere di Junko ed entrambi gli avevano detto la stessa cosa.

«Sapeva se frequentava qualcuno?» chiese, cambiando argomento.

«Ne avevo sentito parlare, ma non ho mai saputo chi fosse. Di questi tempi devi stare attento a parlare di queste cose, se non vuoi beccarti una denuncia per molestie sessuali» disse Sasaoka con evidente sincerità.

«Fidanzati a parte, conosce qualcun'altro a cui era legata? Una collega, un'amica?»

Sasaoka incrociò le braccia robuste e si strinse nelle spalle. «Mi hanno chiesto anche *questo*, ma non mi è venuto in mente nessuno. A dire il vero credo che le piacesse stare sola. Era una di quelle persone che amano rimanere nella loro stanza a disegnare e che di rado vedono altra gente. Se devo essere sincero, mi aveva stupito sapere che c'era un uomo.»

Sembra che stia parlando di Ayane, pensò Kusanagi. Tranne che per la sua assistente e una vecchia amica d'infanzia, in fondo Ayane era una donna sola. Se ne stava seduta tutto il giorno sul divano di quel salotto spazioso a lavorare ai suoi patchwork.

Forse a Yoshitaka piacevano le donne solitarie? Kusanagi ripensò alla conversazione con Tatsuhiko Ikai. Yoshitaka Mashiba sceglieva donne che conducevano una vita solitaria perché gli interessavano solo per fare figli. Se era così che le vedeva, amici e obblighi sociali sarebbero stati accessori inutili per una macchina che aveva un unico scopo.

«Detective?» Sasaoka ruppe il silenzio. «Posso chiederle perché v'interessa questo suicidio adesso? So che non c'era un motivo, ma all'epoca dicevano che si trattasse di un evidente caso di sucidio. Non è stata fatta nessuna indagine.»

Kusanagi scrollò la testa. «In realtà non ha niente a che fare con il suicidio in sé. Il nome della donna è emerso durante un'altra indagine.»

«Ah, capisco.» Sasaoka era evidentemente incuriosito, ma non osava chiedere di più.

Kusanagi colse l'occasione di andarsene prima che quell'uomo gli facesse altre domande. «Ora devo scappare» disse. «Mi scusi se le ho rubato del tempo.»

«Sicuro che non le serve altro? Accidenti, non le ho nemmeno offerto un tè.»

«Non si preoccupi. Piuttosto, mi chiedevo: potrei prendere in prestito questi per un po'?» Alzò i due libri illustrati che aveva in mano.

«Quelli? Prego, li tenga pure.»

«Ne è sicuro?»

«Certo. Tanto prima o poi finiranno al macero.»

«Bene, allora. Grazie.» Kusanagi si alzò e si diresse verso la porta, seguito a poca distanza dal direttore.

«Devo ammettere che la sua morte mi colse alla sprovvista. E poi, un suicidio era l'ultima cosa che mi sarei aspettato. Anche quando ci dissero com'erano andate le cose, ne parlammo a lungo, io e i miei amici. Alcuni pensavano addirittura che l'avessero uccisa. Voglio dire, chi avrebbe il coraggio di bere quella roba? Dev'essere stato atroce.»

Kusanagi si fermò e fissò il volto tondo di Sasaoka. «Mi scusi? Bere quale roba?»

«Il veleno.»

«Veleno? Non erano sonniferi?»

La bocca del direttore formò una specie di "o" e l'uomo agitò le mani. «Non ci credo, pensavo che lo sapesse! Era arsenico.»

Kusanagi impietrì. «Arsenico?»

«Sì, la stessa roba che la polizia di Wakayama ha trovato in quel curry avvelenato.»

«Intende acido arsenioso?»

«Esatto, proprio quello. È così che l'hanno chiamato.»

Kusanagi sentì il cuore quasi balzargli fuori dal petto. Si scusò frettolosamente e lasciò l'ufficio. Corse giù per le scale e appena fu fuori dall'edificio telefonò a Kishitani. Disse all'aiuto detective di chiamare la centrale di polizia locale che si era occupata del suicidio di Junko Tsukui e di farsi dare tutto il materiale al riguardo.

«Sta ancora dando la caccia a quell'illustratrice?» chiese Kishitani. «Di che si tratta stavolta?»

«Ho già ricevuto l'okay del comandante, quindi piantala di lamentarti e fai quella telefonata» ringhiò Kusanagi. Chiuse la comunicazione e fermò un taxi. «Centrale di polizia di Meguro!» disse all'autista.

Mentre il taxi ripartiva a gran velocità, Kusanagi rifletté sulla situazione. Avevano dedicato già troppi giorni al caso Mashiba, in parte perché non erano riusciti a scoprire com'era stato introdotto il veleno, e in parte per la mancanza di sospetti con un movente plausibile. L'unica persona con un vero movente era Ayane, che però aveva un alibi di ferro.

Così, due giorni prima, Kusanagi aveva riferito al comandante la sua convinzione che qualcun altro fosse entrato nell'abitazione dei Mashiba il giorno fatidico. Era stato allora che aveva chiesto il permesso di fare ulteriori indagini sulla più recente ex fidanzata del defunto.

«Ma non è già morta?» aveva chiesto Mamiya.

«Già, per questo voglio sapere di più» aveva risposto Kusanagi. «Se la causa del suicidio è Yoshitaka Mashiba, chiunque fosse vicino a Junko Tsukui avrebbe un movente.»

«Stai pensando a una vendetta? Non so, sono passati due anni da quando quella donna si è uccisa. Se è stata una vendetta, perché aspettare tanto?»

«Non lo so. Forse hanno aspettato che ci si dimenticasse del suicidio perché nessuno collegasse le due cose?»

«Se è così, allora il nostro assassino è terribilmente paziente, Kusanagi. Non tutti riescono a tenersi dentro per due anni un odio tale da uccidere un uomo.»

Anche se non sembrava molto convinto, Mamiya gli aveva dato il permesso di fare delle ricerche su quel suicidio, e Kusanagi non aveva perso tempo. Il redattore di *Forse domani pioverà* gli aveva dato il numero di telefono della famiglia di Junko; di conseguenza era partita una serie di telefonate ai genitori e ai colleghi che avevano ricevuto una lettera della suicida.

Tuttavia, nessuno gli aveva fornito un indizio che collegasse Yoshitaka Mashiba a questa morte. Di fatto, quasi nessuno sapeva che la donna avesse una relazione. Secondo sua madre, Junko non aveva mai invitato degli uomini nel suo appartamento e il suicido della figlia non era dovuto a questioni sentimentali. Erano passati tre anni da quando Mashiba e Junko erano stati visti alla sala da tè. Se si fossero lasciati poco dopo, allora forse il suicidio di Junko, un anno dopo, non avrebbe avuto niente a che vedere con lui.

E anche ammesso che Mashiba fosse coinvolto, se nessuno lo sapeva, allora nessuno avrebbe avuto motivo di vendicarsi. Nonostante il via libera da Mamiya, Kusanagi aveva sempre avuto la sensazione di seguire una pista sbagliata fin dall'inizio.

Finché non aveva saputo del veleno.

Se avesse richiesto subito il fascicolo sulla morte di Junko Tsukui agli agenti che se n'erano occupati, forse avrebbe scoperto comunque il collegamento; ma dopo aver chiamato la madre e aver sentito la sua triste storia, Kusanagi aveva deciso di non scendere nei particolari. Dopotutto, se gli agenti preposti avevano stabilito che era un suicidio, cos'altro c'era da sapere?

Ma l'acido arsenioso...

C'era la possibilità che fosse solo una coincidenza. Dopo l'episodio del curry avvelenato si era sparsa voce dell'efficacia di quel veleno e la cosa, ovviamente, poteva aver spinto la gente a usarlo per suicidarsi o per uccidere.

Ma che un uomo fosse morto a causa dello stesso veleno che la sua ex fidanzata aveva usato per suicidarsi... per Kusanagi non poteva essere una semplice coincidenza.

Mentre il detective stava vagliando le possibilità, suonò il telefono. Era Yukawa.

«Ancora tu? Diamine, mi sa che per la bolletta del telefono spendi più di una ragazzina.»

«Quando hai qualcosa da dire non puoi farne a meno» osservò Yukawa saggiamente. «Possiamo vederci oggi?»

«Sì, ma di che si tratta? Finalmente hai capito com'è stato avvelenato il caffè?»

«Non direi che ho proprio "capito". Diciamo che forse ho scoperto una possibilità.»

Mentre alzava gli occhi al cielo per le parole sibilline del professore, Kusanagi strinse il telefono nella mano. Quando Yukawa cominciava a parlare di possibilità, di solito la soluzione era vicina.

«L'hai detto a Utsumi?»

«No, non ancora. E a dire il vero, non sono pronto a dirlo nemmeno a te. Quindi non scaldarti tanto, perché rimarresti solo deluso.»

«Che significa? *Perché* vuoi che ci vediamo, allora?»

«Devo chiederti una cosa a proposito delle indagini. Devo vedere se c'erano le condizioni necessarie perché il nostro assassino eseguisse il trucco che ho in mente.»

«Quindi non vuoi dirmi di che trucco si tratti, ma vuoi che ti dia delle informazioni... Non dovrebbe esserci bisogno di dirtelo, ma sai che rivelare i dettagli di un'indagine ai non addetti è ufficialmente vietato.»

Dopo alcuni secondi di silenzio, Yukawa rispose. «Mi sorprende sentirlo da te. Ma non importa. C'è un motivo per cui non posso parlarti del trucco. Te lo spiegherò di persona.»

«Sai, quando la metti così sembra che tu mi voglia illudere. Comunque, ora devo andare alla centrale di Meguro. Poi passerò all'università. Dovrei essere lì per le otto.»

«Allora fammi uno squillo quando arrivi. Potrei non essere in laboratorio.»

«D'accordo.» Kusanagi riagganciò, sentendo una tensione improvvisa montargli nello stomaco.

Voleva capire che trucco aveva scoperto Yukawa, anche se sapeva che sarebbe stato impossibile indovinarlo. Ciò che lo preoccupava di più era come tutto questo avrebbe influito sulla posizione che Ayane aveva nella lista dei sospetti.

Se il trucco di Yukawa facesse crollare il suo alibi di ferro... Sarebbe finita, pensò il detective. Non tanto per Ayane, quanto per lui stesso. Kusanagi sarebbe stato costretto a sospettare di lei. Di solito attendeva con ansia di ricevere spiegazioni da Yukawa. Ora però la cosa non faceva che angosciarlo ancora di più.

Kishitani era alla centrale di polizia di Meguro; aveva in mano un fax con i particolari del suicidio di Junko Tsukui. Mamiya era in piedi accanto a lui.

«Adesso so perché voleva più informazioni» disse Kishitani mostrando il foglio.

Kusanagi diede una scorsa al verbale. Junko Tsukui era stata trovata a letto nel suo appartamento. Sul comodino accanto a lei c'era mezzo bicchiere d'acqua e una bustina di plastica contenente della polvere bianca. La polvere era ossido di arsenico, conosciuto anche come acido arsenioso.

«Qui non dicono come si è procurata il veleno. Non l'hanno scoperto?» mormorò Kusanagi.

«Probabilmente non ci hanno nemmeno pensato» disse Mamiya. «Non c'era motivo di pensare a un omicidio. E non è poi così difficile procurarsi dell'acido arsenioso. L'avranno vista come una perdita di tempo e basta.»

«Però è davvero curioso che l'ex di Mashiba si sia uccisa con lo stesso veleno con cui è morto lui. Non male, Kusanagi» disse Kishitani con un'eccitazione palpabile.

«Hanno tenuto il veleno come prova, per caso?» chiese Kusanagi.

«Abbiamo controllato, ma niente. In fondo sono passati due anni» disse Mamiya accigliandosi.

Non c'era possibilità di poter confrontare il veleno usato nei due casi per vedere se aveva la stessa provenienza.

«E hanno informato i genitori che si trattava di veleno?» chiese Kusanagi, a nessuno in particolare.

«In che senso?» obiettò Mamiya.

«La madre della signorina Tsukui mi ha detto che sua figlia è morta per un'overdose di sonniferi. Mi chiedevo perché pensasse una cosa simile.»

«Forse si è solo fatta un'idea sbagliata?»

«Può darsi...» disse Kusanagi. Ma dubitava che una madre si dimenticasse di come si era uccisa la figlia.

«Be', con queste informazioni e con quello che ha riferito Utsumi, finalmente sembra che stiamo facendo qualche progresso» disse Kishitani.

Kusanagi alzò lo sguardo. «Cos'ha detto Utsumi?»

«Una notizia che ha avuto dal detective Galileo» disse Mamiya. «Le ha fatto riesaminare il filtro dell'acqua a casa dei Mashiba. L'hanno mandato a... come si chiama quel posto?»

«Fonte 8» disse Kishitani.

«Esatto, proprio lì. Yukawa ci ha chiesto specificamente di farlo analizzare lì. M'immagino che ora Utsumi stia correndo da un ufficio all'altro per inoltrare quella richiesta.»

La Fonte 8 era un centro di radiologia, il più grande del mondo, situato nella prefettura di Hyogo. La sua capacità di individuare anche le più piccole tracce di materiale l'aveva reso una scelta preferenziale per le indagini della scientifica nel caso del curry avvelenato.

«Quindi Yukawa crede che il veleno fosse nel filtro?»

«Stando a quanto ha detto Utsumi, sì.»

«Mi sembrava avesse detto che era impossibile...» Kusanagi non finì la frase.

«Cosa?» Mamiya inarcò un sopracciglio.

«Niente. Comunque devo incontrarmi con lui più tardi. Ha detto di aver scoperto un trucco... forse un trucco per mettere il veleno nel sistema di filtraggio?»

«È quello che Utsumi sembrava accennare, che Yukawa l'avesse capito. Ma pare che non le abbia voluto dire di che si trattava. Quell'uomo è tanto geniale quanto testardo» aggiunse Mamiya scrollando la testa.

«Non ha voluto dire niente nemmeno a me» disse Kusanagi.

Sul volto del comandante comparve un sorriso ironico. «Be', dato che ci sta aiutando gratis, suppongo che non possiamo lamentarci. E se si è preso la briga di invitarti da lui, probabilmente ha qualche buon consiglio da darci. Vai un po' a sentire cosa dice.»

*

Erano già le otto passate quando Kusanagi arrivò all'università. Chiamò Yukawa non appena scese dal taxi, ma non ebbe risposta. Lo chiamò di nuovo mentre entrava nel campus e, dopo diversi squilli, finalmente Yukawa rispose.

«Scusa, non sentivo il telefono.»

«Sei in laboratorio?»

«No, in palestra. Ti ricordi dov'è?»

«Come potrei dimenticarmelo?»

Kusanagi spense il cellulare e si diresse verso la palestra. Appena superato il cancello d'ingresso dell'università, sulla sinistra, c'era un edificio grigio dal tetto arcuato. Quand'era studente, Kusanagi aveva passato più tempo lì dentro che nel suo dormitorio. Era lì che aveva conosciuto Yukawa. Allora erano entrambi magri e in forma; ora l'unico ad avere un fisico atletico era il professore.

Mentre entrava nel centro sportivo, un ragazzo in tuta uscì dalla porta d'ingresso, con una racchetta da badminton in mano. Superò Kusanagi salutandolo con un cenno della testa. All'interno, il detective trovò Yukawa seduto su una panchina, intento a infilarsi una tuta sportiva . Kusanagi lanciò un'occhiata al campo da gioco e vide che la rete era montata.

«Ora capisco perché ci sono così tanti professori anziani. Usano le strutture dell'università come palestra personale per tutta la vita.»

Yukawa alzò lo sguardo, impassibile. «Non c'è niente di personale» disse. «Devo prenotare il campo esattamente come tutti gli altri. E non sono d'accordo con la tua affermazione che i professori universitari vivono a lungo. Innanzitutto ci vuole una notevole quantità di tempo e di fatica per diventare professore, il che fa pensare che uno debba rispondere a certi standard di salute ancora prima di avere il lavoro. Stai confondendo le cause con i risultati.»

Kusanagi tossì, le braccia incrociate, e guardò in basso verso Yukawa. «Di cosa mi volevi parlare?»

«Vacci piano. Che ne dici di questa?» disse Yukawa porgendo una racchetta a Kusanagi.

«Non sono venuto qui per giocare – nemmeno a badminton.»

«Apprezzo la tua dedizione al lavoro,» disse Yukawa «ma non posso fare a meno di notare che il tuo girovita è aumentato di almeno nove centimetri negli ultimi anni e non sto esagerando. Devo dedurre che andare in giro a interrogare la gente non sia l'ideale per tenersi in forma.»

«Be', se la metti così...» Kusanagi si tolse la giacca e prese la racchetta.

I due scesero in campo, fronteggiandosi davanti a una rete per la prima volta dopo almeno vent'anni. Eppure, nonostante fosse passato tanto tempo, Kusanagi riconobbe subito quella sensazione: la racchetta nella sua mano, la rete, il cigolio del pavimento. Ma non rispondeva più con tanta prontezza allo scorrere del gioco, alle angolazioni della racchetta e al volano, e si rese conto con amarezza di non aver più un briciolo di resistenza. In meno di dieci minuti era piegato in due ad ansimare.

Kusanagi guardò Yukawa scagliare con forza il volano nella metà campo vuota. Si sedette per terra. «Mi sa che sto invecchiando» disse. «Ma sappi che riesco ancora a battere a braccio di ferro le nuove reclute.»

«I muscoli a contrazione rapida che usi nel braccio di ferro possono infiacchirsi con l'età, ma possono riprendersi con un minimo di allenamento. Invece, i muscoli lenti responsabili della resistenza fisica non sono così elastici. Tra questi c'è anche il cuore. Ti consiglio vivamente di allenarti con regolarità» concluse Yukawa con tono distaccato. Il suo respiro era calmo e regolare rispetto ai rantoli convulsi di Kusanagi.

Bastardo, pensò Kusanagi. Ancora seduto, si appoggiò alla parete. Yukawa tirò fuori una borraccia, versò un po' di liquido nel tappo e l'offrì all'amico. Kusanagi ne bevve un sorso. Era un integratore, molto freddo.

«È come essere tornati a scuola, eh? A parte il fatto che sono completamente fuori forma.»

«Se non ti alleni, forza e tecnica ne risentono. Io ho continuato ad allenarmi, tu no. Tutto qui.»

«Lo dici per consolarmi?»

«No» disse Yukawa, con uno sguardo curioso sul volto. «Dovrei farlo?»

Kusanagi ridacchiò, si alzò da terra e restituì il tappo della borraccia al fisico. Poi si fece serio. «Quindi credi che il veleno fosse nel filtro?»

Yukawa annuì. «Come ti ho detto al telefono, non posso ancora dimostrare nulla. Ma sono quasi certo che sia così.»

«Hai fatto altre prove?»

«In realtà ho fatto una prova qui nell'università. Ci siamo procurati quattro esemplari dello stesso filtro, ci abbiamo messo dentro dell'acido arsenioso, li abbiamo lavati più volte e poi abbiamo cercato delle tracce. Ovviamente nel nostro laboratorio abbiamo potuto fare solo una spettrometria a plasma induttivo.»

«Una spettro che?»

«Non importa. Sappi solo che è un metodo analitico molto sensibile. Abbiamo esaminato i quattro filtri e trovato tracce evidenti in due di essi, mentre gli altri due hanno dato risultati irrilevanti. Nel filtro dei Mashiba c'era uno strato speciale che rende estremamente difficile alle particelle minuscole aderire alla superficie. Stando a quel che dice Utsumi, la scientifica si è servita di un'analisi di assorbimento atomico, che è un metodo ancora meno accurato di quello che ho impiegato io. Da qui la scelta di rivolgerci alla Fonte 8.»

«Devi essere molto convinto se insisti tanto.»

«Non direi che ne sono convinto al cento per cento, ma è davvero l'ultima opzione che ci resta.»

«Quindi come ha fatto l'assassino a mettere dentro il veleno nel filtro? Mi sembrava avessi detto che era impossibile.»

Yukawa rimase in silenzio. Stringeva il suo asciugamano con le mani.

«Hai scoperto un trucco» disse Kusanagi un attimo dopo. «Ma non vuoi dirmi di che si tratta.»

«Come ho detto a Utsumi, non voglio che vi facciate delle idee prima del tempo.»

«Che c'entra quello che penso io con il trucco utilizzato per avvelenare il filtro?»

«C'entra eccome» disse Yukawa fissando il detective. «Se il trucco che ho in mente *è stato* utilizzato, è molto probabile che siano rimaste delle tracce. Per questo ho mandato il filtro alla Fonte 8: per trovare queste tracce. Ma anche se non troveranno nulla, ciò non significa che il trucco non sia stato usato. È questo il problema.»

«Allora perché non puoi dirmelo?»

«Mettiamo per ipotesi che ora ti spieghi il trucco. Se più tardi trovassimo delle tracce che dimostrano che è stato effettivamente usato, non ci sarebbe nessun problema. Ma se non le trovassimo?

Riusciresti a tornare al punto di partenza? Riusciresti a pensare comunque che il trucco potrebbe essere stato impiegato?»

«Be', certo, a meno che non ci fossero prove contrarie.»

«È qui che ho dei problemi» disse Yukawa.

«Spiegati meglio.»

«Non voglio che sospettiate di una persona senza prima avere delle prove. E c'è solo una persona al mondo che potrebbe aver usato questo trucco.»

Kusanagi guardò gli occhi del professore dietro gli occhiali. «Ayane Mashiba?»

Yukawa batté leggermente le palpebre, e Kusanagi lo prese per un sì. Fece un sospiro profondo. «Bene, allora. Mi limiterò a continuare con le mie indagini e a sperare in una svolta. Alla fine mi sa che ho trovato un indizio, sai.»

«Racconta.»

«Ho rintracciato una delle ex fidanzate di Mashiba. C'è un collegamento con il caso.»

Kusanagi gli spiegò che Junko Tsukui si era suicidata con dell'acido arsenioso.

«E questo è successo due anni fa?» chiese Yukawa, lo sguardo perso nel vuoto.

«Sì. Ed è per questo che, trucco o non trucco, sono contento di condurre le indagini a modo mio. Qua non si tratta semplicemente di una moglie che si vendica per l'infedeltà del marito. Credo che sia molto più complicato.»

Yukawa alzò lo sguardo su Kusanagi e un sorriso gli illuminò il volto.

«Che c'è?» chiese il detective. «Credi che abbia preso un granchio, eh?»

«Tutt'altro. Pensavo solo che in fondo non c'era bisogno di farti venire fin qui, oggi.»

Kusanagi si accigliò, perplesso.

«Vedi,» continuò Yukawa «quello che volevo dirti era proprio questo: il caso ha radici profonde. Non possiamo permetterci di esaminare solo la morte di Mashiba: dobbiamo addentrarci nel passato il più possibile, e analizzare le cose da ogni angolazione. Quello che mi hai appena detto su questa ex fidanzata è molto interessante, soprattutto la parte relativa all'acido arsenioso.»

«Non ti seguo» grugnì Kusanagi. «Non sospetti della signora Mashiba? Perché dovrebbe interessarti il passato?»

«Perché ha una *grande* importanza» disse Yukawa prendendo la sua racchetta e la borsa sportiva. «Mi si stanno raffreddando i muscoli. Andiamo.»

Uscirono insieme dalla palestra. Mentre si avvicinavano al cancello d'ingresso, Yukawa si fermò. «Io torno in laboratorio. Vuoi un caffè?»

«C'è qualcos'altro che mi devi dire?»

«Al momento no.»

«Allora facciamo un'altra volta. Devo tornare alla centrale.»

«Bene» disse Yukawa, voltandosi per andarsene.

«Un momento» lo chiamò Kusanagi. «In passato Ayane ha cucito un gilè in stile patchwork per suo padre. L'ha imbottito con un cuscino all'altezza della vita per attutire il colpo se fosse caduto scivolando sul ghiaccio.»

Yukawa si girò. «E con questo?»

«Non è una donna impulsiva. È il genere di persona che pensa a quello che fa prima di agire. Non credo che una donna del genere commetterebbe un omicidio solo perché suo marito la tradiva.»

«È il tuo intuito da detective a suggerirtelo?»

«Ti sto solo dicendo la mia impressione. Anche se tu e Utsumi pensate che abbia un debole per la signora Mashiba.»

Yukawa abbassò un attimo lo sguardo, poi lo rialzò e disse:

«Non m'interessa se provi qualcosa per lei. Non credo che tu sia una persona così debole da lasciarti condizionare dai sentimenti. E un'altra cosa» disse alzando l'indice. «Quello che dici è sicuramente vero. Ayane non è una stupida.»

«Quindi non sospetti di lei?»

Yukawa alzò una mano e fece un cenno di saluto, poi si voltò e si allontanò.

Ventitré

Kusanagi fece un respiro profondo prima di suonare il campanello. Guardò la piccola targa sulla porta che indicava Casa di Anne, chiedendosi perché si sentisse così nervoso.

Non rispose nessuno al citofono, ma un attimo dopo Ayane aprì la porta. Gli lanciò un'occhiata stranamente gentile, come una madre che guardasse suo figlio. «Puntualissimo, vedo» disse.

«Eh? Ah, sì» mormorò Kusanagi dando un'occhiata all'orologio. Erano le due in punto, proprio come le aveva detto al telefono.

La donna aprì la porta e lo invitò a entrare.

L'ultima volta che Kusanagi era passato dalla scuola era quando aveva portato Hiromi Wakayama alla centrale di polizia per interrogarla. Anche se allora non si era guardato granché attorno, adesso avvertiva qualcosa di diverso. Le postazioni di lavoro e i mobili erano ancora lì, ma quel luogo sembrava in un certo senso meno vitale.

Si sedette sulla sedia che gli fu offerta e osservò la stanza spaziosa, mentre Ayane versava il tè con un sorriso amaro sul volto. «È un po' desolato qui dentro, lo so. Non mi ero mai resa conto di quante cose avesse portato Hiromi finché non sono sparite.»

Kusanagi non fu sorpreso di sapere che Hiromi si era licenziata. Qualunque donna se ne sarebbe andata una volta che il segreto fosse venuto a galla.

Ayane aveva lasciato l'hotel il giorno prima per stabilirsi lì. Non aveva intenzione di tornare a casa, e Kusanagi la capiva. In fondo c'era stato un delitto.

La vedova mise una tazza di tè davanti al detective, che la ringraziò.

«Sono stata là stamattina» disse Ayane sedendosi di fronte a lui.

«A casa sua?»

Ayane annuì. «Sì, ad annaffiare i fiori. Erano tutti appassiti.»

Kusanagi si sentì in colpa. «Mi dispiace. Ho la chiave e tutto quanto, ma ho avuto così tante cose da fare...»

La donna respinse le scuse con un gesto della mano. «No, non si preoccupi, la prego. Non avrei mai dovuto chiederle un favore del genere. Davvero, non lo dico con rancore.»

«Avevo intenzione di annaffiarli, ma me ne sono dimenticato. D'ora in poi starò più attento.»

Ayane scrollò la testa. «Nessun problema. Cercherò di andarci ogni giorno e di occuparmene di persona.»

«Capisco... bene, allora. Mi dispiace di non esserle stato d'aiuto. Vuole che le restituisca la chiave?»

Ayane rifletté un attimo, poi fissò il detective. «Avete... finito con quella parte delle vostre indagini, o dovrete tornare?»

«Mah, difficile dirlo» ammise Kusanagi.

«Allora la tenga pure. Così non dovrà venirmela a chiedere ogni volta che ce ne sarà bisogno.»

«Bene. Vedrò di tenerla al sicuro» disse Kusanagi dandosi dei colpetti sul taschino sinistro.

«A proposito... è stato lei a portare quel grosso annaffiatoio?»

Kusanagi si fermò, la tazza vicino alla bocca, e agitò la mano libera. «Ah, quello» disse. «Be', mi piaceva il barattolo vuoto di caffè che usava prima ma... ho pensato che un vero annaffiatoio fosse più pratico. Mi perdoni l'imposizione.»

«Ma si figuri. Non avevo idea che facessero degli annaffiatoi così grandi. È molto pratico, tanto che vorrei averne comprato uno prima. La ringrazio.»

«Per fortuna» disse Kusanagi. «Temevo che fosse affezionata a quel barattolo.»

«Come potrei affezionarmi a un barattolo? Quindi l'ha buttato via?»

«Sì... spero che non sia un problema.»

«No, al contrario. Mi ha fatto un favore.»

Ayane abbassò la testa e sorrise. In quell'istante il telefono della scuola cominciò a suonare. La donna si alzò e rispose.

«Casa di Anne, posso aiutarla? Signorina Ota? Buongiorno!... Cosa? Oh, capisco.»

Anche se stava ancora sorridendo, Kusanagi la vide contrarre gli angoli della bocca. Quando mise giù il telefono, era turbata.

«Mi scusi» disse, sedendosi di nuovo.

«È successo qualcosa?» chiese Kusanagi.

Gli occhi della donna avevano un'espressione malinconica. «Era una delle mie allieve. Ha avuto dei problemi in famiglia e deve lasciare. Sono più di tre anni che viene qui.»

«Immagino che non sia facile occuparsi di una famiglia e coltivare un hobby come questo.»

Ayane sorrise. «In realtà è da ieri che continuano a chiamare per disdire. Questa è la quinta.»

«Per via del caso?»

«In parte, forse. Ma credo che molto dipenda dal fatto che Hiromi abbia lasciato la scuola. Ha insegnato a tempo pieno per tutto l'anno passato e credo che molte delle allieve si considerassero *sue* allieve.»

«Quindi partita lei, se ne sono andate anche loro?»

«Niente di così organizzato, ma credo che abbiano notato che l'atmosfera alla scuola è cambiata. Le donne sono sensibili a queste cose, sa.»

«Bene...» Kusanagi rimase un po' perplesso. Aveva sempre pensato che le allieve preferissero imparare le tecniche dalla maestra. Dovevano essere contente di sapere che Ayane avrebbe insegnato loro direttamente, senza servirsi di un'assistente.

Probabilmente Utsumi capirebbe, pensò, mentre l'immagine della giovane detective si materializzava nella sua mente.

«Sono sicura che nei prossimi giorni anche altre lasceranno. È come una reazione a catena. Forse dovrei chiudere la scuola, almeno per un po'.» Ayane rimase un attimo seduta a testa china, il mento appoggiato su una mano. Poi si raddrizzò improvvisamente. «Mi scusi. Questo non c'entra niente col motivo della sua visita, vero, detective Kusanagi?»

Lo fissò negli occhi e Kusanagi allontanò subito lo sguardo. «So che siamo ancora in alto mare al momento, e le chiedo scusa» si affrettò a dire il detective. «Mi creda, stiamo facendo del nostro meglio per risolvere questo caso il prima possibile. Nel frattempo, forse non sarebbe una cattiva idea se si prendesse una pausa.»

«Credo che abbia ragione» disse lei. «Forse mi ci vuole un viaggetto. Non mi muovo da un sacco di tempo. Prima era diverso. Una volta sono perfino andata oltreoceano da sola.»

«Già. In Inghilterra, vero?»

«Gliel'hanno detto i miei genitori? È passato così tanto tempo.» Ayane abbassò gli occhi, poi alzò la testa. «Senta, volevo chiederle se poteva aiutarmi a fare una cosa, se non le dispiace.»

«Certo» disse Kusanagi appoggiando la tazza di tè sul tavolo.

«È questa parete» disse Ayane guardando la parete vicino a loro. «È un po' spoglia.»

In effetti la parete era completamente vuota, si intravedeva solo una sagoma sbiadita nel punto in cui prima era appeso qualcosa.

«Prima c'era uno degli arazzi di Hiromi, ma l'ho dato a lei

quando se n'è andata. Adesso che non c'è più, sembra tutto un po' vuoto, non trova?»

«Capisco. Ha già deciso cosa metterci?»

«Sì. In realtà l'ho portato da casa oggi stesso.»

Ayane si alzò e andò a prendere un grosso sacchetto di carta, rigonfio sui lati, appoggiato in un angolo.

«Cos'è?» chiese Kusanagi.

«L'arazzo che era appeso nella mia camera da letto. Non credo che mi servirà più là dentro.»

«Bene» disse Kusanagi alzandosi. «Allora appendiamolo.»

Ayane infilò una mano nel sacchetto ma poi si fermò. «Aspetti» disse ridendo. «Prima forse dovrei rispondere alle sue domande. È per questo che è venuto qui, no?»

«Oh» rispose Kusanagi. «Non c'è problema, possiamo pensarci dopo.»

Ayane scrollò la testa con un'espressione seria sul volto. «No, assolutamente. È venuto qui per lavoro, e il lavoro viene sempre prima di tutto il resto.»

Kusanagi ridacchiò e tirò fuori il taccuino. Quando rialzò la testa, Ayane aveva la bocca chiusa e le labbra strette.

«D'accordo, allora passiamo alle domande. Temo che non saranno del tutto gradevoli, ma le chiedo gentilmente di collaborare.»

Ayane annuì.

«Abbiamo scoperto come si chiamava la donna che frequentava suo marito prima di conoscere lei. Junko Tsukui. Mai sentito questo nome?»

«Tsukui...?»

«Sì, scritto così» disse Kusanagi. Scrisse il nome sul taccuino e glielo mostrò.

Ayane lo fissò. «È la prima volta che lo sento.»

«Suo marito non le aveva mai parlato di una scrittrice di libri per bambini? Nemmeno di sfuggita?»

«Una scrittrice di libri per bambini?» Ayane divenne pensosa.

«Sì. Junko Tsukui era scrittrice e illustratrice di libri per bambini. Magari suo marito le aveva accennato di aver conosciuto un'illustratrice in passato, qualcosa del genere...»

Ayane abbassò lo sguardo sul tavolo. «Mi dispiace, ma non ricordo che mi abbia mai parlato di libri per bambini, né di un'illustratrice di libri per bambini. E in caso contrario credo che me lo ricorderei: non c'erano illustratori nella sua cerchia di conoscenze.»

«Bene» commentò Kusanagi.

«Questa ex ha qualcosa a che vedere col caso?»

«È quello che vorremmo sapere anche noi.»

«Capisco» disse Ayane abbassando lo sguardo. Le sue lunghe ciglia fluttuarono.

«Le spiace se le faccio un'altra domanda? Non è una cosa che normalmente chiederei a qualcuno nella sua posizione, ma dato che i diretti interessati non sono più con noi...»

«Scusi?» Ayane alzò lo sguardo. «I *diretti interessati*?»

«Sì. Anche la donna di cui le ho parlato, Junko Tsukui, è morta. Due anni fa.»

Ayane sbarrò gli occhi.

«Come forse avrà capito dalle difficoltà che stiamo incontrando nelle indagini, abbiamo appurato che suo marito teneva nascosta la sua relazione con la signorina Tsukui. Mi chiedevo: secondo lei perché lo faceva? Suo marito ha mai cercato di nascondere la vostra relazione?»

Ayane rifletté un attimo, con la tazza di tè tra le mani. Stava ancora pensando quando disse: «Mio marito non nascondeva la nostra relazione ai conoscenti. Il signor Ikai, il suo migliore amico, era con lui quando ci siamo conosciuti».

«Sì, certo.»

«Detto questo,» continuò Ayane «se il signor Ikai non ci fosse stato quando ci siamo conosciuti, non mi sarei stupita se mio marito avesse cercato di tenere nascosta la cosa.»

«Perché?»

«Perché così non avrebbe dovuto dare spiegazioni quando ci saremmo lasciati.»

«Quindi crede che avesse in mente di lasciarla fin dall'inizio?»

«Credo che volesse capire se potevo avere figli. Avrebbe preferito che fossi rimasta incinta prima del matrimonio.»

«Invece vi siete sposati prima ancora di provarci.»

Ayane fece un sorriso consapevole. Nei suoi occhi c'era una certa timidezza che Kusanagi prima non aveva notato. «Il motivo è semplice. Non gliel'ho permesso. Ho insistito per usare dei contraccettivi finché non fossimo stati legalmente sposati.»

«Capisco. Mi chiedo se non fosse una questione di contraccettivi anche nel caso di Tsukui, quindi» disse il detective, sapendo che stava entrando in acque pericolose.

«Non credo proprio. Per questo l'ha piantata.»

«Piantata?»

«Perché non è rimasta incinta secondo i suoi piani» concluse Ayane sorridendo, come se stessero chiacchierando delle condizioni del tempo.

Kusanagi chiuse il taccuino. «Capisco. La ringrazio.»

«È tutto?»

«È più che sufficiente. Mi scusi se alcune domande le sono sembrate inopportune.»

«Tutt'altro. Ho frequentato altri uomini prima di conoscere mio marito, sa.»

«Non lo metto in dubbio» disse Kusanagi, facendo una smorfia nello stesso istante in cui diceva quelle parole. Ma Ayane si limitò a sorridere.

«Ehm, adesso lasci che l'aiuti con quell'arazzo» si offrì Kusanagi.

«Bene.» Stava per prendere di nuovo il sacchetto, ma poi si fermò. «In realtà, forse è meglio aspettare. Non ho ancora lavato la parete. Ci penserò io quando sarà pronta.»

«Davvero? Credo che starebbe proprio bene qui. Mi faccia sapere se le serve aiuto quando deciderà di appenderlo.»

Ayane lo ringraziò, chinando la testa.

Una volta lasciata la Casa di Anne, Kusanagi ripensò alle domande che aveva fatto, alle risposte di Ayane e alla propria reazione a quelle risposte. Mentre rifletteva, gli sembrò di sentire un'altra voce nella sua testa: quella di Yukawa.

Non credo che tu sia una persona così debole da lasciarti condizionare dai sentimenti.

Kusanagi sperò in cuor suo che l'amico avesse ragione.

Ventiquattro

«Prossima fermata: Hiroshima...»

Utsumi sentì l'annuncio sopra la musica e si tolse le cuffiette, infilando il suo iPod nella borsa da viaggio. Appena il treno cominciò a rallentare, si alzò e si avvicinò alle porte.

Controllò l'indirizzo sul taccuino. La casa dei genitori di Junko Tsukui era a Takayacho, nella zona est di Hiroshima. La stazione più vicina era Nishitakaya. Utsumi aveva già chiamato la madre di Junko per informarla che sarebbe passata da lei. La signora Yoko le era sembrata un po' agitata al telefono. *Si chiederà perché tanto interesse per un suicidio avvenuto due anni fa.*

Alla stazione di Hiroshima, Utsumi acquistò una bottiglietta d'acqua minerale a un chiosco, poi salì sul treno locale. Nishitakaya era la nona fermata sulla linea principale per Sanjo, a una quarantina di minuti di viaggio, così tirò fuori di nuovo l'iPod e si mise le cuffiette. Rimase seduta con una certa inquietudine ad ascoltare la musica e a bere la sua acqua – acqua addolcita, era specificato sull'etichetta. Yukawa le aveva detto come andava usata in cucina, ma se l'era già dimenticato.

L'acqua le fece tornare in mente la teoria di Yukawa a proposito del sistema di filtraggio e del veleno, e cominciò a chiedersi quale fosse esattamente quel trucco che il fisico era così restio a rivelare. Si trattava di qualcosa di teoricamente possibile, ma estremamente improbabile – era quella la prima cosa che aveva detto. Poi, dopo che Utsumi aveva fatto quelle strane domande, l'unico commento del fisico era stato: «Impossibile».

Se prendeva per buone le parole di Yukawa, doveva essere un trucco veramente straordinario, quasi assurdo. Eppure quell'uomo sembrava quasi dell'idea che fosse stato usato davvero.

Ancora deciso a non svelarle nulla, il fisico aveva dato a Utsumi altre istruzioni: prima dovevano riesaminare con attenzione il sistema di filtraggio per accertare che non ci fosse nulla di anomalo. Per individuare anche la minima traccia di veleno, Utsumi aveva mandato il filtro alla Fonte 8. Yukawa voleva sapere anche il codice di ricambio del filtro utilizzato.

Anche se non erano arrivati i risultati dalla Fonte 8, avevano già capito alcune cose. Tanto per cominciare, quelli della scientifica avevano assicurato loro che non c'era niente di anomalo nel sistema di filtraggio. Il filtro conteneva una quantità di residui corrispondente a un anno di utilizzo, e nulla indicava che fossero state fatte modifiche o adattamenti a nessuno dei pezzi. Anche il codice di ricambio del filtro corrispondeva.

Quando aveva riferito queste cose a Yukawa, l'unica risposta era stata un «Bene, grazie». Poi aveva riagganciato il telefono.

Utsumi aveva sperato in qualcosa di più, un indizio magari, ma non ci si poteva aspettare troppo da quel fisico bizzarro.

A lasciarla perplessa, però, era soprattutto ciò che Yukawa aveva detto a Kusanagi a proposito del passato. In particolare, si era mostrato interessato al fatto che Junko Tsukui avesse usato l'acido arsenioso per suicidarsi.

Utsumi non capiva. Se Yukawa pensava che l'assassino fosse Ayane Mashiba, non era sufficiente esaminare cos'era successo nel periodo a ridosso della morte di suo marito? Anche se l'omicidio affondava le sue radici nel passato, non era da Yukawa interessarsi ai precedenti.

Mentre Utsumi stava ascoltando un pezzo di cui cercava di ricordare il titolo, il treno arrivò in stazione.

Le bastarono cinque minuti a piedi per raggiungere l'abitazione degli Tsukui, una casa su due piani in stile occidentale adagiata su un pendio ai margini di un bosco. Utsumi pensò che fosse fin troppo grande per una donna anziana che viveva da sola. Le avevano detto che il padre di Junko Tsukui era morto e che suo fratello maggiore si era trasferito a Hiroshima dopo essersi sposato.

Utsumi premette il campanello; le rispose una voce familiare.

Yoko Tsukui era una donna esile, dai capelli grigi; Utsumi immaginò che avesse sui sessantacinque anni. Sembrava sollevata che la detective fosse venuta da sola. *Probabilmente si aspettava uno sgherro grosso e muscoloso.*

Anche se da fuori la casa sembrava molto moderna, gli interni erano in stile giapponese tradizionale. La signora Tsukui condusse Utsumi in una sala in cui c'erano alcuni tatami, un grande tavolo basso al centro e un altare di famiglia su un lato.

«Ha fatto un lungo viaggio. Dev'essere stanca» disse Yoko mentre versava dell'acqua calda in una teiera.

«Per niente» rispose Utsumi. «Al contrario, mi spiace venire a disturbarla facendole domande su sua figlia dopo così tanto tempo.»

«Be', sì, mi è sembrato un po' strano. È passato del tempo e avevo cominciato a lasciarmelo alle spalle.»

Le offrì una tazza di tè fumante.

«All'epoca della morte di sua figlia ha detto alla polizia che non sapeva perché si fosse suicidata. È ancora così?»

Yoko accennò un sorriso. «Non sapevo cosa pensare. Nemmeno le persone che conosceva a Tokyo sapevano che pesci prendere. Ma credo che si sentisse un po' sola.»

«Sola?»

«Le è sempre piaciuto disegnare ed era andata a Tokyo per cercare di farne una professione – con i libri per bambini, sa. Ma è sempre stata una ragazza taciturna, anche a casa. Dev'essere stato difficile per lei stare là da sola, in un posto che non conosceva, senza fare grandi progressi nel lavoro. Se solo avesse avuto qualcuno con cui parlare...»

A quanto pare nemmeno Yoko sapeva che sua figlia frequentava qualcuno.

«È venuta a trovarla poco prima della sua morte, giusto?» chiese Utsumi.

«Esatto. Ricordo che era un po' giù di corda, ma non avevo idea che avesse intenzione di... morire» disse Yoko, cercando di trattenere le lacrime.

«Quindi la vostra è stata una conversazione del tutto normale?»

«Sì. Diceva di stare bene.»

Utsumi immaginò di tornare dai suoi genitori avendo già deciso di uccidersi, e si chiese cos'avrebbe detto a sua madre. Forse non sarebbe riuscita a guardarla negli occhi, ma probabilmente avrebbe finto che andasse tutto bene.

«Detective?» Yoko alzò lo sguardo. «Perché vi interessa il suicidio di Junko proprio adesso?»

«Abbiamo ipotizzato che la sua morte potrebbe essere collegata a un altro caso. Non c'è ancora nulla di certo, quindi temo che in questa fase ci limiteremo a raccogliere informazioni. Le direi di più se potessi.»

«Capisco» sospirò Yoko.

«In particolare, siamo interessati al veleno che ha usato.»

Le sopracciglia di Yoko ebbero un fremito nel sentire quella parola. «Veleno, ha detto?»

«Sì. Sua figlia si è uccisa con del veleno. Per caso ricorda che tipo di veleno ha usato?»

Per un attimo, sembrò che la donna non sapesse cosa dire. *Forse lo ha veramente dimenticato?*

«Si trattava di acido arsenioso» le suggerì Utsumi. «L'altro giorno, quando l'ha chiamata il mio collega, il detective Kusanagi, ha detto che sua figlia era morta per un'overdose di sonniferi, ma secondo i verbali in nostro possesso si è trattato di avvelenamento da acido arsenioso. Non ne era al corrente?»

«Be'... sa... io...» La donna sembrava di nuovo confusa. Un attimo dopo chiese con esitazione: «È così importante il tipo di veleno? Voglio dire, ho sbagliato a dirgli che è morta a causa dei sonniferi?».

Che strano, pensò Utsumi. «Quindi lei sapeva che non era stata un'overdose di sonniferi, ma gliel'ha detto lo stesso?»

«Mi scusi» mormorò Yoko, il volto improvvisamente rigido di dolore. «Credevo che non importasse più com'è morta, è passato così tanto tempo...»

«C'era qualche motivo per cui non voleva dirci dell'acido arsenioso?»

Yoko rimase zitta.

«Signora Tsukui?»

«Mi scusi» ripeté Yoko. Indietreggiò, mise le mani sul tatami e fece un inchino profondo. «Mi scusi, davvero. Non riuscivo a dirlo, tutto qua...»

Questa volta toccò a Utsumi sentirsi confusa. «Non deve chiedermi scusa. Per favore, cerchi di spiegare di cosa si tratta. C'è qualcosa che non ci ha detto?»

Yoko alzò lentamente la testa. «L'arsenico veniva da casa nostra.»

Utsumi restò senza fiato. «Ma sul verbale c'era scritto che la provenienza era ignota.»

«Non ce l'ho fatta a dirlo. All'epoca ho detto al detective che non sapevo da dove venisse l'arsenico, cioè l'acido. Non riuscivo ad ammettere che l'aveva trovato qui. Forse l'avrei detto se me l'avessero chiesto ancora, ma sembravano soddisfatti così… mi dispiace davvero.»

«Quindi mi sta dicendo che sua figlia ha trovato l'acido arsenioso in questa casa?»

«Sì, ne sono sicura. Mio marito se n'era fatto dare un po' da un amico come veleno per topi. Lo tenevamo nel capanno degli attrezzi.»

«Ed è sicura che Junko l'abbia preso?»

Yoko annuì. «Appena ho saputo che era morta, sono andata a controllare. La busta nel capanno era scomparsa. È stato allora che ho capito perché era tornata a casa. Era tornata a prendere il veleno.»

Utsumi si rese conto che, dallo shock, si era dimenticata di prendere appunti. Cominciò a scrivere velocemente sul suo taccuino.

«Come potevo dire che mia figlia era tornata a casa per uccidersi, e che non lo sapevo? Che eravamo stati noi a darle il veleno! So che ho sbagliato a mentire… mi dispiace davvero se questo vi ha creato dei problemi. Sarò più che lieta di venire a offrirvi delle scuse formali» disse Yoko, chinando la testa ripetutamente.

«Potrei vedere il capanno degli attrezzi?» chiese Utsumi.

«Certamente.»

Utsumi si alzò.

Il capanno, una semplice struttura in acciaio in un angolo del giardino. Era grande abbastanza da contenere alcuni mobili vecchi, degli elettrodomestici e una serie di scatoloni. Utsumi entrò e un odore di polvere e muffa le riempì le narici.

«Dov'era il veleno?» chiese Utsumi.

«Laggiù» disse Yoko, indicando un barattolo vuoto su uno scaffale impolverato. «La busta era in quel barattolo.»

«Quanto ne aveva preso Junko?»

«Be', quando ho controllato, la busta non c'era più. Sarà stato tanto così» spiegò Yoko unendo le mani a coppa.

«Parecchio, direi.»

«Sì. Abbastanza da riempire una ciotola di riso.»

«Gliene sarebbe bastato molto meno per uccidersi. E dal verbale non risulta che ne abbiano trovata una quantità simile vicino al cadavere.»

Yoko si strinse nelle spalle. «Lo so. Non capivo neanch'io... mi vergogno a dirlo, ma all'inizio avevo paura che avrebbero dato la colpa a me per essere stata così sbadata. Poi ho pensato che Junko avesse semplicemente buttato via il resto.»

A Utsumi sembrava strano che un suicida si prendesse la briga di sbarazzarsi del veleno in eccesso.

«Usa spesso questo capanno per gli attrezzi?» chiese.

«No, quasi mai. In realtà non lo aprivo da un po'.»

«Si può chiudere a chiave?»

«Chiudere? Sì, c'è una chiave da qualche parte.»

«Allora potrebbe chiuderlo, oggi? Può darsi che dovremo tornare a esaminarlo.»

Yoko sbarrò leggermente gli occhi. «A esaminare il capanno degli attrezzi?»

«Sì. Le prometto che non la disturberemo più dello stretto necessario.»

Utsumi sentì una punta di eccitazione. Al dipartimento non erano riusciti a capire da dove venisse il veleno che aveva ucciso Yoshitaka Mashiba. Scoprire che il veleno nella casa dei genitori di Junko era lo stesso avrebbe cambiato il corso delle indagini.

Spero solo che in quel capanno siano rimaste tracce dell'acido. Utsumi decise che avrebbe parlato con Mamiya appena tornata a Tokyo.

«A proposito,» disse a Yoko «sappiamo che Junko le aveva spedito una lettera per posta.»

«Sì… sì, esatto.»

«Potrei vederla?»

Yoko rifletté un attimo prima di rispondere: «Va bene».

Tornarono in casa, dove la donna portò Utsumi nella vecchia camera da letto di sua figlia. Era una stanza in stile occidentale, con una scrivania e un letto.

«Ho tenuto tutte le sue cose. Continuo a pensare che dovrei svuotarla prima o poi, ma non mi sono ancora decisa a farlo.» Yoko aprì il cassetto della scrivania, dove c'era una pila di lettere. Prese la busta più in alto. «Ecco qui.»

Utsumi la ringraziò e prese la busta. Il contenuto della lettera corrispondeva a quel che le aveva detto Kusanagi. Non c'era nessun accenno al motivo per cui la ragazza avrebbe potuto suicidarsi. L'unica impressione che Utsumi ne ricavò era che Junko non avesse alcun interesse a rimanere in questo mondo.

«Non posso fare a meno di pensare che avrei potuto fare qualcosa» disse Yoko con voce tremante. «Se fossi stata un po' più attenta, forse mi sarei accorta di quanto stava soffrendo.»

Non trovando nulla di appropriato da dire, Utsumi rimise la lettera nel cassetto e mentre lo faceva notò le altre lettere. «Cosa sono queste?» chiese.

«Altre lettere di mia figlia. Non uso la mail, così ogni tanto mi scriveva per dirmi come stava.

«Le spiace se do un'occhiata anche a queste?»

«Prego, faccia pure. Vado a prendere il tè» disse uscendo dalla stanza.

Utsumi si sedette alla scrivania e cominciò a leggere le lettere. La maggior parte erano semplici descrizioni dei libri illustrati a cui Junko stava lavorando o progetti futuri che aveva in mente.

Non c'era niente a proposito delle sue relazioni o anche solo delle sue amicizie.

Utsumi era sul punto di rinunciare quando vide una cartolina. Su un lato c'era un autobus rosso a due piani. Sull'altro, un messaggio scritto con inchiostro blu. Utsumi trattenne il fiato mentre leggeva.

Come stai? Finalmente sono a Londra. Ho conosciuto un'altra ragazza giapponese! È una studentessa di Hokkaido e domani si è offerta di farmi vedere la città.

Venticinque

«Secondo la signora Tsukui, Junko si era trovata un lavoro appena finita l'università, ma l'aveva lasciato dopo tre anni perché voleva studiare arte a Londra. Ha scritto quella cartolina durante i due anni che ha trascorso là.»

Kusanagi ascoltò la giovane detective snocciolare i fatti, facendosi sempre più cupo mentre lei si animava. Una parte di lui non voleva ammettere l'importanza di quella scoperta.

Mamiya si appoggiò allo schienale della sedia, le braccia robuste incrociate sul petto. «Quindi stai cercando di dirci che Junko Tsukui e Ayane Mashiba erano amiche?»

«Be'... è molto probabile. Il francobollo sulla cartolina coincide con il periodo in cui la signora Mashiba studiava a Londra, e la donna viene da Hokkaido. Non credo sia una coincidenza.»

«Andiamo» disse Kusanagi. «*Potrebbe* essere una coincidenza. Quanti studenti giapponesi credete che ci siano a Londra in un determinato periodo? Almeno cento, forse duecento.»

«Rilassati.» Mamiya azzittì il detective più anziano con un cenno di una mano. «Allora, Utsumi... mettiamo che le due donne *fossero* amiche. Secondo te che rapporto avrebbe questo con il caso in questione?»

«È solo un'ipotesi,» rispose Utsumi «ma è possibile che l'acido arsenioso che ha usato Junko per suicidarsi sia finito nelle mani della signora Mashiba.»

«La scientifica se ne occuperà presto, anche se non è detto che riescano a darci una risposta definitiva. Quindi: se quello che supponi è vero, allora la signora Mashiba ha sposato l'ex fidanzato della sua amica.»

«Già, suppongo di sì.»

«Non le sembra strano?»

«In realtà no.»

«Perché?»

«Un sacco di donne si mettono con gli ex delle amiche. Ne conosco almeno una anch'io. In questo modo sanno già diverse cose su un potenziale partner prima di imbarcarsi in una storia.»

«Anche se è l'ex di un'amica che si è suicidata?» s'intromise Kusanagi. «E se questo ex fidanzato fosse stato la causa?»

«E se non lo fosse stato?»

«Dimentichi una cosa molto importante» disse Kusanagi. «Ayane ha conosciuto suo marito a una festa. Secondo la tua teoria avrebbe incontrato per caso proprio l'ex fidanzato della sua amica?»

«Non è impossibile. Erano entrambi single.»

«E poi guarda caso si sono innamorati? Scusa, ma la cosa non mi convince.»

«Forse allora era più di una coincidenza?»

«In che senso?» chiese Kusanagi.

Utsumi lo fissò. «Forse Ayane aveva messo gli occhi sul signor Mashiba fin dall'inizio. Era interessata a lui quando frequentava Junko, e forse la morte di quest'ultima non ha fatto altro che avvicinarli ancora di più. A quella festa, forse non era la prima volta che si vedevano. E forse non era nemmeno una coincidenza.»

«È ridicolo!» ringhiò Kusanagi sottovoce. «Non è quel genere di donna.»

«Allora che genere di donna è? Cosa sa esattamente della signora Mashiba, detective Kusanagi?»

«Basta così» disse Mamiya alzandosi. «Utsumi: hai un buon fiuto, ma un'immaginazione fin troppo viva. Teniamo le tue ipotesi per quando avremo qualche prova in più. E tu, Kusanagi: sforzati di ascoltare quello che dice un'altra persona senza cercare sempre il pelo nell'uovo. A volte bisogna buttare giù qualche idea prima di trovare qualcosa che regga. Credevo che fossi bravo ad ascoltare.»

Kusanagi annuì in silenzio e Utsumi abbassò la testa.

«Mi scusi» disse lei.

Mamiya si sedette di nuovo. «Bene. Tutto questo è molto interessante, Utsumi, ma un po' troppo fragile per lavorarci. E in realtà l'unica cosa che potrebbe spiegare è come la signora Mashiba avrebbe messo le mani sul veleno. Non vedo altri collegamenti con il caso. A meno che...» appoggiò i gomiti sulla scrivania, guardando la giovane detective. «Crede che Ayane si sia avvicinata a Yoshitaka Mashiba per vendicare la morte dell'amica?»

«Non mi spingerei tanto in là... Non posso credere che una persona si sposi solo per vendicarsi.»

«Allora direi che è meglio mettere da parte le ipotesi per il momento. Possiamo riprenderle una volta che la scientifica avrà dato un'occhiata a quel capanno degli attrezzi a Hiroshima.»

*

Era mezzanotte passata quando Kusanagi finalmente arrivò a casa. Aveva voglia di farsi una doccia, ma alla fine riuscì solo a togliersi la giacca e infilarsi a letto. Non sapeva bene se la sua fosse stanchezza fisica, mentale, o entrambe le cose.

«Allora che genere di donna è?»

Le parole di Utsumi non gli davano pace.

«Cosa sa esattamente della signora Mashiba, detective Kusanagi?»

Niente, pensò. Aveva solo scambiato due parole con lei, solo raschiato la superficie. Eppure gli sembrava di sapere cosa ci fosse sotto.

Non riusciva a credere che quella donna avesse sposato l'ex amante di un'amica suicida. *Si sentirebbe in colpa, anche se Yoshitaka Mashiba non c'entrava nulla con il motivo del suicidio.*

Si mise a sedere e allentò la cravatta. Gli cadde lo sguardo sui due libri illustrati che aveva lasciato sul tavolo. Si alzò a prenderli, poi tornò di nuovo a letto.

Sdraiatosi, cominciò a sfogliare *Il pupazzo di neve che crolla.* La storia narrava di un pupazzo di neve che, dopo aver passato la vita nel gelido Nord, decideva di partire per un paese più caldo. Messosi in viaggio verso sud, a un certo punto capiva che se fosse andato avanti si sarebbe sciolto. Il pupazzo quindi rinunciava e decideva di tornare al Nord. Strada facendo passava davanti a una casa. Guardando dentro dalla finestra vedeva una famigliola felice, riunita a parlare e a ridere attorno al focolare. L'argomento della conversazione era la bellezza di starsene al calduccio mentre fuori faceva così freddo.

Quando Kusanagi vide l'illustrazione che accompagnava quella pagina, balzò fuori dal letto.

Alla parete della sala che il pupazzo stava guardando era appeso qualcosa di familiare: un arazzo con dei complessi motivi floreali che si estendevano in maniera regolare come un'immagine caleidoscopica su uno sfondo marrone.

Kusanagi ricordava benissimo la sensazione che aveva provato quando aveva visto per la prima volta quell'arazzo. E ricordava con precisione dove l'aveva visto: nella camera da letto dei Mashiba.

Era lo stesso arazzo che Ayane aveva detto di voler appendere nell'aula.

Ci avrà ripensato perché ho fatto il nome di Junko Tsukui? Forse sapeva che Junko aveva usato quell'arazzo in uno dei suoi libri?

Kusanagi si mise la testa tra le mani. Le orecchie pulsavano in sincronia con il cuore.

*

La mattina seguente, il detective Kusanagi fu svegliato dal telefono che suonava. Guardò l'ora e vide che erano già le otto e mezzo. Era sul divano. Sul tavolo di fronte a lui c'erano una bottiglia di whisky e un bicchiere. Il bicchiere era mezzo pieno.

Solo allora si ricordò che non era riuscito a dormire, anche se non ci teneva a rammentare il perché.

Allungò con grande sforzo un braccio per rispondere al telefono, che continuava a squillare sul tavolo. Era Utsumi.

«Sì?»

«Mi scusi se la chiamo così presto, ma ho pensato che lo volesse sapere il prima possibile.»

«Sapere cosa?»

«Sono arrivati i risultati dalla Fonte 8. Hanno trovato dell'acido arsenioso nel filtro.»

Ventisei

Lo Studio Legale Ikai, a cinque minuti dalla stazione di Ebisu, occupava tutto il terzo piano di un palazzo di sei. Una receptionist sui vent'anni, in completo grigio, accolse Kusanagi all'ingresso. Lo condusse in una sala riunioni, un piccolo ufficio secondario con un tavolo di modeste dimensioni e alcune sedie pieghevoli. Kusanagi intravide molte altre stanze simili lungo il corridoio. Probabilmente lo studio di Ikai si serviva di diversi avvocati.

Per questo ha tempo per occuparsi dell'azienda di Yoshitaka Mashiba, rifletté Kusanagi.

Passò più di un quarto d'ora prima che arrivasse Ikai. L'uomo salutò senza nemmeno scusarsi per il ritardo.

Probabilmente si aspetta che sia io a chiedere scusa per averlo disturbato al lavoro, pensò Kusanagi.

«Ci sono nuovi sviluppi?» chiese Ikai sedendosi. «Ayane non mi ha detto nulla.»

«Non sono sicuro che si possano chiamare sviluppi, ma abbiamo delle nuove informazioni. Purtroppo, temo di non poterle ancora condividere con lei.»

Ikai ridacchiò con sarcasmo. «Non voglio estorcerle nulla. Non ne ho il tempo. Ora che la posizione di Mashiba sembra finalmente sistemata, mi interessa solo chiudere il caso il prima possibile. Allora, perché voleva vedermi? Come ormai avrà capito, non so molto della vita privata di Mashiba.» Lanciò un'occhiata all'orologio.

«In realtà sono venuto a parlarle di qualcosa che conosce molto bene» disse Kusanagi. «O forse sarebbe meglio dire che è qualcosa che conosce *solo* lei.

Ikai rimase sorpreso. «Qualcosa che conosco solo io? Cosa può essere?»

«Volevo chiederle di più dell'incontro tra il signore e la signora Mashiba. C'era anche lei quando si sono conosciuti, giusto?»

«Ancora quello?» Ikai non nascose la sua delusione.

«Le chiederei di descrivermi nei dettagli come si sono comportati alla festa. Come si sono conosciuti di preciso?»

Ikai aggrottò la fronte con diffidenza. «Ha qualche pertinenza con il caso?»

Kusanagi si limitò ad accennare un sorriso. Ikai sospirò.

«Un altro segreto, allora? Stiamo parlando di una cosa successa molto tempo fa. Non capisco come possa avere pertinenza con il caso.»

«Non siamo ancora sicuri che ce l'abbia. Stiamo solo cercando di raccogliere quanti più dettagli possibile, per non lasciare spazio al dubbio.»

«Non mi sembra un tipo così attento ai dettagli, comunque d'accordo. Cosa voleva sapere di preciso?»

«Be', ha detto che si sono conosciuti a una specie di party per single. Da quel che so, sono serate organizzate in cui uomini e donne hanno occasione di parlare e di conoscersi. Era una festa di questo tipo? Erano state fatte delle presentazioni?»

Ikai scrollò la testa. «No, niente del genere. Pensi piuttosto a un cocktail party semi-formale. Se fosse stato uno di quegli eventi ridicoli del tipo "Conoscete la vostra futura moglie" non sarei mai andato con lui.»

Kusanagi annuì. «A proposito, Ayane era venuta da sola alla festa?»

«Mi pare proprio di sì. Ricordo che era al bar con un cocktail in mano. Non stava parlando con nessuno.»

«Chi ha fatto la prima mossa?»

«Mashiba» disse Ikai senza esitazione.

«Quindi il signor Mashiba è andato da lei?»

«Stavamo bevendo qualcosa al bar anche noi. Era seduta due sgabelli più in là. Poi all'improvviso Mashiba ha fatto un commento sulla custodia del cellulare di Ayane.»

Kusanagi smise di scrivere sul taccuino e alzò lo sguardo. «La custodia del cellulare?»

«Sì, l'aveva appoggiata sul bancone. Era di patchwork, con una fessura per il display. Lui ha detto qualcosa come "che carina" o "che originale", non ricordo. Ma sono sicuro che è stato Mashiba a parlare per primo. Poi Ayane gli ha detto che l'aveva fatta lei e ha sorriso. È cominciata così.»

«Quindi è così che si sono conosciuti?»

«Già. Certo, allora non immaginavo che si sarebbero sposati.»

Kusanagi si chinò in avanti. «È l'unica volta che ha accompagnato il signor Mashiba a una serata simile?»

«Una è già abbastanza.»

«Secondo lei il signor Mashiba era il tipo da fare commenti simili a persone che non conosceva?»

«Difficile dirlo. Non aveva problemi a parlare alle donne che non conosceva, ma non era nemmeno il tipo da rimorchiare le ragazze nei bar. Non lo è mai stato, neanche all'università. Diceva sempre che la sostanza era più importante dell'aspetto, e credo che lo pensasse davvero.»

«Quindi potremmo dire che parlare ad Ayane quella sera sia stato un gesto insolito da parte sua?»

«Sì, un po'. Ero stupito, ma l'ho preso come un gesto impulsivo. Forse quella donna lo ispirava in qualche modo. E poi è successo che si sono messi insieme. Questa è solo la mia interpretazione, in ogni caso.»

«Ha notato qualcosa di strano, allora? Qualsiasi cosa?»

Ikai rifletté un attimo e scosse la testa. «Non ricordo molto. Una volta che hanno cominciato a parlare, mi sono fatto da parte. Ma perché me lo chiede, detective?»

Kusanagi sorrise e mise il taccuino in tasca.

«Non mi dà nemmeno un indizio?» chiese Ikai.

«Sarò lieto di parlargliene al momento giusto. La ringrazio per la disponibilità.» Kusanagi si alzò, ma si fermò prima di arrivare alla porta. «Se non le dispiace, gradirei che non facesse parola di questa conversazione con la signora Mashiba.»

Ikai strinse gli occhi. «Quindi sospettate di lei?»

«Non sto dicendo questo. Solo... sarebbe meglio se non riferisse niente, per il momento.»

Kusanagi si affrettò a uscire prima che Ikai potesse chiedergli altro.

Fuori dal palazzo, il detective si fermò sul marciapiede. Fece un profondo sospiro.

Se quello che gli aveva appena detto Ikai era vero, Ayane non aveva cercato d'incontrare Yoshitaka Mashiba. Il fatto che si fossero visti alla festa era una coincidenza.

Oppure no?

Quando Kusanagi chiese ad Ayane se conosceva Junko Tsukui, la donna disse di no. La cosa lo lasciò perplesso. *Doveva conoscerla.*

Come spiegare altrimenti l'arazzo che c'era nel libro di Junko? Era un originale di Ayane Mita: Ayane non passava mesi di lavoro a copiare opere altrui. Quindi Junko Tsukui doveva aver visto il suo arazzo da qualche parte.

Tuttavia, da quel che sapeva, quell'arazzo non compariva in

nessuno dei cataloghi di Ayane. Junko Tsukui doveva averlo visto a una mostra, dove fare fotografie era vietato. Le illustrazioni di Tsukui non erano male, ma a Kusanagi non dettero l'idea di una persona con una grande memoria fotografica. Questo faceva pensare che Ayane avesse mostrato l'arazzo a Junko di persona, il che a sua volta significava che le due donne si conoscevano.

Quindi, perché Ayane mentiva? Perché gli aveva detto di non conoscere Junko Tsukui? Voleva solo nascondere il fatto che il marito defunto era l'ex fidanzato della sua amica?

Kusanagi guardò l'orologio. *Le quattro passate. Meglio darsi una mossa.* Doveva essere da Yukawa alle quattro e mezzo, ma qualcosa rallentava il suo passo. A dire il vero non aveva voglia di vedere il suo vecchio amico. Era chiaro che il fisico l'aspettava con le risposte che Kusanagi non voleva sentire. Ma non poteva mandare qualcun altro al posto suo. Come detective responsabile delle indagini, doveva raccogliere tutte le informazioni possibili, che gli piacesse o no. E cominciava ad aver voglia di vederci chiaro.

Ventisette

Yukawa prese un cucchiaio e mise del caffè macinato nel filtro di carta.

«Vedo che si è abituato alla macchina da caffè» commentò Utsumi.

«Questo è vero, ma allo stesso tempo ho notato un difetto.»

«Vale a dire?»

«Devi decidere in anticipo quante tazze vuoi. Certo, una volta che ti rendi conto che due o tre non bastano, puoi sempre prepararne dell'altro. Ma è una seccatura scomodarsi tanto per una sola tazza in più. E se ne preparo per un'altra tazza, rischio che ne venga troppo. Detesto dover buttare dell'ottimo caffè, e se lo lascio sul fornello troppo a lungo il sapore cambia. Capisce?»

«Be', non si preoccupi. Per me va bene quello che è rimasto.»

«È tutto a posto. Oggi ne ho preparate solo quattro tazze. Una per lei, una per me e una per Kusanagi. L'ultima tazza, la berrò con calma dopo che ve ne sarete andati.»

Era evidente che il fisico non aveva intenzione di trattenerli a lungo. Utsumi dubitava che se la sarebbero cavata tanto in fretta. *A meno che Yukawa non la smetta di essere così sfuggente e risolva l'enigma una volta per tutte.*

«Sa, l'intero dipartimento la ringrazia, professore» disse. «Se non avesse insistito, non avremmo mai mandato il sistema di filtraggio ai laboratori della Fonte 8.»

«Non c'è motivo di ringraziarmi. Qualsiasi scienziato vi avrebbe dato questo consiglio, viste le circostanze.» Yukawa si sedette al tavolo, di fronte alla detective; sopra c'era una scacchiera. Il fisico prese il cavallo bianco e cominciò a giocherellare. «E così hanno trovato dell'acido arsenioso.»

«Abbiamo richiesto un'analisi completa. È praticamente certo che l'acido nel sistema di filtraggio sia lo stesso che ha ucciso Yoshitaka Mashiba.»

Yukawa annuì e rimise il pezzo sulla scacchiera. «Hanno detto in quale parte del dispositivo hanno trovato il veleno?»

«Era vicino allo sbocco dell'acqua, non nel filtro stesso. Quelli della scientifica pensano che l'assassino abbia messo il veleno nella giunzione che collega il sistema di filtraggio al tubo dell'acqua che sale dal condotto principale.»

«Capisco.»

«L'unico problema» continuò Utsumi «è che non riescono a capire come sia stato possibile. Cioè: *come* è successo? Abbiamo i risultati della Fonte 8 che ci ha chiesto. Ora può svelarci il trucco.»

Yukawa si arrotolò le maniche del camice bianco e incrociò le braccia. «La scientifica non l'ha capito?»

«Dicono che c'è un solo modo possibile: staccare il tubo dal sistema di filtraggio, inserire il veleno, e riattaccarlo. Ma questo lascerebbe delle tracce evidenti, dei segni sul tubo o altro, che non sono stati trovati.»

«E avete bisogno di sapere esattamente com'è stato fatto?»

«Certamente. Se non possiamo dimostrare com'è stato commesso il crimine, non serve avere un sospettato.»

«Neanche se avete trovato il veleno?»

«Non avremo alcuna possibilità in tribunale se non sappiamo com'è stato commesso il crimine. La difesa dirà che si tratta di un errore della polizia.»

«Eh?»

«Diranno che è possibile che un po' dell'acido arsenioso che era nel caffè sia finito nel sistema di filtraggio a fatto avvenuto. In fondo stiamo parlando di tracce molecolari.»

Yukawa si appoggiò allo schienale della sedia e annuì lentamente. «Già, potrebbe essere un inghippo. E se l'accusa non riuscirà a dimostrare com'è stato inserito il veleno, la corte dovrà dare ragione alla difesa.»

«Per questo abbiamo bisogno che ci spieghi com'è successo. La prego. Anche la scientifica lo vuole sapere. Alcuni agenti volevano addirittura venire con me per sentirlo di persona.»

«Be', questo non è possibile. Non posso avere il laboratorio invaso dai poliziotti.»

«Per questo sono venuta da sola. Be', e tra un po' arriverà il detective Kusanagi.»

«A proposito, non è meglio se lo aspettiamo? Non vorrei ripetere la spiegazione. E poi c'è un'altra cosa che devo verificare.» Yukawa alzò un indice. «Secondo il dipartimento – anzi no, mi basta la sua opinione personale – qual era il movente dell'omicidio di Yoshitaka Mashiba?»

«Be', credo che in sostanza fossero problemi sentimentali.»

«Non le pare un movente un po' astratto? Cerchi di dirmi chi amava chi, chi odiava la vittima al punto da ucciderla e perché.»

«Be', in questa fase sono solo delle ipotesi...»

«Bene. Come ho detto, voglio solo la sua opinione personale.»

Utsumi annuì. Abbassò lo sguardo per raccogliere i pensieri.

La macchina del caffè cominciò a gorgogliare e a mandare vapore. Yukawa si alzò e prese due tazze dal lavandino.

«Dunque,» disse Utsumi mentre il fisico cominciava a versare il caffè «io credo che sia stata Ayane Mashiba. Il movente era che si sentiva tradita da suo marito, non solo perché le aveva chiesto il divorzio quando aveva capito che non poteva dargli dei figli, ma anche perché aveva cominciato a frequentare un'altra donna. È stato questo a spingerla all'omicidio.»

«Crede che lo abbia deciso la sera della cena a casa dei Mashiba?» chiese Yukawa.

«Sì, probabilmente quella sera ha preso la decisione finale. Ma credo che avesse cominciato a covare pensieri omicidi già da prima. Sapeva di Yoshitaka e Hiromi Wakayama. Sospettava anche della gravidanza di Hiromi. La dichiarazione di Yoshitaka è stata solo la goccia che ha fatto traboccare il vaso.»

Yukawa tornò al tavolo con le tazze di caffè. «E questa donna, Junko Tsukui? Non ha niente a che vedere con l'omicidio? Kusanagi non sta andando in giro a raccogliere informazioni?»

La possibilità che ci fosse un legame tra Junko Tsukui e Ayane Mashiba era la prima cosa che Utsumi aveva detto a Yukawa quand'era arrivata al laboratorio.

«Non direi che *non c'entra* nulla. È probabile che l'acido arsenioso utilizzato per l'omicidio sia lo stesso che la signorina Tsukui ha usato per suicidarsi. Se Ayane la conosceva bene, potrebbe aver avuto il veleno da lei.»

Yukawa alzò la tazza e guardò Utsumi. «E quindi?»

«Mi scusi?»

«Junko Tsukui c'entra solo per questo? Ha solo fornito il veleno? La sua morte non ha nessun legame con il movente?»

«Be', è difficile dirlo...»

Yukawa sorrise e sorseggiò il caffè. «Allora ho qualche problema a spiegarle il trucco.»

«Cosa?! Perché?»

«Perché sarebbe troppo pericoloso. Non avete ancora capito cosa c'è veramente alla base di questo caso.»

«E lei l'ha capito?»

«Un po' più di lei.»

Utsumi stava guardando Yukawa con uno sguardo truce, le mani strette attorno alla tazza, quando sentirono bussare alla porta.

«Che tempismo! Forse Kusanagi saprà fare un po' di chiarezza su questa storia» disse il professore alzandosi in piedi.

Ventotto

Kusanagi entrò, e subito Yukawa gli chiese com'erano andati gli ultimi interrogatori. Dopo un attimo di esitazione, il detective disse loro cos'aveva saputo da Ikai.

«È stato Yoshitaka Mashiba a fare il primo passo. Questo smentisce la tua teoria, Utsumi» disse Kusanagi guardando di sbieco la giovane detective. «Mi riferisco all'idea che Ayane avesse usato il party per single come un modo per avvicinarsi a lui.»

«Non era tanto una teoria quanto una possibilità.»

«Okay. Non lo è più. Allora, adesso cosa pensi che sia successo?» Si girò e la fissò.

Yukawa offrì una tazza di caffé a Kusanagi. Il detective lo ringraziò con un cenno della testa.

«E *tu* cosa pensi?» chiese Yukawa all'amico. «Se prendiamo per buono quello che ti ha detto il signor Ikai, significa che i due si sono visti per la prima volta quella sera. Il che renderebbe una semplice coincidenza il fatto che l'ex del signor Mashiba fosse amica di Ayane. Che ne pensi?»

Kusanagi sorseggiò il caffè, riflettendo. Stava per dire qualcosa, ma esitò.

Yukawa fece un ampio sorriso. «Quindi non credi all'avvocato?»

«Ikai non ha mentito. Ma non ci sono prove che quello che ha visto sia vero.»

«Continua.»

Kusanagi prese fiato prima di dire: «Può darsi che fingessero».
«Che fosse una messinscena?»
«Sì. Per far credere che fosse la prima volta che si vedevano… per nascondere il fatto che avessero una relazione già da tempo. Ikai è stato portato lì come testimone. L'amore che sboccia grazie alla custodia di un cellulare su un bancone mi sembra un po' troppo perfetto.»
«Difatti» disse Yukawa con un bagliore negli occhi. «Sono d'accordo con te. Vediamo cosa ne pensa la signora.» Si girò verso Utsumi.
La detective annuì. «Potrebbe essere. Ma perché prendersi tanto disturbo?»
«Qui sta il problema. Perché fingere?» Yukawa guardò Kusanagi. «Secondo te cosa avevano in mente?»
«Semplice. Volevano nascondere la verità.»
«Di quale verità parli?»
«La verità su come si erano conosciuti. Cioè tramite Junko Tsukui. Un fatto che non volevano si sapesse, essendo quest'ultima l'ex fidanzata di Mashiba, e per giunta morta. Avevano bisogno di creare una situazione in cui potevano incontrarsi di nuovo, per la prima volta, in circostanze diverse: il party per single.»
Yukawa fece schioccare le dita. «Teoria eccellente. Non fa una piega. Allora parliamo di come si sono conosciuti realmente. Per essere più precisi, di come si sono innamorati. È successo prima o dopo il suicidio di Tsukui?»
Utsumi fece un respiro profondo e si raddrizzò sulla sedia prima di guardare verso Yukawa. «Crede che la signorina Tsukui si sia suicidata dopo che il signor Mashiba aveva cominciato a frequentare Ayane?»
«Può darsi. Provate a pensarci: tradita sia dall'amante sia dall'amica. Sarebbe un bello shock.»

Kusanagi sentì il suo cuore sprofondare in un'oscurità ancora più cupa. Lo scenario proposto da Yukawa in effetti era sensato. Ci aveva pensato anche lui mentre parlava con Ikai.

«Questo sicuramente farebbe luce sull'incontro al party» disse Utsumi. «Con il signor Ikai a testimoniare che si erano conosciuti lì per la prima volta, avrebbero potuto smentire ogni legame tra la loro relazione e il suicidio di Junko Tsukui.»

«Visto? Ora cominciamo a capirci qualcosa» disse Yukawa con un'espressione soddisfatta.

«È il caso di parlarne con la signora Mashiba?» si domandò Utsumi ad alta voce, guardando verso Kusanagi.

«E come?»

«Magari mostrandole il libro illustrato, quello su cui c'è l'arazzo? Non dimostra che si conoscevano?»

Kusanagi scosse la testa. «Direbbe solo: "Mi spiace, ma non ne so nulla".»

«Ma...»

«Ha continuato a nascondere la sua amicizia con l'ex di Yoshitaka, e anche il fatto di sapere che l'uomo avesse una ex. Portarle libri illustrati non servirà a nulla. Scopriremmo le nostre carte e basta.»

«Kusanagi ha ragione» disse Yukawa avvicinandosi alla scacchiera e prendendo un pedone nero. «Se volete lo scacco matto, meglio farlo con una mossa sola, o rimarrete in stallo.»

Kusanagi guardò il fisico. «Quindi... è stata lei.»

Yukawa rimase davanti alla scacchiera. «Ora viene la parte più importante. Adesso che sappiamo qualcosa di più sul passato della signora Mashiba, come colleghiamo tutto questo con il nostro caso? L'acido arsenioso è veramente l'unico anello di collegamento?»

«Forse la signora Mashiba non poteva perdonare il marito per averla abbandonata, *soprattutto* per ciò che la loro relazione aveva fatto alla sua amica?» ipotizzò Kusanagi.

«Potrebbe essere» annuì Yukawa.

«No» disse Kusanagi. «Lei non la penserebbe così. Ha tradito l'amica e le ha rubato l'uomo, proprio come la sua assistente ha fatto con lei.»

«Il destino, quindi? Si sarebbe rassegnata alla propria sorte?» chiese Yukawa. «Nessun odio per suo marito o per la sua amante... è questo che stai cercando di dire?»

«Non esattamente...»

«Credo che ci sia una cosa che dovreste chiedervi, tutti e due.» Il fisico fissò i detective. «Perché secondo voi Yoshitaka Mashiba ha lasciato Junko Tsukui per stare con Ayane?»

«Non lo so,» disse Utsumi «probabilmente è solo una questione di sentimenti...» Si portò una mano alla bocca: «Oh. No... non è così, vero?».

«No» disse Kusanagi. «L'ha lasciata perché non poteva dargli un figlio. Non dimenticare che Mashiba era pronto a sposare qualsiasi donna in grado di dargli un figlio. Se ciò non si verificava, allora la lasciava.»

«Questo si combina alla perfezione con tutto ciò che sappiamo» concordò Yukawa. «Ora il problema è: Ayane era consapevole allora? Sapeva che Yoshitaka aveva lasciato Junko perché non poteva dargli un figlio e aveva scelto lei?»

«Be'...» Kusanagi rimase in silenzio.

«Ne dubito» disse Utsumi con tono secco. «Quale donna vorrebbe essere scelta così? Se l'ha capito, dev'essere stato poco prima che si sposassero, quando si sono promessi di lasciarsi se non fosse riuscita a restare incinta entro un anno.»

«Lo penso anch'io» disse Yukawa. «Quindi, tornando al movente. Utsumi, lei ha detto che il movente era il tradimento da parte del signor Mashiba, ma era davvero un tradimento? Dopo un anno non c'era stata nessuna gravidanza, così ha chiesto il divorzio e avviato una relazione con un'altra donna. Non ha semplicemente rispettato gli accordi?»

«È vero. Ma dal punto di vista emotivo, come faceva sua moglie ad accettarlo?»

Yukawa sorrise. «Vediamola da un altro punto di vista: se ammettiamo che Ayane sia l'assassina, ha ucciso perché non voleva rispettare la promessa, giusto?»

«Suppongo di sì.»

«Dove vuoi arrivare?» chiese Kusanagi al suo amico.

«Provate a immaginare come dev'essersi sentita Ayane appena prima di sposarsi. Che intenzioni aveva quando ha stretto quel patto con Yoshitaka? Credeva di riuscire a restare incinta entro un anno? O credeva che, anche se non fosse rimasta incinta, suo marito non avrebbe prestato fede fino in fondo all'accordo?»

«Entrambe le cose, direi» rispose Utsumi.

«Okay. Allora vi chiedo questo: se pensava di avere una possibilità di restare incinta, non si sarebbe rivolta a un ospedale?»

«Un ospedale?» Utsumi si accigliò.

«Stando a quel che mi avete detto, Ayane non si è mai sottoposta a un trattamento contro l'infertilità, nemmeno una volta quell'anno. Con una promessa come quella che si erano fatti, mi aspetterei che avesse cominciato ad andare da un ginecologo nei primi mesi dopo il matrimonio.»

«Secondo quello che la signora Mashiba ha detto a Hiromi Wakayama, non hanno provato trattamenti contro l'infertilità perché sono cure che richiedono troppo tempo.»

«Questo sarebbe il modo di pensare del *signor* Mashiba. Perché perdere tanto tempo e denaro quando è molto più semplice trovare una nuova moglie? Ma nella prospettiva di Ayane?

Non le avrebbe tentate tutte, anche a costo di arrampicarsi sugli specchi?»

«Be', certo» mormorò Kusanagi.

«Allora perché non è andata in ospedale? È qui che sta la chiave del caso.» Yukawa si sistemò gli occhiali con un dito. «Pensateci. Aveva tempo e denaro. Perché non l'ha fatto?»

Kusanagi rifletté. Cercò di mettersi nei panni di Ayane, ma non trovò risposta.

All'improvviso Utsumi si alzò. «Forse non ci è andata perché sapeva che era inutile.»

«Inutile? In che senso?» chiese Kusanagi.

«Forse sapeva che i trattamenti non sarebbero serviti.»

«Proprio così» disse Yukawa. «Sapeva che andare in ospedale non sarebbe servito. Per questo non c'è andata. È la spiegazione più logica.»

«Quindi... sapeva di essere sterile» concluse Utsumi.

«Aveva più di trent'anni, e di sicuro almeno una visita ginecologica in passato l'avrà fatta. Forse sapeva già che non poteva avere figli. In tal caso, non solo non avrebbe avuto senso andare in ospedale, ma c'era anche il rischio che, se l'avesse fatto, suo marito sarebbe venuto a conoscenza dei risultati.»

«Aspetta un attimo. Stai dicendo che ha stretto un patto con il suo futuro marito pur sapendo che *non poteva* aver figli?» chiese Kusanagi.

«Proprio così. La sua unica speranza era che suo marito non desse seguito a quella minaccia. Ma ovviamente l'ha fatto, eccome. Così ha deciso di ucciderlo. Ora vi chiedo una cosa: quando ha pensato per la prima volta di uccidere Yoshitaka Mashiba?»

«Quando ha scoperto che aveva una relazione con Hiromi...» cominciò Kusanagi.

«No, non è così» lo interruppe Utsumi. «Se aveva in mente di uccidere suo marito *nel caso avesse rispettato la promessa*, vuol dire che l'aveva deciso quando aveva stretto l'accordo.»

«Ecco la risposta che aspettavo» disse Yukawa, improvvisamente solenne. «In sostanza Ayane aveva previsto che, nel giro di un anno, avrebbe potuto trovarsi nella condizione di dover uccidere suo marito. Il che le ha permesso di prepararsi per tempo all'omicidio.»

«Scusa? Prepararsi?» Kusanagi sbarrò gli occhi.

Yukawa guardò Utsumi. «Prima mi ha riferito cos'hanno ipotizzato quelli della scientifica quando hanno esaminato il sistema di filtraggio: che c'era un solo modo per immettere il veleno, e cioè togliere il tubo, inserire il veleno, e riattaccarlo. Giusto? Be', hanno perfettamente ragione. È proprio quello che è successo... un anno fa.»

«Impossibile» borbottò Kusanagi.

Utsumi scrollò la testa. «Ma se l'avesse fatto, non avrebbe più potuto usare il filtro dell'acqua!»

«Esatto. Non ha usato il filtro dell'acqua per un anno intero.»

«Ma non ha senso. Gli indizi indicavano che era stato usato.»

«I residui contenuti nel filtro non erano dell'anno passato, ma di quello prima.» Yukawa aprì il cassetto della sua scrivania ed estrasse un foglio. «Ricordate quando vi ho chiesto di controllare il codice di ricambio del filtro? Be', ho chiamato il produttore e ho chiesto quando era in commercio quel pezzo. Pare che sia un modello usato due anni fa. Mi hanno detto anche che era altamente improbabile che un ricambio con quel codice fosse stato usato solo un anno fa. In altre parole, quando hanno cambiato il filtro dell'acqua, un anno fa, la nostra assassina ha sostituito subito il filtro nuovo con quello vecchio, pensando che se dopo l'avvelenamento avessero trovato un filtro inutilizzato l'avrebbero scoperta. È stato allora che ha inserito il veleno.»

«Impossibile» sussurrò Kusanagi con voce roca. «È semplicemente impossibile. Stai dicendo che ha messo il veleno nel filtro e poi non l'ha usato per un anno intero, nemmeno una volta? Non ha senso. E se qualcun altro avesse usato l'acqua filtrata? Non era un po' rischioso?»

«Molto rischioso» concordò Yukawa senza batter ciglio. «Ma è quello che ha fatto. Per un anno intero, ogni volta che suo marito era in casa, non è mai uscita e non ha mai permesso a nessuno di avvicinarsi al rubinetto dell'acqua in cucina. Ogni volta che organizzavano una cena a casa loro, cucinava lei. E teneva sempre una buona scorta di bottiglie d'acqua in frigorifero, facendo in modo di non rimanere mai senza. Tutto perché il suo piano funzionasse.»

Kusanagi scosse la testa più volte. «Non ci credo. È impossibile, Yukawa. Dimmi chi potrebbe mai fare una cosa del genere.»

«In realtà *è* possibile» disse Utsumi. «Yukawa mi ha incaricato di raccogliere ogni tipo d'informazione sulla vita della coppia dopo il matrimonio. Ho parlato a lungo con Hiromi Wakayama. Anche se allora non sapevo il perché di quelle domande, ora capisco. Voleva controllare se qualcun altro, oltre alla signora Mashiba, aveva avuto occasione di toccare il sistema di filtraggio dell'acqua, non è vero?»

«Esatto. La prova di gran lunga più convincente che abbiamo è come i Mashiba trascorrevano i loro giorni liberi. Ayane stava seduta tutto il giorno sul divano nel salotto a lavorare ai suoi patchwork. Perché proprio in quella stanza? Perché così poteva tener d'occhio la cucina.»

«Stai delirando» disse Kusanagi, la voce simile a un gemito.

«A rigor di logica è l'unica spiegazione possibile. Devi ammettere che il nostro assassino era straordinariamente tenace e straordinariamente determinato.»

Kusanagi mormorò la parola "impossibile" più e più volte. Ma appena quella teoria cominciò a far presa su di lui, smise gradualmente di opporsi.

Ripensò a quello che aveva detto Ikai sulla particolare devozione che Ayane aveva per suo marito.

Era la moglie ideale, sa. Piena di attenzioni. Ogni volta che Mashiba era a casa, Ayane se ne stava seduta sul divano in salotto a lavorare a maglia, pronta a soddisfare ogni suo bisogno.

Ripensò a quando era andato a trovare i genitori di Ayane nella loro casa di Hokkaido. Gli avevano detto che non era mai stata una brava cuoca, finché non aveva preso lezioni di cucina poco prima di sposarsi.

In entrambi i casi, Ayane voleva solo assicurarsi che nessun altro entrasse in cucina.

«Così, quando alla fine si è decisa a ucciderlo… non ha dovuto fare niente» constatò Utsumi.

«Esatto. Niente di niente. Le è bastato lasciare suo marito da solo in casa. No, in realtà c'è un'altra cosa. Prima ha consumato alcune delle bottiglie di acqua minerale, lasciandone solo una o due. Finché Yoshitaka avesse bevuto quelle, non sarebbe successo niente. Probabilmente suo marito ha usato acqua in bottiglia la prima volta che ha preparato il caffè. Ma quando l'ha preparato per sé la seconda volta gli restava una sola bottiglia e, dato che voleva tenerla per dopo, ha usato acqua del rubinetto filtrata. Dopo essere rimasto inutilizzato per un anno intero, alla fine il veleno ha potuto fare il suo lavoro.»

Yukawa prese la sua tazza di caffè dal tavolo. «Ayane avrebbe potuto ucciderlo in qualsiasi momento durante l'anno passato, ma non l'ha fatto. Invece, ha tenuto d'occhio la sua trappola per assicurarsi che suo marito non si avvelenasse per sbaglio. In genere un assassino si preoccupa di come portare a termine il delitto, ma in questo caso è successo l'esatto opposto. Quella donna ha dovuto fare di tutto per non ucciderlo. Bisogna ammettere che si tratta di un omicidio davvero singolare. Se in teoria è possibile, in pratica sembra del tutto assurdo. Una soluzione immaginaria, se vogliamo.»

Utsumi fece un passo verso Kusanagi. «Dobbiamo parlare con la signora Mashiba e convincerla a costituirsi.»

Kusanagi osservò l'espressione trionfante sul volto della giovane detective prima di voltarsi verso Yukawa. «Ci sono delle prove? Possiamo dimostrare in tribunale ciò che ha fatto?»

Il fisico si tolse gli occhiali e li appoggiò sul tavolo lì vicino. «Ovviamente non abbiamo nessuna prova» disse.

Utsumi lo guardò sorpresa. «Davvero?»

«Non è difficile da capire, se ci pensate un attimo. Se quella donna avesse *fatto* qualcosa, potrebbe aver lasciato una traccia. Ma ha ucciso suo marito senza fare nulla. Cercate quanto volete, ma non troverete nulla. In pratica l'unica cosa su cui potete basarvi è il veleno che è stato trovato nel filtro, ma avete detto anche voi che non è una prova schiacciante. E il dettaglio del codice di ricambio è secondario, nella migliore delle ipotesi. In altre parole, è impossibile dimostrare che quella donna abbia ucciso suo marito.»

«Io non...» la protesta di Utsumi si spense in un silenzio.

«Non ve l'avevo detto?» Yukawa aveva un'espressione severa sul volto. «È il crimine perfetto.»

Ventinove

Utsumi stava sbrigando alcune pratiche alla centrale di Meguro quando entrò Mamiya e le lanciò un'occhiata. La detective si alzò e andò alla scrivania del comandante.

«Ho appena parlato con il caposezione a proposito di quel caso» disse Mamiya sedendosi. Aveva un'espressione cupa sul volto.

«Abbiamo un mandato?»

Mamiya scrollò la testa. «No, non ce l'abbiamo, e non ce l'avremo a meno che non ci siano sviluppi importanti. Non abbiamo abbastanza materiale per identificare il nostro assassino. Sono impressionato come sempre dal lavoro investigativo di Galileo, ma senza prove non possiamo sostenere un processo.»

«Come temevo» disse Utsumi abbassando la testa. Le cose stavano andando proprio come aveva previsto Yukawa.

«Negli uffici amministrativi si stanno strappando i capelli. Chi diavolo organizza tutto perché una persona si avveleni, poi vigila per un anno per impedire che lo faccia? All'inizio non mi credeva nessuno. Nemmeno io ci credevo. Evidentemente è l'unica soluzione possibile, ma questo non la rende più facile da accettare. Sembra così… impossibile.»

«Non ci credevo nemmeno io quando il professor Yukawa me ne ha parlato la prima volta.»

«È incredibile ciò di cui sono capaci certe persone. Mi riferisco a quella donna, Ayane, ma anche al professore. A volte ti chiedi cosa passa per la testa di certa gente» disse Mamiya con uno sguardo severo. «Non sappiamo nemmeno se la teoria di Yukawa sia corretta. E finché non ne siamo sicuri, non possiamo toccare Ayane Mashiba.»

«Che dire di Junko Tsukui? Ho sentito che quelli della scientifica hanno dato un'occhiata alla casa della madre a Hiroshima.»

Mamiya annuì. «Hanno mandato alla Fonte 8 il barattolo dove c'era l'acido arsenioso. Il problema è che anche se trovano delle tracce, e se queste corrispondono all'acido arsenioso usato in questo caso, non sarà comunque una prova decisiva. Potrebbe non essere nemmeno una prova indiziaria. Dopotutto se Junko Tsukui era l'ex compagna di Yoshitaka Mashiba, potrebbe essere stato lui a custodire il veleno per tutto questo tempo.»

Utsumi sospirò. «Allora come troviamo delle prove? Mi dica cosa ci serve e lo troverò. Non m'importa cosa dovrò fare! Non posso credere che Yukawa abbia ragione e che si tratti del crimine perfetto!»

Il volto di Mamiya si accigliò. «Calmati» disse. «Credimi, se sapessi come trovare delle prove non ci troveremmo in questa situazione. Al momento l'unica prova degna di nota è quel filtro dell'acqua contenente tracce di acido arsenioso. I colleghi pensano che dobbiamo concentrarci su quello e tirare fuori tutto da lì, se possibile.»

Utsumi si morse il labbro. Le parole del comandante somigliavano stranamente a un'ammissione di sconfitta.

«Non fare quella faccia, non mi sono ancora arreso. Troveremo qualcosa. Non è facile mettere a segno il crimine perfetto.»

Utsumi chinò la testa e uscì. *È vero*, pensò, *non è facile.* Ma quello che aveva fatto Ayane Mashiba sarebbe stato quasi impossibile per una persona comune. *E se fosse così? E se lei ci fosse riuscita?*

Tornata alla sua scrivania, Utsumi tirò fuori il cellulare e ascoltò la segreteria, sperando che Kusanagi avesse trovato qualcosa, ma l'unico messaggio era da parte di sua madre.

Trenta

Quando Kusanagi arrivò al caffè, Hiromi Wakayama era già là. Il detective si precipitò al suo tavolo.

«Mi scusi se l'ho fatta aspettare.»

«Sono appena arrivata anch'io» rispose lei.

«Be', grazie per essere venuta. Cercherò di essere conciso.»

«Non si preoccupi» lo rassicurò Hiromi con una risatina sommessa. «Al momento non sto lavorando e ho un sacco di tempo.»

Sembra più bella di prima, pensò Kusanagi. *Forse perché ha ripreso contatto con le sue emozioni.*

Una cameriera si avvicinò al tavolo e Kusanagi ordinò un caffè. «Latte per lei?» chiese a Hiromi.

«No, un tè al limone, grazie.»

La cameriera si allontanò e Kusanagi sorrise. «Mi scusi. Mi è venuto in mente che l'altra volta aveva preso un bicchiere di latte...»

«In realtà non vado matta per il latte. E in questo periodo cerco di evitarlo.»

«Davvero? Perché?»

Hiromi alzò un sopracciglio. «Devo rispondere a *tutte* le domande?»

«No.» Kusanagi agitò una mano. « Mi scusi, era solo per parlare. Vengo subito al dunque. In realtà voglio chiederle una cosa che riguarda la cucina dei Mashiba. Ricorda se avevano un filtro dell'acqua fissato al lavello?»

«Certo.»

«L'ha mai usato?»

«Mai» disse Hiromi senza un attimo di esitazione.

«Che velocità» osservò Kusanagi. «Voglio dire, di solito la gente deve riflettere un attimo su questo genere di domande.»

«Non sono quasi mai entrata nella loro cucina. Non ho mai dato una mano ai fornelli. Perché dovrei aver toccato il lavello? Credo di averlo già detto alla detective Utsumi; le uniche volte che sono andata in cucina era per preparare il caffè o il tè quando me lo chiedeva Ayane, e questo accadeva solo quando era occupata con qualcos'altro e non aveva tempo.»

«Quindi è vero che non è mai stata in quella cucina da sola?»

«Non capisco bene dove vuole arrivare.»

«Ho solo bisogno di sapere se è mai stata in cucina da sola. Il perché non importa. Cerchi di ricordare.»

Hiromi rifletté, finché le si corrugò la fronte. Alla fine alzò lo sguardo su Kusanagi. «Forse no. Ho sempre avuto la sensazione di non poterci entrare senza il permesso di Ayane.»

«Le aveva detto in maniera esplicita di non entrare senza permesso?»

«No, non così apertamente. Era solo una mia sensazione. E poi sa com'è, la cucina è il regno della padrona di casa.»

«Così dicono.»

Arrivarono le bevande. Hiromi spremette il suo spicchio di limone nel tè e cominciò a sorseggiarlo, sorridendo. Kusanagi non l'aveva mai vista così piena di vita.

Di sicuro lo è più di me. Tutto quello che Hiromi stava dicendo confermava la teoria di Yukawa.

Kusanagi bevve appena un sorso di caffè e poi si alzò dal tavolo. «La ringrazio ancora per il suo aiuto.»

«È tutto?» Hiromi era incredula.

«Ho saputo ciò che mi serviva. Faccia con comodo» disse, prendendo il conto e andando verso l'uscita.

Mentre cercava un taxi suonò il cellulare. Era Yukawa. Il fisico disse che aveva qualcosa da dirgli a proposito dell'avvelenamento.

«Ho urgenza di verificare una cosa. Possiamo vederci?»

«Certo, vengo subito. Ma cosa devi verificare a questo punto? Credevo che fossi molto sicuro della tua teoria.»

«Lo sono. Per questo ho bisogno che tu venga qui il prima possibile» disse Yukawa, e riattaccò.

*

Mezz'ora dopo Kusanagi stava superando il cancello d'ingresso dell'Università Imperiale.

«Quando ho cominciato a ripensare al caso, sempre ammesso che Ayane Mashiba abbia usato il trucco di cui ti ho parlato, c'era una cosa che non mi dava pace. Ho pensato che potrebbe essere utile per le vostre indagini» disse Yukawa non appena il detective entrò.

«Sembra importante.»

«Molto. Quello che ho bisogno di chiederti è: qual è la prima cosa che ha fatto Ayane quand'è rientrata in casa dopo l'omicidio? Eri con lei allora, vero?»

«Sì. Io e Utsumi l'abbiamo accompagnata a casa in macchina.»

«Cos'è la prima cosa che ha fatto quando è entrata in casa?» chiese Yukawa.

«La prima cosa? Be', si è guardata attorno...»

Yukawa scrollò la testa. «No. È andata in cucina. È andata in cucina a prendere dell'acqua, giusto?»

Kusanagi lo guardò a bocca aperta. Ripensò all'accaduto. «Sì, hai ragione. È andata a prendere dell'acqua.»

«E per cosa? Gliene sarebbe servita molta, se la mia teoria è corretta» aggiunse Yukawa, con un luccichio negli occhi.

«Per annaffiare i fiori. Era dispiaciuta che fossero così appassiti. Ha riempito un secchio e l'ha portato di sopra per annaffiare le piante sul balcone al primo piano.»

«Ci siamo!» disse Yukawa, indicando Kusanagi. «Ora il trucco è completo.»

«Forse capisco dove vuoi arrivare, ma spiegamelo comunque.»

«Vedi,» cominciò Yukawa «ho provato a mettermi nei panni dell'assassino. Ayane sapeva che c'era del veleno nel filtro quando è partita. E, come sperava, la vittima ha bevuto l'acqua ed è morta. Ma questo non basta. Poteva essere rimasto del veleno nel filtro.»

Kusanagi raddrizzò la schiena. «È vero.»

«Sarebbe stato rischioso lasciarlo lì. Se qualcuno avesse bevuto quell'acqua per sbaglio, Ayane avrebbe avuto un altro cadavere sulla coscienza. Oltretutto la cosa avrebbe svelato il suo trucco alla polizia. Doveva trovare il modo di cancellare le prove il prima possibile.»

«E così ha annaffiato i fiori...»

«Con l'acqua filtrata, ovviamente. Un secchio pieno sarebbe stato sufficiente a lavare via quasi ogni traccia del veleno. Tanto che, senza le analisi accurate della Fonte 8, non saremmo mai riusciti a scoprirlo. Quella donna parlava dei suoi fiori e allo stesso tempo distruggeva le prove proprio sotto i vostri occhi.»

«Quindi quell'acqua...» cominciò Kusanagi.

«... È la vostra prova, se ne è rimasta ancora» finì Yukawa. «Se trovare delle particelle di acido arsenioso nel filtro dell'acqua non è sufficiente, dimostrare che una quantità letale di acido arsenioso è uscita da quel filtro il giorno della morte del signor Mashiba probabilmente basterebbe a confermare la mia teoria.»

«Te l'ho appena detto, ha annaffiato i fiori con quell'acqua.»

«Allora controllate la terra nei vasi. Sono sicuro che quelli della Fonte 8 non avrebbero problemi a trovare dell'acido arsenioso, se ce n'è. Anche se potrebbe essere difficile dimostrare che veniva dall'acqua utilizzata da Ayane quel giorno, quantomeno è un'altra prova.»

Mentre ascoltava Yukawa, Kusanagi avvertì qualcosa in un angolo della sua mente, qualcosa che non riusciva a ricordare, qualcosa che si era dimenticato perfino di sapere.

All'improvviso affiorò in superficie. Il detective rimase a bocca aperta. Studiò Yukawa con attenzione.

Yukawa lo guardò a sua volta. «Che c'è? Ho qualcosa sul viso?»

Kusanagi scrollò la testa. «Ho bisogno di un favore. Anzi, considerala una richiesta formale da parte della sezione investigativa criminale del dipartimento di polizia metropolitana.»

Il volto di Yukawa si fece severo. Si sistemò gli occhiali con la punta di un dito. «Sentiamo.»

Trentuno

Utsumi si fermò davanti alla porta e guardò quella targa ormai familiare. Casa di Anne.

Stando a quello che gli aveva detto Kusanagi, avrebbe anche potuto chiamarsi "Casa di Ayane". Dopo essersi trasferita alla scuola, la vedova aveva annullato praticamente tutte le lezioni.

Kusanagi, in piedi accanto a lei, annuì. Utsumi suonò il campanello. Per un po' di tempo nessuno rispose. Utsumi stava per suonare di nuovo, quando una voce disse: «Sì?».

Era Ayane.

«Salve, sono la detective Utsumi della Polizia metropolitana.» Utsumi si chinò verso il citofono e parlò piano perché i vicini non sentissero.

Dopo un attimo di silenzio, Ayane disse: «Oh, detective Utsumi. Come posso aiutarla?».

«Avrei bisogno di chiederle alcune cose, se non le dispiace.»

Un'altra pausa. Utsumi s'immaginò Ayane in piedi vicino al citofono, all'interno, che pensava.

«Un attimo solo» disse alla fine.

Utsumi e Kusanagi si scambiarono un'occhiata.

Sentirono il rumore della porta che si apriva. Ayane sembrò sorpresa di vedere che c'era anche Kusanagi.

Il detective abbassò la testa. «Ci scusi se siamo venuti senza preavviso.»

«Non sapevo ci fosse anche lei, detective Kusanagi.» Ayane lo accolse con un sorriso. «Prego, entrate.»

«In realtà,» disse Kusanagi «dovrebbe venire con noi a Meguro.»

Il sorriso svanì dal volto di Ayane. «Alla centrale di polizia?»

«Sì. Ci sono una serie di cose di cui vorremmo parlarle. Temo che alcune di esse siano un po' delicate...»

Ayane fissò il detective. Utsumi seguì il suo sguardo, fermandosi sul profilo di Kusanagi. Sul volto del collega c'era un'espressione triste, rammaricata.

Se questa donna non sapeva perché siamo venuti, adesso lo sa, pensò Utsumi.

«Capisco» disse Ayane. Una luce stranamente gentile le illuminò gli occhi. «Verrò con piacere. Ma prima devo prendere alcune cose. Vi spiace aspettare dentro? Non è mia abitudine lasciare gli ospiti sulla soglia.»

«Certo, se non è un problema» rispose Kusanagi.

Ayane aprì ancora un po' la porta e li fece entrare.

L'aula era pulita e ordinata. Evidentemente la donna aveva tolto alcuni dei mobili che le servivano per le lezioni. Solo il grande tavolo al centro della stanza era rimasto dov'era.

«Vedo che non ha ancora appeso quell'arazzo» disse Kusanagi lanciando un'occhiata alla parete.

«Non ci crederà, ma non ho avuto tempo.»

«Davvero? Dovrebbe proprio appenderlo. È un disegno così bello, sembra uscito da un libro illustrato.»

Ayane si voltò verso di lui, senza smettere di sorridere. «La ringrazio.»

Kusanagi spostò lo sguardo verso il balcone. «Vedo che ha portato qui i suoi fiori.»

Anche Utsumi guardò il balcone. Poteva vedere fiori di diverso colore oltre la portafinestra.

«Sì, solo qualcuno» rispose Ayane. «Ho chiesto a un'impresa di traslochi di aiutarmi a portare qui alcune cose.»

«Bene. Sembrano ben annaffiati.» Lo sguardo di Kusanagi si soffermò un attimo sul grosso annaffiatoio vicino alla portafinestra.

«Quell'annaffiatoio mi è stato veramente utile. Grazie ancora.»

«Mi fa piacere che le sia servito» disse Kusanagi, tornando a guardarla. «Prego, non faccia caso a noi. Si prepari pure.»

Ayane annuì e si diresse verso la stanza accanto, ma prima di aprire la porta si voltò. «Avete scoperto qualcosa?»

«Scusi?»

«Avete scoperto qualcosa, a proposito del caso? Delle prove, o una nuova pista? Per questo siete venuti a prendermi, vero? Per farmi altre domande.»

Kusanagi lanciò un'occhiata furtiva a Utsumi prima di guardare di nuovo Ayane. «Sì, più o meno.»

«Cos'avete scoperto? O non potete dirmelo finché non saremo alla centrale?» La donna aveva un tono disinvolto, come se stessero parlando del tempo.

Kusanagi abbassò un attimo lo sguardo prima di dire: «Abbiamo scoperto dov'era il veleno. Dopo diverse analisi, ormai è chiaro che si trovava nel filtro dell'acqua nella sua cucina».

Utsumi stava osservando il volto di Ayane: nemmeno un fremitò turbò l'espressione gentile della donna. I suoi occhi erano calmi mentre guardava Kusanagi.

«Capisco. Nel filtro» gli fece eco, senza la minima traccia di sorpresa nella voce.

«Il problema era capire come fosse stato messo nel filtro. In base alle prove trovate sul luogo del delitto, c'era solo un modo in cui l'assassino avrebbe potuto farlo. E, in base a quel modo, c'è un solo possibile sospetto.» Kusanagi fissò Ayane. «Per questo abbiamo bisogno che venga con noi.»

Ayane arrossì in maniera quasi impercettibile, ma non smise di sorridere. «Avete delle prove che il veleno fosse nel filtro dell'acqua?»

«Analisi accurate hanno dimostrano la presenza di acido arsenioso nel filtro. Ma come prova era insufficiente, dato che tutto faceva pensare che l'assassino avesse messo il veleno nel filtro un anno prima. Quello che dovevamo dimostrare era che ci fosse abbastanza veleno da risultare letale il giorno della morte del signor Mashiba. In altre parole, dovevamo dimostrare che il filtro dell'acqua non fosse stato usato per un anno intero, in modo da non lavare via il veleno.»

Utsumi notò che le lunghe sopracciglia di Ayane ebbero un fremito nell'istante in cui Kusanagi disse «un anno intero».

«E siete riusciti a dimostrarlo?»

«Personalmente, sono rimasto sbalordito quando mi hanno detto che l'assassino doveva aver inserito il veleno un anno prima. Ma lei non mi sembra per niente sorpresa, signora Mashiba.»

«Mi scusi se non reagisco. Ma quello che sta dicendo mi sembra così bizzarro che non saprei da che parte cominciare.»

«Capisco» disse Kusanagi. Lanciò un'occhiata a Utsumi. La giovane detective infilò una mano nella borsetta ed estrasse una busta di plastica.

Il sorriso svanì dal volto di Ayane non appena vide cosa conteneva la busta.

«Sono sicuro che lo riconosce» disse Kusanagi. «Aveva fatto dei forellini sul fondo di questo barattolo per annaffiare i suoi fiori.»

«Credevo che l'avesse buttato via...»

«In realtà l'ho tenuto. Non l'ho nemmeno lavato.» Il suo

sguardo si fece di nuovo severo. «Ricorda il mio amico Yukawa, il fisico? Gli ho fatto esaminare questo barattolo nel suo laboratorio. Per farla breve, ha trovato tracce di acido arsenioso. Siamo anche riusciti a stabilire che l'acido proveniva dall'acqua del suo sistema di filtraggio. Guarda caso c'ero anch'io l'ultima volta che questo barattolo è stato usato: stava annaffiando i fiori sul suo terrazzo al primo piano. Poi è arrivata Hiromi Wakayama e l'ha interrotta. Da allora il barattolo non è più stato usato, perché le ho comprato un annaffiatoio nuovo e ho tenuto questo nel cassetto della mia scrivania.»

Ayane spalancò gli occhi. «Nel cassetto della sua scrivania? Perché?»

Kusanagi non rispose, ma continuò, con voce del tutto impassibile: «Dobbiamo concludere che c'era dell'acido arsenioso nel sistema di filtraggio, tanto che l'acqua proveniente da quel filtro ne conteneva una quantità letale il giorno della morte del signor Mashiba. Ci sono prove che indicano chiaramente che il veleno è stato messo nel filtro un anno fa. La persona che ha commesso questo crimine evidentemente è riuscita a impedire che *chiunque* usasse quel filtro per un anno intero – e c'è solo una persona che può averlo fatto».

Utsumi deglutì, senza smettere di osservare il volto di Ayane. Gli occhi della loro bellissima sospetta guardavano a terra, le labbra strette. Anche se l'ombra di un sorriso le indugiava ancora sul volto, l'aura di eleganza che prima la circondava aveva cominciato a svanire.

«Ne parleremo meglio alla centrale di polizia» concluse Kusanagi.

Ayane alzò lo sguardo. Fece un profondo sospiro e guardò Kusanagi. «D'accordo. Mi serve un attimo solo.»

«Non c'è fretta. Si prepari pure con comodo.»

«Non è solo quello: voglio anche annaffiare i fiori. Non avevo finito quando siete arrivati.»

«Certamente.»

Ayane aprì la portafinestra del balcone. Alzando il grosso annaffiatoio con entrambe le mani, cominciò lentamente a bagnare i vasi di fiori.

Trentadue

Ayane ripensò al giorno, circa un anno prima, in cui stava annaffiando i fiori proprio come adesso. Il giorno in cui aveva saputo la verità da Yoshitaka. Mentre ascoltava suo marito, fissava le viole del pensiero nel vaso.

La sua amica Junko adorava le viole del pensiero. Lo pseudonimo che si era scelta, "Farfalla Viola" era uno dei nomignoli di quel fiore.

Aveva conosciuto Junko in una libreria di Londra. Ayane stava cercando dei disegni patchwork. Stava prendendo un libro di fotografie, quando un'altra ragazza aveva allungato una mano verso lo stesso libro. Anche l'altra ragazza era giapponese, e di qualche anno più giovane di Ayane. Avevano stretto amicizia subito, esplorando Londra insieme, e avevano cercato di restare in contatto anche dopo essere tornate in Giappone. Junko si era trasferita a Tokyo poco dopo l'arrivo di Ayane in città.

Anche se erano entrambe molto prese dal lavoro e non si vedevano spesso, erano rimaste vicine. Junko era una delle poche persone con cui Ayane riusciva a essere veramente se stessa. Sapeva che anche Junko dava molta importanza alla loro amicizia, forse ancora più di lei. Junko aveva ancora più problemi di Ayane quando si trattava di conoscere gente nuova.

Poi un giorno Junko le aveva detto che voleva presentarle una persona: il direttore di una compagnia che aveva utilizzato uno dei personaggi da lei disegnati per una animazione online.

«Stavamo parlando di fare un pupazzo di quel personaggio e, quando gli ho detto che conoscevo un'esperta di patchwork, mi ha detto che voleva conoscerti assolutamente. So che sei molto impegnata, ma se hai un attimo di tempo potrebbe valerne la pena.»

Junko non aveva intenzione di insistere, ma Ayane era entusiasta. Ed era stato così che aveva conosciuto Yoshitaka Mashiba.

Yoshitaka era un uomo a dir poco affascinante. Quando parlava delle sue idee il volto gli si riempiva di vitalità e gli occhi traboccavano sicurezza di sé. Inoltre sapeva invogliare gli altri a parlare, tanto che ad Ayane era bastato chiacchierare pochi minuti con lui per sentirsi stranamente loquace.

Quando erano uscite dal caffè dove si erano incontrate con Yoshitaka, Ayane aveva sorriso e aveva commentato: «Che bel tipo».

«Vero?» aveva detto Junko allegramente. Bastava guardarla in volto per capire la natura dei sentimenti che provava per quell'uomo.

Anche ora, Ayane si pentiva di non averglielo chiesto, di non essere andata più a fondo. Le sarebbe bastato chiedere: «Voi due avete una storia?». Ma non l'aveva fatto, e Junko non le aveva detto mai niente.

Alla fine l'idea di usare un patchwork per uno dei personaggi era stata scartata. Qualche tempo dopo Yoshitaka aveva chiamato Ayane per scusarsi di averle rubato del tempo. Le aveva proposto di portarla a cena per farsi perdonare.

Ayane aveva pensato che l'avesse detto solo per gentilezza; ma alcuni giorni dopo Yoshitaka l'aveva chiamata di nuovo e l'aveva invitata. E dall'invito era chiaro che voleva solo la sua presenza, non quella di Junko. *Probabilmente non hanno nessuna storia*, aveva pensato Ayane.

Aveva incontrato Yoshitaka a cena, con il cuore in gola. Stare sola con lui era stato ancora più divertente dell'ultima volta che l'aveva visto.

I suoi sentimenti per Yoshitaka erano cresciuti in fretta. Allo stesso tempo, Ayane si era accorta che si stava allontanando da Junko. Per qualche motivo, essere a conoscenza dell'interesse dell'amica per Yoshitaka le rendeva difficile alzare il telefono e chiamarla.

Quando aveva incontrato Junko, diversi mesi dopo, era rimasta sorpresa di vederla tanto cambiata. Junko era dimagrita in maniera impressionante e sembrava invecchiata. Ma quando le aveva chiesto come stava, Junko le aveva assicurato che stava benissimo e non aveva voluto aggiungere altro.

Mentre parlavano del più e del meno, Junko sembrò rasserenarsi. Poi, proprio quando Ayane stava pensando di dirle di Yoshitaka, Junko era impallidita.

Ayane le aveva chiesto se c'era qualcosa che non andava, ma Junko non aveva risposto. Si era alzata di scatto, dicendo che si era appena ricordata di dover fare una cosa e che doveva tornare a casa. Confusa, Ayane era uscita insieme a lei e l'aveva guardata salire su un taxi.

Era stata l'ultima volta che l'aveva vista.

Cinque giorni dopo era arrivato un pacchetto all'appartamento di Ayane. Nella scatola c'era una busta di plastica con dentro della polvere bianca. Sulla busta c'era scritto, con un pennarello indelebile, ARSENICO (VELENO). Era stata Junko a spedirglielo.

Insospettita, Ayane aveva provato subito a chiamare l'amica, ma Junko non aveva risposto. Si era precipitata all'appartamento di Junko quasi in preda al panico. Una volta arrivata, aveva trovato il luogo transennato dalla polizia. Gli agenti erano ancora là. Uno dei presenti le aveva detto che la donna che viveva nell'appartamento si era avvelenata.

Scioccata, Ayane aveva vagato senza meta per il quartiere. Poi, senza nemmeno accorgersene, si era ritrovata a casa a fissare il pacchetto di Junko.

Mentre si chiedeva cosa significasse quel pacchetto e perché Junko gliel'avesse mandato, le tornò in mente una cosa. Ripensò al momento il cui l'amica si era alzata dal tavolo l'ultima volta che si erano viste. Junko aveva osservato il cellulare di Ayane appoggiato sul tavolo. Ayane tirò fuori il telefono e lo guardò. C'era attaccato un ciondolo, un ricordo che lei e Yoshitaka avevano comprato insieme – lo stesso ciondolo attaccato al cellulare dell'uomo.

Ayane pensò subito al peggio: che Junko avesse capito che frequentava Yoshitaka e, in un impeto di gelosia, si fosse suicidata. Ma non poteva credere che l'amica si fosse tolta la vita per una cotta non corrisposta. Evidentemente c'era dell'altro tra lei e Yoshitaka.

Ayane non andò alla polizia. Non andò nemmeno al funerale di Junko. Più sospettava di essere responsabile della morte dell'amica, meno voleva sapere la verità.

Per lo stesso motivo, non trovò il coraggio di chiedere di più a Yoshitaka, sapendo che poteva significare la fine della loro relazione.

Qualche tempo dopo, Yoshitaka le fece una proposta strana. Voleva che andassero a una festa ma separatamente, e che facessero finta di incontrarsi per la prima volta. Non voleva che gli altri pensassero che frequentava una donna conosciuta per lavoro, le spiegò.

«Le persone che non hanno nulla da fare amano chiedere alle coppie come si sono conosciute, no? Quindi, credo che dovremmo dare loro una storia. E cosa c'è di meglio di una serata per single?»

Perché non lasciar loro immaginare ciò che vogliono? Pensò Ayane. Ma Yoshitaka aveva già organizzato tutto perché il suo amico, Ikai, fungesse da testimone. Conoscendolo, non c'era da sorprendersi che avesse studiato tutto nei minimi dettagli, ma Ayane cominciò a sospettare che il vero scopo di Yoshitaka fosse quello di cancellare l'ombra di Junko dal suo passato. Tuttavia non gli disse nulla e andò alla festa come richiesto, recitando la sua parte nella messinscena del loro "primo" incontro.

Dopo quella volta, la loro relazione continuò senza ostacoli. Sei mesi dopo, Yoshitaka le chiese di sposarlo.

Se la felicità di Ayane era sincera, i dubbi nel suo cuore crescevano di giorno in giorno. Perché Junko si era suicidata? Che tipo di relazione aveva avuto con Yoshitaka?

Era combattuta tra il desiderio di sapere e la speranza di non scoprirlo mai. Nel frattempo il momento delle nozze si avvicinava sempre più.

Poi, un giorno, Yoshitaka le fece un annuncio inquietante. *Anche se*, pensò Ayane qualche tempo dopo, *forse per lui non era così inquietante.* Yoshitaka minimizzò. Disse semplicemente: «Se non riusciamo ad avere un figlio entro un anno, lasciamoci».

Ayane pensò di aver capito male. Come poteva parlare di divorzio prima ancora di essere sposato?

Ma quando gli chiese se stesse scherzando, lui rispose: «È solo una piccola precauzione. Se non usa contraccettivi, la maggior parte delle coppie riesce ad avere un figlio entro un anno. Se noi non ce la facciamo, è probabile che uno dei due abbia un problema. E io... be', ho fatto un controllo, e sono a posto».

Ad Ayane si accapponò la pelle; sentì la paura diffondersi in tutto il corpo. Fissandolo, gli chiese: «Avevi detto così anche a Junko?».

«Eh?» Gli occhi di Yoshitaka si fecero lucidi. Non l'aveva mai visto così turbato.

«Ti prego, sii sincero con me. Avevi una relazione con Junko, non è vero?»

Yoshitaka si incupì, ma non cercò di nascondere la verità, anche se evidentemente la cosa gli bruciava. «Ho sempre pensato che l'avresti scoperto prima o poi. Credevo che tu o Junko avreste parlato di me.»

«Stavi con tutt'e due contemporaneamente?»

«No, non è così. Quando ho cominciato a uscire con te avevo già rotto con Junko. È la verità.»

«Per quale motivo l'hai lasciata?» chiese Ayane al suo futuro marito. «Le hai detto che potevi sposare solo una donna in grado di darti dei figli? Le hai detto così?»

Yoshitaka si strinse nelle spalle. «Non ho usato queste parole, ma credo che fosse quello il motivo. Le ho detto solo che eravamo fuori tempo limite.»

«Come? Eravate "fuori tempo limite"?»

«Aveva già trentaquattro anni. Non usavamo contraccettivi e non era rimasta incinta. Era arrivato il momento di prendere una decisione.»

«Quindi hai scelto me?»

«È così terribile? Che senso ha una relazione senza futuro? Ho deciso da tempo che non avrei sprecato la mia vita in quel modo.»

«Perché me l'hai sempre tenuto nascosto?»

«Perché non credevo fosse necessario dirtelo. Però ero pronto a farlo, se l'avessi scoperto. Te l'avrei spiegato al momento opportuno. Ayane, non ti ho tradita, e non ti ho mentito.»

Ayane si girò dall'altra parte e guardò i fiori sul balcone. Gli occhi le caddero sulle viole del pensiero; i fiori preferiti di Junko. Pensò alla sua amica, mentre le lacrime le riempivano gli occhi.

Yoshitaka aveva lasciato Junko, ma Junko non era riuscita a dimenticare. Poi, quando si era incontrata con Ayane, aveva visto il ciondolo sul cellulare dell'amica e aveva capito cosa stava accadendo. Così si era uccisa, ma non prima di mandare un messaggio ad Ayane. L'*arsenico.*

Finalmente Ayane aveva capito. Junko non le aveva mandato il veleno per dirle che l'odiava per averle rubato Yoshitaka. Il veleno era un avvertimento: *Un giorno ne avrai bisogno anche tu.*

Junko era stata l'unica persona con cui Ayane fosse mai riuscita ad aprirsi, l'unica a cui aveva potuto confidare le proprie paure e i propri sogni. Junko era l'unica persona a cui aveva parlato del difetto congenito che la rendeva sterile.

Sapeva che Yoshitaka mi avrebbe mollata un giorno, proprio come ha mollato lei.

«Hai sentito quello che ho detto?»

Ayane si girò vero di lui. «Sì, certo che ho sentito.»

«Allora potresti sforzarti di rispondere.»

«Mi sono distratta un attimo.»

«Non è da te.»

«Quello che hai detto mi ha sorpreso, sai.»

«Non posso crederci. Ormai dovresti sapere cosa voglio dalla vita.»

Yoshitaka le aveva detto le sue idee a proposito del matrimonio. Di come un matrimonio senza figli non avesse senso.

«Perché te la prendi tanto, Ayane? Hai tutto ciò che hai sempre desiderato. Se mi sono scordato qualcosa, chiedimelo. Farò tutto il possibile per te. Smettiamola con queste storie e cominciamo a pensare al futuro. O forse vedi altre soluzioni?»

Yoshitaka non aveva idea di quanto quelle parole la ferissero. Certo, ripensandoci aveva ragione, in un certo senso. Grazie al suo appoggio, Ayane era riuscita a realizzare molti dei suoi sogni durante l'anno che avevano passato insieme. Ma come poteva pensare di sposarsi se sapeva che sarebbe finito tutto dopo un anno?

«So che potrà sembrarti stupido, ma posso chiederti una cosa? E l'amore che provi per me? Che fine ha fatto quello?»

Hai piantato Junko solo perché pensavi che io fossi fertile? Ma almeno mi ami?

«Il mio amore per te non è cambiato» rispose lui. «Te lo assicuro. Io *ti amo* ancora.»

Era vero? Doveva saperlo. Aveva la sensazione che amore e odio le stessero lacerando il cuore, e si rese conto che avrebbe ucciso pur di sapere la verità. E così aveva deciso: sarebbe andata fino in fondo. Sarebbe diventata la moglie di quell'uomo, sarebbe rimasta al suo fianco. Avrebbe tenuto il destino di Yoshitaka tra le sue mani e ritardato il momento della punizione. Gli avrebbe dato una possibilità di guadagnarsi il suo perdono.

Era nervosa al momento di mettere l'acido arsenioso nel sistema di filtraggio, perché sapeva che da allora in avanti avrebbe dovuto impedire a chiunque di entrare in cucina senza di lei. Ma allo stesso tempo provò l'inconfondibile euforia dell'avere il pieno controllo sulla vita di un'altra persona.

Ogni volta che Yoshitaka era in casa, Ayane stava sul divano. Aveva programmato di andare in bagno o a lavarsi quando c'erano meno probabilità che suo marito dovesse andare in cucina.

Yoshitaka si dimostrò gentile con lei dopo il matrimonio, e Ayane non aveva di che lamentarsi. Finché l'affetto di quell'uomo fosse rimasto invariato, era determinata a impedire che si avvicinasse al filtro dell'acqua. Anche se non aveva dimenticato cos'aveva fatto a Junko, finché non faceva lo stesso con lei, era decisa a lasciarlo vivere. Per Ayane il matrimonio divenne una quotidiana offerta di salvezza per un uomo condannato a morte.

Tuttavia sapeva che Yoshitaka non avrebbe dimenticato il suo desiderio di paternità. Quando si accorse come lui guardava Hiromi, capì che il momento era arrivato.

La sera che invitarono gli Ikai a casa loro, Yoshitaka le comunicò la sua decisione di divorziare, con tono freddo e pratico.

«Come puoi capire, ormai siamo giunti al termine. Vorrei che ti preparassi ad andartene da questa casa.»

Ayane sorrise. «Avrei però una richiesta da farti.»

Lui le domandò di che si trattasse e Ayane lo guardò negli occhi e disse: «Vorrei andare via per due o tre giorni. Spero che non sia un problema per te stare qui da solo».

Yoshitaka alzò le spalle, sorridendo. «Non è una grande richiesta. Certo che non è un problema.»

«Certo» gli fece eco Ayane annuendo. Ora non aveva più nessuna salvezza da offrire.

Trentatré

L'enoteca si trovava al piano interrato, in fondo a una lunga rampa di scale. Utsumi aprì la porta e vide un bancone e, oltre a quello, tre tavoli. Kusanagi e Yukawa erano seduti al tavolo di sinistra.

«Scusate il ritardo» disse la giovane detective, sedendosi accanto a Kusanagi.

«Che si dice?» le chiese Kusanagi.

Lei fece un cenno con la testa. «Buone notizie. Hanno trovato delle tracce con la stessa composizione chimica.»

«Non mi dire» sospirò Kusanagi.

Avevano mandato alla Fonte 8 il barattolo vuoto trovato a casa della madre di Junko Tsukui, e il laboratorio aveva rinvenuto tracce dello stesso acido arsenioso che aveva ucciso Yoshitaka Mashiba. Questo confermava la deposizione di Ayane Mashiba, che aveva confessato di aver messo il veleno che le aveva spedito Junko dentro il sistema di filtraggio dell'acqua.

«Mi sa che il caso è chiuso» disse Yukawa.

«Già» concordò Kusanagi. «Be', dato che siamo tutti qui, che ne dite di fare un brindisi?» Chiamò la cameriera e ordinò una bottiglia di champagne. «Devo ammettere che stavolta mi hai proprio tirato fuori dai guai, Yukawa. Stasera offro io. Bevi quanto vuoi.»

Yukawa si accigliò. «"Stavolta"? Vuoi dire "per l'ennesima volta"? E poi mi sembrava che stessi aiutando la signorina Utsumi, non te.»

«Dettagli, dettagli. Ehi, ecco lo champagne.»

I tre alzarono simultaneamente i bicchieri mentre Kusanagi esclamava: «*Kanpai!*».

«Quello che mi ha colpito di più è che tu abbia tenuto quell'oggetto» disse Yukawa dopo che tutti ebbero bevuto un sorso.

«Quale oggetto?»

«Il barattolo vuoto con cui la signora Mashiba annaffiava i fiori.»

«Ah, quello.» Kusanagi abbassò lo sguardo sul tavolo.

«Sapevo che ti eri offerto di bagnarle i fiori, ma non avevo saputo del grosso annaffiatoio. Ad ogni modo, perché hai tenuto quello vecchio? Utsumi dice che lo tenevi nel cassetto della scrivania.»

Kusanagi lanciò uno sguardo truce alla giovane detective, ma lei guardò altrove.

«Be'... immagino che lo si possa chiamare intuito» disse infine.

«Ah, il famoso intuito dei detective?»

«Esatto. E poi non sai mai cosa potrebbe servire come prova, così non butti via nulla finché il caso non è chiuso. È la prassi.»

«Già, la prassi» disse Yukawa con una scrollata di spalle, dopo un altro sorso di champagne. «Credevo lo tenessi come una specie di souvenir.»

«Che vorresti dire?»

«Niente. Lascia perdere.»

«In realtà,» si intromise Utsumi «c'è una cosa che volevo chiederle, professore.»

«Dica pure.»

«Come ha fatto a scoprire il trucco di Ayane? Le è venuto in mente così, di punto in bianco?»

Yukawa fece un sospiro sommesso. «Niente mi "viene in mente così". Per arrivarci ho fatto diverse osservazioni e ho riflettuto a fondo. La prima cosa a insospettirmi è stata la condizione del filtro dell'acqua. L'ho visto con i miei occhi, ed era fin troppo evidente che nessuno l'aveva toccato da diverso tempo.»

«Già, ed è per questo che non riuscivamo a capire come avesse fatto Ayane a metterci il veleno.»

«Sì, sennonché ho cominciato a chiedermi perché l'esterno del filtro fosse così polveroso. Da quel che mi avete detto, la signora Mashiba era una persona piuttosto schizzinosa. Non è stato il fatto che non avesse messo via i calici da champagne a insospettirla, Utsumi? Se il suo giudizio era corretto, allora mi sarei aspettato che una donna simile tenesse tutto ben pulito e in ordine, anche sotto il lavandino.»

Ripensandoci, a Utsumi sembrava un'osservazione logica.

«La cosa mi ha fatto pensare. E se Ayane l'avesse lasciato così, coperto di polvere, di proposito? E in tal caso, perché? È stato allora che ho capito.»

Utsumi fissò il fisico. «Sono davvero colpita.»

«Non c'è niente di cui essere colpiti, a meno che non si riferisca alla signora Mashiba. Solo una donna potrebbe escogitare un trucco così illogico, così pieno di contraddizioni e così perfetto.»

«A proposito di contraddizioni, pare che Hiromi Wakayama abbia deciso di tenere il bambino.»

Yukawa lanciò a Utsumi uno sguardo diffidente. «Non sarà semplice istinto materno?»

«Sì, ma è stata Ayane Mashiba a insistere perché lo tenesse.»

Il fisico rimase un attimo interdetto, poi scosse leggermente la testa. «Questa è… una contraddizione. Non capisco.»

«Così sono le donne» commentò Utsumi.

«Bene. Allora devo dire che è stato un vero miracolo che siamo riusciti a risolvere questo caso in maniera razionale. Non pensate che…» Yukawa guardò Kusanagi e non disse altro.

Utsumi guardò il detective seduto accanto a lei. Aveva la testa china. Dormiva profondamente.

«È esausto, lo credo bene» disse Yukawa sottovoce, guardando Utsumi. «Ha risolto il crimine perfetto, ma ha perso il suo amore. Lasciamo che ci dorma sopra.»

E alzò il bicchiere.

Nella stessa collana

Jim Kelly

Trappola bianca

Brossura - pp. 416 - euro 6,90

Il conducente di una delle otto automobili bloccate da una tempesta di neve in un'aspra località del Norfolk viene ucciso da un misterioso assassino in grado di svanire senza lasciare tracce. Nessuno dei guidatori ha visto né udito nulla. L'ispettore Shaw e il sergente Valentine – intrappolati a loro volta nella tormenta dopo aver scoperto un cadavere sulla costa – devono districare un caso destinato a mettere a dura prova il loro rapporto professionale e umano. Sarà la comparsa di un terzo cadavere a lasciar intuire agli investigatori che tutti i personaggi coinvolti nell'ingorgo hanno qualcosa da nascondere. E l'indagine rivelerà una rete di silenzi e complicità che si cela in quello sperduto angolo d'Inghilterra. Un romanzo dalla trama impeccabile, nella migliore tradizione del giallo classico.

Jim Kelly (1957) vive nei pressi di Cambridge. Ha lavorato come giornalista per vari quotidiani e ha pubblicato otto romanzi pluripremiati. Vive tra l'Inghilterra e la Toscana.

A.J. Cross

Ossa fredde

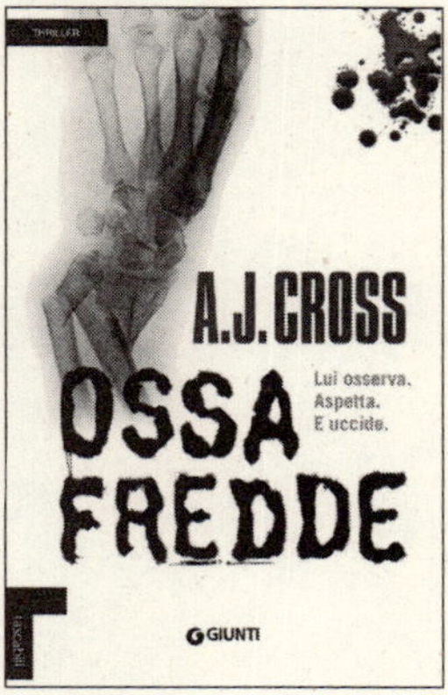

Brossura - pp. 528 - euro 6,90

Kate Hanson, psicologa forense e professoressa universitaria, è una delle più fidate collaboratrici della polizia di Birmingham. Quando, nei dintorni della città, vengono ritrovate le ossa di una ragazza, tutto fa pensare a Molly James, un'adolescente scomparsa diversi anni prima. L'Unità delitti insoluti affida subito il caso alla Hanson: l'unica in grado di risolverlo. Ma proprio mentre le indagini sono a un punto morto, vengono alla luce altri resti umani: due ragazze, entrambe sparite più o meno nello stesso periodo, molto simili a Molly. L'assassino quindi è un serial killer, che sceglie le sue prede in base a criteri prestabiliti e si diverte a rimuovere con precisione chirurgica il tessuto dei loro volti.

A.J. Cross vive nel Regno Unito e, proprio come la protagonista della serie, è psicologa forense e criminologa, specializzata in testimonianze di minori e reati a sfondo sessuale. Per questo ha scelto di firmare i suoi romanzi con uno pseudonimo. Per Giunti è uscito anche il secondo episodio della fortunata serie, *Niente di umano*.

MISTO
Carta da fonti gestite in maniera responsabile
FSC® C023532
FSC www.fsc.org

Stampato presso Giunti Industrie Grafiche S.p.A.
Stabilimento di Prato